文
景

Horizon

社科新知 文艺新潮

述而批评丛书 第二辑

非批评

金戈 著

上海人民出版社

上海文学批评的青年力量
——述而批评丛书第二辑序

新的时代发展引领文学创作的转换，青年作家、批评家如何面对时代变化中的价值和精神问题，如何以创作和批评的方式发出青年一代的铿锵之音，文学在深度参与现代化建设时，如何在文学创作和文学批评上引领潮流、创新方法、更新观念，更好地在中国式现代化中发挥文化的作用，这是批评面临的新责任。

习近平总书记高度重视文艺评论的社会功能，强调："要加强和改进文艺理论和评论工作，褒优贬劣，激浊扬清，更加有效地引导创作、推出精品、提高审美、引领风尚。"上海的文学批评一直有非常好的传统，涌现出一大批具有全国影响力的评论家，引领时代风气，积极参与并带动了中国当代文学的进程。斗转星移，薪火相传，述而后作，传承创新。新时代以来，上海出现一批年轻的文学评论新人。2018年，上海作协积极推动"述而"批评丛书的出版，集中推出11名出色文学批评家的作品，引起社会关注。把青年新力量的队伍吸纳进来，文学批评新力量会迎来很大的转机。如今上海又一批年轻的文学批评新人脱颖而出，有的是作协成员，有的是高校教师，有的是媒体中坚。为进一步加强上海青年评论家的影响、培养上海青年评论家队伍，我们继续推动“述而”青年批评家丛书的出版，希望聚集目前上海最具影响力和潜能的年轻批评写作者，精选每一位作者最有代表性的文学批评文章，再推出一套能够全面反映当下上海青年文学评论整体风貌的精品文集，集中展示这一批评家群体的成就和风采，也展示上海文学批评的新发展与新收获。从中我们可以看到，上海青年批评者正在新的科技基座上思考人文，推动人文，书写当下，思考未来，努力做时代的同路人与风向标，对新兴的文学现象进行客观判断，展开有效批评，提出前瞻建议，发出与时代息息相关的声音。

批评随时代而变。当代文坛，创作繁荣，色彩斑斓。塑造当代文学格局的，不仅有风格各异的传统文学期刊，更有引领青年创作风尚的新锐杂志；不仅有传统文学及其出版机构，网络世界的文学平台则更加丰富多样，自媒体、文学社区、网络文学网站等，共同组合出当下文学版图的样貌。随着网络文学的繁荣和网剧等新的艺术题材的兴起，第二辑“述而”批评丛书跟第一辑一个很大的不同，是除了收入传统的文学批评文章，还有意收入了网络文学及泛文学（如电影、电视剧、网剧等）批评的相关作品，在重视传统文学批评的同时，引导读者关注和思考网络文学和泛文学的发展，为日新月异的艺术发展提供有益的参考。

文学的创造性转化和创新性发展需要广大文学工作者的共同努力，青年批评家勾连现在与未来，是最具有潜力的创造性力量。在现代性进程内部有效改造中国传统文论，走出书斋的象牙塔，迈向时代的十字路口，走出内循环的舒适区，在世界性的合唱中加入中国批评的声音，亟待我们直面与践行。“述而”批评丛书第二辑的出版是这份共同努力的一部分，希望能取得有益的社会效果。在新时代的引领下，上海文学具有更加开放创新、流动多元、跨界共融以及面向世界的品质，我们要用全球视野重新认识和深刻把握脚下的热土，进一步深入生活、扎根人民，用文学的方式书写上海改革开放波澜壮阔的生动实践。未来我们将进一步促进创作、打造精品，用系统的观念全面梳理和构建中国式现代化的文学话语和叙事体系，继续赋能文学、提升价值，向广大人民群众提供高品质的文学供给，为推进中国式现代化书写文学篇章、贡献青年力量。

上海市作家协会党组书记、专职副主席
马文运

目录

第三辑

序言

呈现在这里的，是我经年写的批评文字。我不敢因此就自封为“批评家”，而更愿自况为“批评者”，甚至甘于自己的写作“有名无份”。怎样才算“批评家”？有人曾言，“伟大批评家”，标准有三：一，作品或文字要有深度和影响；二，在本民族的语言、文明之外，能旁涉其他的语言、文明；三，不仅仅是一个文学的批评家，更是一个文明的批评家。我不妨再添两条：四，要有一己的批评观念、风格及趣味；五，要有动人的人格力量，其存在本身就是对世界的一种批评。这样的“批评家”，当然存义甚高了。在我心目中，这样的批评家有三位：艾略特、本雅明和萨义德。他们无疑是“文学批评战场上的战略家”。

可问题是，什么是“批评”？

艾略特曾套用布拉德利讲形而上学的说法，认为“批评”就是“为我们靠直觉相信的东西勉强找些理由，但找这些理由本身也就是直觉”。这听来像是玩笑话，但以知性著称的艾略特无疑是严肃的。我当然不敢说，自己的“批评”有多“严肃”，但把这些批评文字冠以“非批评”之名，的确出于对当下某些批评乱象的警觉，而试图树立一种与之相对的批评理想。

此种理想，首先在于批评的道德。这当然绝非重弹道德批评的老调，而是本雅明所说的：“批评是一件具有道德取向的事情。如果说歌德错误地判断了荷尔德林、克莱斯特、贝多芬和让·保罗，那么这与他的艺术理解无关，而与他的道德有关。”这种“道德”，一方面要求“批评”必须“决断”，施米特意义上的“决断”（“然而成为人，却依旧是种决断”）。批评绝非轻巧之事，它呈现的不是立意，而是立命。另一方面要求“批评”必须“如实”。如果说，如实地去写你可以写的东西是写作者的道德，那如实地批评你可以批评的东西则是批评者的道德。艾略特说的“诚实的批评和敏感的鉴赏”是一种“如实”，陈寅恪的“了解之同情”也是一种“如实”：“所谓真了解者，必神游冥想，与立说之古人，处于同一境界，而对于其持论所以不得不如是之苦心孤诣，表一种之同情，始能批评其学说之是非得失，而无隔阂肤廓之论。”

其次，在于批评的真理。本雅明曾将“批评”与“评论”做了最好的区分，认为“评论”探寻作品的“实在内涵”，而“批评”探寻作品的“真理内涵”。在一个极形象也极文学化的语段中，他动人地描绘了“批评家”的形象：“如果把年岁递增的作品看作熊熊燃烧的柴火堆，那么站在火堆前的评论家就如同化学家，批评家则如同炼丹士。化学家的分析仅以柴和灰为对象；而对炼丹士来说，只有火焰本身是待解的谜：生命力之谜。与此相似，批评家追问的是真理，真理那充满活力的火焰在那曾经存在事物的沉重柴火上和那曾经经历了一切后轻飘飘的灰烬上继续燃烧。”“批评的真理”不是别的，就在于探索“生命力之谜”。

最后，在于批评的现实。萨义德是经院批评和学院批评的反对者，与之相对，他提出了“世俗批评”：“世俗批评所处理的是局部的和现世性的情境，从本质上说它反对大规模的封闭体系的生产，那么必然的结论是，这种文章——一种比较短小的、探索性的、根本上持着怀疑论观点的形式——就是书写批评的主要方法”；“批判意识的必然轨迹，就是在每一文本的解读、生产和传播中必然带有对政治的、社会的和人性的价值的事物所得到的某种敏锐的意识。……就是接近一个具体的现实，有关这一现实，又不得不做出政治、道德和社会判断，而且，如果不仅仅是做出判断的话，还必须进行揭示和去神秘化。”从萨义德的批评精神而来，理想的批评显然必须具有以赛亚·伯林意义上的“现实感”，以及对现实的“敏感性”。

可以说，在我的个人批评中，由艾略特、本雅明和萨义德奠定的批评理想，隐秘地构成了我的批评传统。他们作为伟大的批评家，是人类批评之火的传递者。我当然不敢说，这个批评之火传到了我手上。我只能说，这些微不足道的批评文字，如若能借助伟人火光，映照出几点星火，给人些许光明和启示，我就心满意足了。

第一辑

只是当时已惘然
——评张爱玲《色，戒》

张爱玲的小说里，有两种美学：一是苍凉，一是惘然。

前者代表是《倾城之恋》(“胡琴咿咿哑哑拉着，在万盏灯的夜晚，拉过来又拉过去，说不尽的苍凉的故事”）和《金锁记》(“这是她的生命里顶完美的一段，与其让别人给它加上一个不堪的尾巴，不如她自己早早结束了它。一个美丽而苍凉的手势”)。而后者代表是《半生缘》和《色，戒》。在后两部小说中，张爱玲并没有给“惘然”写什么华丽句子，而只是在日常用语中提及。比起“苍凉”对世界的观照，“惘然”更多是对自我的体认。如果说,《倾城之恋》《金锁记》这样的小说，像在看人演戏,“苍凉”不过是看戏的兴味，那《半生缘》和《色，戒》这样的小说，则是作者粉墨登场，“惘然”是自身情感的投射。

“惘然”，作为一种美学，来自李商隐的诗篇《锦瑟》。“此情可待成追忆，只是当时已惘然。”日本汉学家川合康三将“惘然”解释为“茫然自失的模样”。《锦瑟》“无疑是讲述了失去所爱之人的悲哀，但每一句诗都以鲜明浓烈的意象不断升华着悲哀，整首诗被笼罩在朦胧的氛围中”。“这或许是因为叙述者自身无法将心绪完全呈现为‘悲哀’，而只能茫然地加以感受。”而顾随则谈得更为精彩：

> “惘然”二字真好，梦的朦胧美即在“惘然”。不是兴奋，不是刺激，不是悲哀，也不是欣喜，只是将日常生活加上一层梦的朦胧美。
>
> 李义山是最能将日常生活加上梦的朦胧美的诗人。李义山对日常生活不但能享受，且能欣赏。平常人多不会享受，如嚼大块的糖，既不会享受，更谈不到欣赏。
>
> 幼儿之好玩儿不是梦的朦胧美；一个中年人和一个老年人，坐在北海岸边，对着斜阳、楼台，默然不语，二者是谁能享受欣赏呢？恐怕还是后者。这真是惘然，是诗与生活成为一个，不但外面有诗的色彩而已，简直本身就是诗。
>
> 古语曰“相视而笑，莫逆于心”（《庄子·大宗师》），尚嫌其多此一笑。如慈母见爱儿归来对之一射之眼光，在小孩真是妙哉，我心受之，比“相视而笑”高。诗人在惘然中，如儿童在慈母眼光中，谈不到悲哀、欣喜。
>
> 悼亡非痛苦、失眠、吐血，而只是惘然。且不但此时，当时已惘然矣。

“惘然”的精髓是“若有所失”，它固然讲失去，但不谈悲喜。在境界和情趣上，它显然比西方文学里的“失乐园”要高。

张爱玲很钟情“惘然”。她曾两次用“惘然记”来命名自己的小说。1968年，张爱玲改写早年的作品《十八春》，想换个题目在《皇冠》杂志上连载。张爱玲与宋淇通信时说，《十八春》本想改名“浮世绘”，似不切题；“悲欢离合”又太直；“相见欢”又偏重了“欢”；“急管哀弦”又调子太快。最终她决定以《惘然记》为名连载。后来出单行本时，在宋淇建议下（“‘惘然记’固然别致，但不像小说名字，至少电影版权是很难卖掉的。‘半生缘’俗气得多，可是容易为读者所接受”），这才改为《半生缘》。1983年，张爱玲把自己早年写的三篇小说《相见欢》《浮花浪蕊》以及《色，戒》汇编成集时，再次将小说集定名为《惘然记》：“这三个小故事都曾经使我震动，因而甘心一遍遍改写这么些年，甚至于想起来只想到最初获得材料的惊喜，与改写的历程，一点都不觉得这其间三十年的时间过去了。爱就是不问值得不值得。这也就是‘此情可待成追忆，只是当时已惘然’了。因此结集时题名《惘然记》。”

毫无疑问，张爱玲把自己与胡兰成的感情投射在了《半生缘》和《色，戒》中。两个故事讲的都是男女之情的得而复失。在《半生缘》的结尾，这样写世钧和曼桢的久别重逢：

从前有一个时期他天天从厂里送她回家去，她家里人知趣，都不进房来，她一脱大衣他就吻她。现在呢？她也想起来了？她不会不记得的。他想随便说句话也就岔过去了，偏什么都想不起来。希望她说句话，可是她也没说什么。两人就这么站着，对看着。也许她也要他吻她。但是吻了又怎么样？前几天想来想去还是不去找她，现在不也还是一样的情形？所谓“铁打的事实”，就像“铁案如山”。他眼睛里一阵刺痛，是有眼泪，喉咙也堵住了。他不由自主地盯着她看。她的嘴唇在颤抖。

曼桢道："世钧。"她的声音也在颤抖。世钧没作声，等着她说下去，自己根本哽住了没法开口。曼桢半晌方道："世钧，我们回不去了。"他知道这是真话，听见了也还是一样震动。她的头已经在他肩膀上。他抱着她。

她终于往后让了让，好看得见他，看了一会又吻他的脸，吻他耳朵底下那点暖意，再退后望着他，又半晌方道："世钧，你幸福吗？"世钧想道："怎么叫幸福？这要看怎么解释。她不应当问的。又不能像对普通朋友那样说'马马虎虎。'"满腹辛酸为什么不能对她说？是绅士派，不能提另一个女人的短处？是男子气，不肯认错？还是护短，护着翠芝？也许爱不是热情，也不是怀念，不过是岁月，年深月久成了生活的一部份。

这个结尾似乎是对那种男女劫后余生、覆水难收的“惘然”最好的演绎。

但《半生缘》仍有张爱玲并不喜好的抒情化之嫌，在表现这种“惘然”上，反倒没有《色，戒》来得凌厉、现实和深刻。从故事人物来看，《色，戒》显然也更贴近现实中张爱玲和胡兰成的关系。我们来看张爱玲是如何描写王佳芝的——从开始的“从十五六岁起她就只顾忙着抵挡各方面来的攻势，这样的女孩子不大容易坠入爱河，抵抗力太强了”到后来“那，难道她有点爱上了老易？她不信，但是也无法斩钉截铁地说不是，因为没恋爱过，不知道怎么样就算是爱上了”再到最后生死一瞬间：

> 只有现在，紧张得拉长到永恒的这一刹那间，这室内小阳台上一灯荧然，映衬着楼下门窗上一片白色的天光。有这印度人在旁边，只有更觉是他们俩在灯下单独相对，又密切又拘束，还从来没有过。但是就连此刻她也再也不会想到她爱不爱他，而是——
>
> 他不在看她，脸上的微笑有点悲哀。本来以为想不到中年以后还有这样的奇遇。当然也是权势的魔力。那倒还犹可，他的权力与他本人多少是分不开的。对女人，礼也是非送不可的，不过送早了就像是看不起她。明知是这么回事，不让他自我陶醉一下，不免怃然。
>
> 陪欢场女子买东西，他是老手了，只一旁随侍，总使人不注意他。此刻的微笑也丝毫不带讽刺性，不过有点悲

哀。他的侧影迎着台灯，目光下视，睫毛像米色的蛾翅，歇落在瘦瘦的面颊上，在她看来是一种温柔怜惜的神气。

这个人是真爱我的，她突然想，心下轰然一声，若有所失。

太晚了。

店主把单据递给他，他往身上一揣。

“快走，”她低声说。

他脸上一呆，但是立刻明白了，跳起来夺门而出，门口虽然没人，需要一把抓住门框，因为一踏出去马上要抓住楼梯扶手，楼梯既窄又黑魆魆的。她听见他连蹭带跑，三脚两步下去，梯级上不规则的咕咚嘁嚓声。

太晚了。她知道太晚了。

“太晚了”——并非报信太晚了，而是爱得太晚了。当她背叛任务，说出那句“快走”时，她就明白一切都已结束了。几乎是在她意识到爱、肯定这爱的那一刻，爱也立刻破灭了。这也是为何当女人觉着男人爱她时，她感到的并非幸福和满足，而是一种“若有所失”。回头再看男人这边：“他觉得她的影子会永远依傍他，安慰他。虽然她恨他，她最后对他的感情强烈到是什么感情都不相干了，只是有感情。他们是原始的猎人与猎物的关系，虎与伥的关系，最终极的占有。她这才生是他的人，死是他的鬼。”令人毛骨悚然！这个在女人看来柔情动人、方生方灭、像蝴蝶一样不断萌动扑闪着的爱，在男人那里，不过是一个爱的战利品，被制成一个栩栩如生却了无生趣的爱情标本，永远悬挂在男人的自我陶醉里，女人死了也逃不掉。这就是张爱玲在经历了三十多年沉积后，对她和胡兰成之间残酷真相的认识。

张爱玲从1953年就开始构思《色，戒》，历经二十多年修改，1978年才发表。这个漫长的历程，其实也是她回顾、清理她与胡兰成感情的过程。论者严纪华认为《色，戒》中，“男女主角的对待起伏回旋甚大，似乎是借尸还魂地道出了张爱玲过去与胡兰成的情感试炼与创伤。亦即将王佳芝的情欲释放与张氏本身的情欲释放联结，从这个角度观察，整个间谍故事的主谋凶手或可遥指到‘父爱症结’：也就是张爱玲所曾经历过的又爱又恨的缺陷童年，以及她一直深深企盼却终于落空的感情”。或许，我们可由此为张爱玲的“惘然”，寻一个更深的根由和脉络。

1937年那年，张爱玲中学毕业。“母亲回国来，虽然我并没有觉得我的态度有显著的改变，父亲却觉得了。对于他，这是不能忍受的，多少年来跟着他，被养活，被教育，心却在那一边。”男人的嫉妒心是不可捉摸的。这只是引子，而结局是不可收拾的，张爱玲被迫弃父弃家而走，永远地。

在软禁的日子里，张爱玲的意识陷入一种疯狂的清晰状态中。“我也知道我父亲决不能把我弄死，不过关几年，等我放出来的时候已经不是我了。数星期内我已经老了许多年。……头上是赫赫的蓝天，那时候的天是有声音的，因为满天的飞机。我希望有个炸弹掉在我们家，就同他们死在一起我也愿意。”但谁又能说，那个父亲——两年前尚能就《摩登红楼梦》言笑晏晏——或者说那个男人没就此死掉呢。

就是这一年，张爱玲写了《霸王别姬》，时间当在家变之前。十六岁的张爱玲心目中的“霸王别姬”竟是“姬别霸王”！

> “大王，我想你是懂得我的，”虞姬低着头，用手理着项王枕边的小刀的流苏。“这是您最后一次上战场，我愿意您充分地发挥你的神威，充分地享受屠杀的快乐。我不会在您的背后，让您分心，顾虑我，保护我，使得江东的子弟兵讪笑您为了一个女人失去了战斗的能力。”
>
> “噢，那你就留在后方，让汉军的士兵发现你，再把你献给刘邦吧！”
>
> 虞姬微笑。她很迅速地把小刀抽出刀鞘，只一刺，就深深刺进了她的胸膛。
>
> 项羽冲过去托住她的腰，她的手还紧紧抓着那镶金的刀柄，项羽俯下他的含泪的火一般光明的大眼睛紧紧瞅着她。她张开她的眼，然后，仿佛受不住这强烈的阳光似的，她又合了它们。项羽把耳朵凑到她的颤动的唇边，他听见她在说一句他所不懂的话：

“我比较喜欢那样的收梢。”

——一个至死不被霸王“懂得”的虞姬！

在《我看苏青》里头，张爱玲还谈到了另一个“古美人”，杨贵妃。“杨贵妃一直到她死，三十八岁的时候，唐明皇的爱她，没有一点倦意。我想她决不是单靠着口才和一点狡智，也不是因为她是中国历史上唯一的一个具有肉体美的女人。还是因为她的为人的亲热，热闹……杨贵妃的热闹，我想是像一种陶瓷的汤壶，温润如玉的，在脚头，里面的水渐渐冷去的时候，令人感到温柔的惆怅。”一个男人爱一个女人，能爱到不厌倦，图的无非是她的亲热、热闹；而那个女人呢，从男人那里是得不到持久的温度的，落的往往只是个“渐渐冷去”的下场。

女人是无法从男人那里取暖的，这在张爱玲和她父亲之间尤其如此。张爱玲八岁那年，父亲给她的已是一种鸦片香似的阴鸷感觉。“然而我父亲那时候打了过度的吗啡针，离死很近了。他独自坐在阳台上，头上搭一块湿手巾，两目直视，檐前挂下了牛筋绳索那样的粗而白的雨。哗哗下着雨，听不清楚他嘴里喃喃说些什么，我很害怕了。”

没任何理由促使张爱玲去恋父，相反，在她看来，母亲与父亲，意味着截然的两极，快乐与痛苦。

“母亲走了，但是姑姑的家里留有母亲的空气，纤灵的七巧板桌子，轻柔的颜色，有些我所不大明白的可爱的人来来去去。我所知道的最好的一切，不论是精神上还是物质上的，都在这里了……像拜火教的波斯人，我把世界强行分作两半，光明与黑暗，善与恶，神与魔，属于我父亲这一边的必定是不好的，虽然有时候我也喜欢。我喜欢鸦片的云雾，雾一样的阳光，屋里乱摊着小报……和我父亲谈谈亲戚间的笑话——我知道他是寂寞的，在寂寞的时候他喜欢我。父亲的房间里永远是下午，在那里坐久了便觉得沉下去，沉下去。”

“我知道他是寂寞的，在寂寞的时候他喜欢我”，孩子气时的张爱玲是试着讨好过父亲的，但在一个糜烂的氛围里，这又是怎样一个父亲呢？“水汪汪的黑眼睛里永远透着三分不耐烦”“那眼珠却是水仙花缸底的黑石子，上面汪着水，下面冷冷的没有表情。看不出他在想什么”——父亲的傲慢、冷漠和厌倦，深深伤害了张爱玲那种“奇异的自尊心”。在往后漫长的岁月中，张爱玲一直对任何傲慢的人事保持着自矜和戒心。唯一两个能闯入她生命中的男人，骨子里对她只能是俯就。成也萧何，败也萧何。

——一个无法被原谅的父亲！

1934年的《心经》中，张爱玲似乎是在向她童年最深切的失望作最后的告别。“都是为了他，她受了这许多委曲！她不由得滚下泪来。在他们之间，隔着地板，隔着柠檬黄与珠灰方格子的地席，隔着睡熟的狸花猫，痰盂，小撮的烟灰，零乱的早上的报纸……她的粉碎了的家！……短短的距离，然而满地似乎都是玻璃屑，尖利的玻璃片，她不能够奔过去。她不能够近他的身。”——有谁明了呢，对一个女儿来说，一个母亲仅仅是母亲，而一个父亲从来就不仅仅是父亲了。

父亲的阴影，造成了张爱玲对男人难以磨灭的失望。包括她的那个弟弟。“我弟弟实在不争气，因为多病，必须扣着吃，因此非常的馋”，“张干使我很早地想到男女平等的问题，我要锐意图强，务必要胜过我弟弟”。她是真的做到了，任何男人。她的第一个恋人硬是被她的“强悍”给迷住了。小说中的人物呢，她评价范柳原——“现在想起来，他是因为思想上没有传统的背景，所以年轻时候的理想经不起一点摧残就完结了，终身躲在浪荡油滑的空壳里”。《封锁》中的吕宗桢（取“忠贞”的谐音）在小说的结尾已经显得滑稽了。张爱玲辛辣地讽刺了他的虎头蛇尾：“扭开了电灯。一只乌壳虫从房这头爬到房那头，爬了一半，灯一开，它只得伏在地板的正中，一动也不动。”

张爱玲只是在《红玫瑰和白玫瑰》里试图表现过属于一个男人的困境。当然，这种两难，在女人看来，也算不得什么。与葛薇龙、白流苏、曹七巧、顾曼桢这些女人们的艰难抉择相比，像一个笑话。

张爱玲是那种以色情取暖的人，但不是从男人那里。在《谈女人》中，她谈到尤金·奥尼尔剧本塑造的“地母”形象让她落泪。在《大神勃朗》中，“地母”是一个妓女，“一个强壮，安静，肉感，黄头发的女人，二十岁左右，皮肤鲜洁健康，乳房丰满，胯骨宽大。她的动作迟慢，踏实，懒洋洋地像一头兽。她的大眼睛像做梦一般反映出深沉的天性的骚动”。张爱玲欣赏的这个地球之母的形象，让人想到郭沫若那不可抑制的泛神论。

至少在灵与肉的取舍上，张爱玲的身体美学是浪漫化的，有少有的童真之气。她宁愿把男女处理成色情关系而非爱情关系。

在小说《封锁》中，结局是惘然的，但陌生男女的相互打量，充满了色情的理想美。这段对男女彼此打量的描写，其妙处，我们可以对照一下D. H. 劳伦斯的《查泰莱夫人的情人》。后者有一段情节，女主人康妮无意中窥见看林员梅勒士野外沐浴，小说借女性之眼，这样看待男性身体：“And the keeper, his thin, white body, like a lonely pistil of an invisible flower!”（那看林员，他瘦而白的身子，宛如昙花孤零零的花蕊！）

劳氏的本意恐怕在于以男儿身（还非女儿身）的美化，来洗刷性之丑恶。这个反串似的抒情，要正名男性在人类性史上并非全然反派。但这个女性化的男体并不轻盈，相反，由于充斥着寓意，而焕发出细腻而结实的光芒。抒情化和性的联姻，走向了轻盈的反面——沉重，并且可笑。这一点米兰·昆德拉在《被背叛的遗嘱》中提到过。

肉身成言何时轻盈？张爱玲小说《封锁》的注解显然更妙。陌生男女邂逅于电车，男人搭讪女人，小说出现女对男的偷看：“她又看了他一眼。太阳光红红地晒穿他鼻尖下的软骨。他搁在报纸包上的那只手，从袖口里出来，黄色的，敏感的——一个真的人！不很诚实，也不很聪明，但是一个真的人！她突然觉得炽热，快乐。”

这个场景，具有卡尔维诺《未来千年文学备忘录》中所言的“轻盈”的所有的美学品质。首先是“语言的轻松化，使意义通过看上去似乎毫无重量的语言肌质表达出来”，太阳光、鼻尖、软骨、那只手、袖口——所有这些意象飘飘欲飞，好像进入了超现实的境地。其次是“对有微妙而不易察觉因素在活动的思想脉络或者心理过程的叙述”，场景中的女人（想想她的名字“翠远”）的心思颇微妙：快乐着她的并非结实的爱，而是陌生男人的手势、色感、形貌，切身但无重量的东西。最后是“轻盈的视觉形象具有象征的价值”，看看，阳光晒穿男人鼻尖的软骨；那只手，从袖口里出来；红红的，黄色的，敏感的——洋溢着蠢蠢欲动的情欲，又预示了爱的徒劳和幻灭。

这是张爱玲小说中鲜见的轻盈文字。它的暖色调、动感，还有恍惚，完全的女性笔调，宛如迎风摇曳的太阳花。反观劳伦斯笔下的肉体，那种白金雕凿的宝石花，冷郁、贞洁、沉甸甸，令人窒息。卡尔维诺说得好，“如果我们不能体味具有某种沉重感的语言，我们也就不善于品味语言的轻松感”。

在《金锁记》中，也有一段相似的描写。长安和世舫的约会，“晒着秋天的太阳，两人并排在公园里走着，很少说话，眼角里带着一点对方的衣服与移动着的脚，女子的粉香，男子的淡巴菰气，这单纯而可爱的印象便是他们身边的栏杆，栏杆把他们与众人隔开了”。

色情是单纯的，皮肤般的，上面洒着初恋一样的阳光。而爱情呢？是冰凉易碎的瓷器，是阴森华丽的景泰蓝。

身体是有温度的，这一点，张爱玲也是知道的吧。但她却无法坚信。男人没有这种温度。色情从本质上看显然是追求触感的，但在那样一个影子似的时代，一切已变得难以捉摸了。

唉，该怎样面对这样一个张爱玲呢？

——永远不可能的父亲，男人的永远不可能！

相忘于江湖
——评张北海《侠隐》

少年子弟江湖老。张北海（本名张文艺）的《侠隐》，是唱给旧时光、老江湖的一阕挽歌。

中国文化里头，轰轰烈烈的侠，末了的收梢总逃不过一个隐。虬髯客、聂隐娘，无不如此，正所谓："十步杀一人，千里不留行。事了拂衣去，深藏身与名。"那尚是一个武侠的美好时代，快意恩仇，功成身退，等时光转到民初，却是连这种热闹已不复存焉。

一个侠客因为师门血案而逃亡在外，多年后回来寻仇。张北海挑了这么一个武侠小说的老套，想讲的却不仅仅是复仇的主题。或许，在小说里，最大的仇敌不是人，而是时间和记忆。当师门这一老一少，在古都京城如孤魂野鬼一般游弋、闲荡、漫游的时候，与其说在寻觅仇敌，不如说在追忆逝水年华。故都风物，三教九流，人情世故，"全变了……连票号银号都在卖什么'航空奖券'。能叫我想起从前那会儿天桥的，是在地摊儿上喝的那碗牛骨髓油茶，跟‘一条龙’吃的那笼猪肉白菜馅儿包子”。那是怎样的一个时代呢？法律制裁取代了江湖规矩，时装取代了马褂，巡警取代了镖师，“四十年的武艺，一个子弹就完了”。老派的武林作风、应答，在新式文明社会里，显得那样的滑稽、落寞、不合时宜。当然，也有不变的。“万一发生巨变，师徒分散，失去音讯，则切记，圆明园西洋楼废墟，每逢夏历初一午夜，是本师门幸存者约会时地。”这个关于圆明园的约定，是张北海的神来之笔，是《侠隐》最让人动心处。巨变，分散，废墟，幸存者，约会——何止师门，简直是一切历经时间劫毁的人生的一个奇妙的隐喻。

《侠隐》开篇且通篇笼罩在冷清苍凉之中。既有京城中的夜行、隐秘中的寻仇，也有山雨欲来国难当头、一个时代大的隐退。在这部武侠小说里，张北海似乎俨然化身为了张爱玲。“人是生活于一个时代里的，可是这时代却在影子似地沉没下去，人觉得自己是被抛弃了。为要证实自己的存在，抓住一点真实的，最基本的东西，不能不求助于古老的记忆，人类在一切时代之中生活过的记忆，这比瞭望将来要更明晰、亲切。”这种明晰、亲切的记忆，既来自《侠隐》中不厌其烦列举的种种风味小吃，也来自那种江湖中的丝丝儿女之情。小说中有个细节写到与侠客相恋的女人在洗头，“她上身只穿了件白坎肩儿。双手按着头，露着两条白白的膀子和夹肢窝下那撮乌黑的腋毛。胸脯鼓鼓的。微湿的坎肩贴着肉”。这是那种真正的贴肉到骨的质感，一个大时代下的小小的温情记忆。正是这些无数的含有余味的细节，构成了《侠隐》的动人力量。

但是，时代终究是巨大的，裹挟一切奔腾向前，在与时俱进的时代面前，个人永远是过去时的，心怀忧愁。张北海十三岁离京，从此终生漂泊海外，无法叶落归根，因为他的老北京，他的武林春梦，在时间的河流里根本无法重现，而只能通过文字点滴缅怀。《侠隐》，张北海这个老移民写的武林旧事，该是怎样的一个愁字了得！“侠隐”，“侠隐”，田园将芜胡不归？在大时代里，个人何去何从，也许，还是应了那句老话，“相濡以沫，不如相忘于江湖”。

《侠隐》的诞生，缘于张北海的亲身经历。那是抗战时，五岁大的张北海，和二姐（十四岁）、三姐（十岁），还有朋友家的小女儿，随着母亲，一行五人，从天津逃难去重庆。火车只能坐到济南，随后雇了个骡车，一路慢行去西安，一切恍若回到旧时百姓在战火中的流离失所。母亲听到张北海小孩子不懂事，唤赶车的“骡夫”，让他别这么叫，人家有名有姓，你得称他一声“大叔”。这让张北海初经人事。“从叫‘骡夫’到改称‘大叔’，正是我妈教导我跨越了这个对人尊重的界线。”正是这个“大叔”，在途中护着妇幼五人，有惊无险躲过匪患，平安抵达西安。张北海后来回忆：

每次看武侠小说，总会让我想到大叔，记得有一部是

> 讲几个镖客护送三品京官一家告老还乡，真有点像大叔护送我们五人从山东到西安。尽管我们是逃难。……我经常胡思乱想。是在这样一次做白日梦的时候，我为大叔编了一个故事。他曾经是“会友”一名小镖头，镖局关门之后，他既不想去干警察，也不愿在庙会“以武会友”下场子卖艺，也没兴趣去开饭庄酒馆，更不肯去给遗老护院，给新贵做打手，就这样去做了这个和他当年走镖有类似的行业，用骡车护送家人货物远行。1942年，他护送我们五人，我觉得他有五十多岁了，个子身体都很好，年纪也大致符合我为他编的故事，一路上，虽然没见过他施展什么功夫，也没见他身上有什么家伙，可是大叔还是像镖头似的把我们五人平安无事地从山东护送到西安。

这就是《侠隐》的缘起。《侠隐》讲的是时代里的“末代侠客”，也是生活中的“平凡英雄”。这样“英雄侠客”，对张北海来说，还有他二哥张文庄（张艾嘉的父亲）。

就在张北海随母亲逃难前夕，二哥张文庄因不堪父亲的粗暴管教（张北海后来反思父辈教育，“无论父亲政治上多么前进，十八岁就参与了反清起义，但他究竟生在清朝。再加上去日本上大学。传统保守的儒家思想，加上受日本大男子父权意识影响，父亲只能，也只知道如此管教子女”），逃家出走了，毅然从大学退学，又只身从天津去重庆，考取了中国空军官校，随后去美国受训。临行前，在天津请弟弟张北海和奶妈吃冰激凌：

> 快吃完的时候，他取出一块大洋给了杨妈，说文艺喜欢吃巧克力和草莓冰激凌，有空买给他吃，然后补上一句："你们吃，我先走了。"

就这么干脆磊落的一句！二哥就这么跑掉了，没告诉任何家人。张北海后来回想这段往事，才意识到二哥最后那句"我先走了"的双重含义，"他像是在和我及杨妈告别"。这段记述，曾让张大春一度唏嘘落泪："固然那并非真正意义上的永别，但是人间离乱几能知，陌上寻常聚散时，少小之际那些被匆匆错过而日后也无从追寻缝缀的散落记忆，恐怕才是死亡的痕迹。"

1955年，二哥张文庄奉命驾"美龄号"专机飞马尼拉接叶公超时，刚从台北起飞就在新竹附近失事，年仅三十一岁。

"二哥有料！"这是张北海对英年早逝的二哥最简单、也最高的评价。在他记忆中，难以磨灭的，永远是二哥那个"侠客英雄"的样子。

"你们吃，我先走了。"

1986年，年过半百的张北海回江西老家探亲。五台山下的故里早已物是人非了，只有一位老奶奶还认得老张家的人：

> 老奶奶头一句就问我是不是文庄。我两秒钟之后才明

白她的意思。我二哥是她当年见过的我们家人里面最小的一个。她以为文庄现在长大了，就是我。我通过小李的翻译（地道的五台话可真难懂，连在山西住了这么多年的毛参谋都听不懂），慢慢一句一句告诉她，文庄是我二哥，我的家离开山西之后，我妈又生了二女一男。我最小。她记得我爸、我妈、大姐、大哥和二哥，一个个问起。我一直在犹豫，不能决定要不要告诉她我二哥已经去世三十多年了。后来决定还是不讲。

这是张北海的大慈悲了。后面老奶奶把陪同的翻译小李误当成张北海媳妇了，很高兴北海离家这么久，“到头来还是回老家娶了个本地姑娘”。张北海悄悄叮嘱小李别说破，让老太太乐一乐挺好的。小李跟老太太又说了些话，张北海看到她脸色突然深沉下来。“顿了一会儿，我看她眼眶圈儿都红了，她才说：‘老奶奶要送你一个鸡蛋……’”张北海回忆说，“那个鸡蛋使我有了一点回老家的感觉。这是家乡的味道，而且是穷的家乡的味道。”这就是让张北海动容的故乡的人，故乡的情。他是个念旧情的人。这种念旧和悲悯才是真正的侠客精神吧。

张北海自己，又何尝不能称为“侠”呢。从小到大，从北京到纽约，一路走来，有教训有忏悔，有家庭的叛逆，有侥幸的脱险，也有无果的初恋，虽经风波，但结局尚好。用莎士比亚的戏剧说，All’s Well That Ends Well（结尾好，什么都好）。

张北海这一生，朋友满天下，不曾孤单过。他潇洒，通达，还有些念旧，是真正的性情中人，魏晋一流的人物。他的生活跟文章一样，自然纯粹而又有点艺术化。他的行事做派，写下来，俨然就是一篇活生生的“世说新语”。不过他当年远走海外，作为最早定居美利坚那一代，只身闯天涯的孤寂还是有的吧。从更远来说，他是从中西教育中走出来的一代，未受其累，兼得其益，无疑是他的幸运和造化，但初次闯荡“新世界”的那种寂寥心情，谁又真正能懂呢。在临终的脑海里，不知张北海是否会记起他幼时在北京听戏，马连良的《武家坡》，那一段苍凉却磊落的唱词：

一马离了西凉界，
不由人一阵阵泪洒胸怀。
青是山绿是水花花世界，
薛平贵好一似孤雁归来。

三生石上旧精魂
——评张大春《聆听父亲》

兴许是张大春戏谑风格、杂学笔调与虚构技艺太过招摇，以至于他耗时五载，于2003年推出家族小说《聆听父亲》时，时人纷纷惊呼，“张大春在面对父亲逐渐衰败的身体时，一改之前以撒谎为乐的书写风格，逐渐抒情而真诚起来”了；张大春终于肯“认真悲伤”了；大家破天荒看到了一个“弱点的张大春”。台湾书商在宣传《聆听父亲》时，甚至声称这是自“白话文学朱自清《背影》以来最感人的父亲书写”。这话虽非过誉，却并不恰当。在我看来，“抒情”“真诚”“感人”等从来就不应该是一部小说值得为之赞叹的德性，更何况是一部家史小说、一部篇幅体量和时间跨度都巨大的历史性小说呢？

当事人又如何观之呢？在接受台湾《中国时报》访谈时，张大春曾提到，“台湾有家变传统，但是没有家族书写的传统”。说来奇怪，历经迁徙流离的老一辈作家，应该最多家族书写的素材，但真正完成的作品反而寥寥可数。张大春认为，这些作家因为痛苦太巨大、太切身，反而没有轻松理解的机会，也没有优游其中的条件。即使写出来，他们沉重的家国负担，对于读者来说也是巨大的压力。张大春正好在中间，不轻也不重，一方面，他看到整个世代的文化装备被时髦的政治论述或消费文化摧残殆尽，这似乎形成他写作家族史的动机；另一方面，他与时代有一个较大的距离，因此可以带着笑声地看到残酷的现实。

由此可见，《聆听父亲》远非我们想象中那种为尊者讳、光宗耀祖式的家族书写。我们不妨看看其中“三株灵魂”这一节：

> 尽管我现在可以大言不惭地对你说：“战争起于嫉妒，且是立即地谋杀嫉妒这个认真、细腻、深刻又丰富的情感。”它听起来其实是十分世故的。在我较早的生命里，还有一片可以说相当天真的时区。我在那里询问晚餐桌上喝着五加皮酒的父亲：“五三惨案”是怎么一回事？我那样问着的时候，满脑子想象的答案是多少士兵杀了多少士兵的战争细节——那是简陋的历史课本所不能提供的刺激场面。我父亲问我：怎么想起来问这个？我说：历史课本上提到“济南发生‘五三惨案’”。我父亲“喔”了一声之后想了很久，终于慢条斯理地告诉我：他在地窨子里出了水痘，日本鬼子到处开炮，我奶奶则亲手包了一板子蚕豆大小的饺子给他吃。“因为我那时候喉咙肿了，什么也咽不下，又想吃饺

子。”我父亲说着哽了声、红了眼，随即落了泪，冲我用国语说了句：“我想我妈妈。”我母亲在旁边放下碗，说我父亲喝了酒净废话。我父亲接着用山东话跟我母亲说：“你知道什么？民国十七年你还早着哪！那时候儿只有俺娘疼俺疼得紧，俺爹不喜欢我。”我母亲说：“这话絮叨过几百遍了你不嫌絮么？”我冲口而出打了个抱不平：“爷爷是个老浑蛋！”紧接着我父亲的一只大巴掌就拍上了我的后脑勺：“你才是个浑蛋！这是怎么说话？一点礼貌都不懂！”这是我懂得“五三惨案”以及礼貌的开始。

让我和你——我的孩子，一起回到我生命中那个十分天真的时区，看一看那饭桌旁我们一家三口所受的微不足道的委屈。我母亲，从未参与过我父亲的成长，却在我父亲酒后脆弱又悲哀的胁迫下一次又一次地分享他廉价的自怜。她的娘家离朝阳街四十里，嫁到张家的时候已经二十四岁，对张家门儿的德行的理解与我父亲有着近二十年的时差，我父亲无视于此，也不曾将我母亲带回他生命中包涵各种丰富情感的角落（一如他不曾带我进入一九二八年五月三日的大历史事件现场一样），可是却要求她完全体会、感同他那受轻贱的、有如遗弃的伤痛。我父亲，他的妻子不想理解他的悲哀是怎么一回事，且要求他以吃饱穿暖之余并无余事的态度去压抑或蔑视情感所带来的骚动；他的儿子对朝阳街四合三进大院墙里平庸琐碎的家常没兴趣，却想让他为大时代作不在场的目击见证。他只能更顽固、更执拗也更感伤地爱上自己的悲剧。至于我，我的委屈是一家三口里最轻薄短暂的——我只想以一惊人之语让我父亲不要那样孤立无援以至于掉回头与我母亲争吵起来。

这个小小的晚餐场面以一个问题始、一个巴掌终，连电视剧都不屑编演的情节，它却点染出三个委屈：三株互不了解，也无法被了解的灵魂。在我的那一株里面，有一个我几乎不忍揭穿的部分，那就是我毫无自觉地利用了我父亲和母亲的无助，扮演一个控诉强者的强者。我用老浑蛋这个字眼发动了一次对早在一九四五年古历三月二十四日已经死去的爷爷的战争，我嫉妒我的爷爷，他居然可以那样对待我父亲。

这小而紧凑的一节，如同戏剧之一幕，是整部《聆听父亲》的缩影：没有“大历史”，只有小日常；哪怕一家之内，“人类的悲欢并不相通”；历史掩盖了多少人生真相，历史之下又有多少不忍揭穿的自欺欺人的把戏。

张爱玲说过：“在文字的沟通上，小说是两点之间最短的距离。就连最亲切的身边散文，是对熟朋友的态度，也总还要保持一点距离。只有小说可以不尊重隐私权。但是并不是窥视别人，而是暂时或多或少的认同，像演员沉浸在一个角色里，也成为自身的一次经验。”在这个意义上，我确信《聆听父亲》是小说而非散文。它对待家族历史，不仅没有那种自我传奇化的冲动，反而有一种解构式的嘲讽：“刻意保持卑微、压抑身段、‘帝力于我何有哉？’、把头垂得更低一些、承认自己的渺小。这一整套列祖列宗的德行提供给张家门儿的子孙绝佳的嫉妒位置。我们嫉妒这世界上净是些比我们伟大的人、比我们伟大的事、比我们伟大的力量，于是我们只好与这一切无关，甚至与嫉妒这样一种认真、细腻、深刻又丰富的情感本身亦无关。”这种“大逆不道”，这种“大不敬”的口吻，显然背离了中国传统的“为尊者讳”的家族历史书写模式。张大春作为一个受到家学和旧学传统熏陶的作家，他的这种现代人的自我批判意识并没有被剪灭，反而更加强烈。也许在他看来，这种建立真情实感上的自我分析和自我批判，是对家庭、家族历史真正的敬意。

当然，对中国的家庭历史、家族历史书写来说，如何梳理父子关系，仍然是重心所在。《聆听父亲》采用一个爷孙三代的视角，来双向描画两重父子关系。所谓“聆听父亲”，既是“我”对“父亲”的聆听，也是即将出世的“儿子”对“我”这个“父亲”的聆听。张大春刻意让自己停留在这个居间位置，来完成历史、当下与未来的贯通思考。

《聆听父亲》是以“我”照顾病榻上的“父亲”，内心思绪万端开始的。张大春一点也不讳言，我们朝夕相处的亲人，也可能是我们最熟悉的陌生人：“我时常静静地坐在病房床头的那张沙发上，看几眼窗外正努力吐芽放蕊的树枝和花苞，默想过去四十年来我对这老人的生命有过多少垦掘和理解，当我再转回头望见他闭目愁思的时候，便一而再再而三地想到：我从来没有真正试图深入他那个‘家传的好脑子’里一探究竟；即使有，加起来也不会比一片叶子、一瓣花短促的风中生命长多少。”但这远非社会学意义上的代沟，而是人性认知上的困境。整个《聆听父亲》可以视为一种以浮想联翩的方式不断返回历史现场、回到父辈时空下的努力。有叙述，也有感想；有迷失，也有确凿；有离奇，也有平淡。显然，张大春无意通过线性叙事去构筑一个家族本来如此的面貌。这种面貌在传统的家族叙事中往往被神圣化。但他显然也并非后现代主义的信徒，以一种虚无态度去瓦解家族历史的一切。由“聆听父亲”开启的是一场历史、生命、书写纠缠在一起的对我们的过往的复杂探询：由“我”的“父亲”、“父亲的父亲”，到“我们身为父亲”，在这个既是生命也是历史的延续链条下我们何以自处？我们的历史值得延续下去吗？正如我们遭受父辈历史的重压和承担，我们会基因遗传一样将这种重压和承担延续给我们下一代吗？我们已经聆听过我们的父辈，我们的子孙会聆听我们吗？历史该如何聆听？……《聆听父亲》的伟大，在于始终贯穿着这样一种思索。

在《聆听父亲》中，有一个片段，可以说概括了整部书的题旨：

就在那天夜里，我决定写这本书。当月光完全辗过病房之后，我父亲惊醒过来。我替他翻了个身，见他仍不安稳，只好随口编派点话逗他——我是一半正经、一半玩笑地问着：

“你看我是先让你抱个孙子呢，还是先写一本儿关于你的书呢？”

老人睁开因糖尿病而对不大正的两颗眼珠子，看着我，又垂下脸埋在枕头里，闷声说道：“我看啊——你还是先帮我把尿袋倒一家伙吧！”

在那一瞬间，对那样一具病体而言，最确凿不移的真理、最值得重视的天经地义，既非创造宇宙继起之生命，亦非书于简帛藏之名山公诸后世，而是当下鼓胀的膀胱。质言之，没有任何事、物、言语是其他事、物、言语的真理和天经地义。它只是它自己的。也无论承袭、延续了什么，每一个生命必然是它自己的终结，是它自己的最后一人，这恐怕正是它荒谬却庄严的部分。

“无论承袭、延续了什么，每一个生命必然是它自己的终结，是它自己的最后一人，这恐怕正是它荒谬却庄严的部分”——“生命”如此，“历史”何尝不也如此？历史是“荒谬却庄严”的，自有它存在的理由。这正是《聆听父亲》想传达出的历史观念。

野性的召唤
——评朱天心《猎人们》

以赛亚·伯林曾经将文人分为“狐狸”和“刺猬”两种类型，认为前者喜欢多点出击而后者热衷一以贯之。而在我看来，文人也不妨以猫来群分。爱不爱猫，颇能反映文人的立场和趣味。大抵上，左派文人讨厌猫，而右派文人或自由派文人大多爱猫。陈子善先生编过一本名为《猫啊，猫》的猫书，将中外文人雅士所作猫文猫画汇集一册，对照一二的话，似乎多有印证。事实上，猫那种温媚悠闲、若即若离的行事做派，不讨左派喜欢而独蒙右派青睐，也是情理之中的事。

在左派文人中，鲁迅是出了名“仇猫”的。他自认有两个“光明正大”的充足理由：一是猫的性情“和别的猛兽不同，凡捕食雀鼠，总不肯一口咬死，定要尽情玩弄，放走，又捉住，捉住，又放走，直待自己玩厌了，这才吃下去，颇与人们的幸灾乐祸，慢慢地折磨弱者的坏脾气相同。二，它不是和狮虎同族的么？可是有这么一副媚态！”因为不堪猫叫对写作之扰，鲁迅甚至用长竹竿攻击过它们。但是，在“新月诗人”徐志摩那里，猫却俨然成了“美丽与壮健的化身”“一个纯粹的诗人”。它“对着新生的发珠光的炉火”，“如同一个诗人在静观一个秋林的晚照”。当然，在“感时忧国”的年代里，对猫不管是厌恨还是礼赞，其实都是拿猫作幌子，和猫本身是无关的，比如老舍的《猫城记》。真正能以平视眼光来看待猫，还只能在今天这样“后革命”的年代。但这并不是说“猫狗小事”就无关政治了，只不过这个政治由党派政治变成了生命政治。这是我们读朱天心的《猎人们》时的一个大背景。

在汉语写就的动物书里，我认为，朱天心的《猎人们》和钟鸣的《畜界，人界》是唯一值得一读的两本书。其中后者在《爱伦·坡的普鲁托和中国猫》(这篇文章可惜没有收入陈子善编的《猫啊，猫》）一文中也谈到了猫：“猫是一种富贵动物，别称蒙贵。《酉阳杂俎》记：古谭国有一只猫，常带金锁，有钱，飞若蛱蝶。人有钱大概也很轻盈吧。在朱门豪户，猫极温柔多情，而落在寻常百姓家，不用说逮耗子，或睁开眼睛让你看时间，恐怕连性情也是极冷的，就像它的鼻端，一年四季，也只在六月热那么一下。这大概也是特别喂了食的。兴许如此，还破了财和福气。故民间有‘鸡来贫，狗来富，猫儿来了开当铺’的歌谣相传。”这种对猫的揶揄口吻，当然是缘自钟鸣那种“士大夫精神”(柏桦说，就人生观而言，钟鸣的“散文的精神是儒家的而非老庄的”，是非常准确的），但它与鲁迅“痛打落水狗”

的斗士精神毕竟不一样，虽然它也拿猫说事。

朱天心和他们都不一样。她虽然也有济世情结，但她的“世”不光包含人世也涵括畜界。《猎人们》是朱天心写的一部以猫为主题的动物随笔集。但是正如以研究动物伦理学而闻名的学者钱永祥所说的，“今天以动物为主题的作品不少，可是一件作品究竟是在写动物、还是借着动物说作者自己的心情，要看作家能不能压抑聒噪和摆布的欲望，退后再退后，让动物展现自己，让动物释放自己生命的真相与力量”。这也正是《猎人们》优于任何其他猫书的地方。

坊间琳琅满目的动物书，谈的大多是动物作为宠物的可爱，尤其是猫这种以温顺著称的动物。但朱天心和他们眼光完全不一样。起首同时也是点题的一篇《猎人们》，谈的却是猫的捕猎、猫的野性。朱天心让我们遽然发觉，在我们周边向来以受伤害的弱小形象出现、向来被作为捕杀对象的街头流浪猫们，其实是这个城市里最野性的猎人。而被鲁迅斥为“幸灾乐祸”地“折磨弱者”的“坏脾气”，在朱天心那里则被视作猫的原始生命力而得到讴歌。“我那看似聪明什么都懂的主人永远不会知道这个乐趣，那微风夹带多种讯息地穿过草尖，草尖沙沙刷过最细最敏感的腹毛，那光影每秒钟甚至更小刻度的变化，那百万年来祖先们汇聚在热血脉里的声声召唤，那瞬间，时间不花时间，掌爪下的搐动，哪管他什么动物都同样柔软的咽喉，但不急咬不急咬断它……甲壳虫如何肢解，飞鸟如何齐齐地只剩飞羽尾羽和脚爪和头……洗脸理毛，将那最后一滴鲜血深深揉进自己的腺体中……那样精密，那样乐趣无穷，那样探索不尽，啊！我的主人她永远不会知道。”

朱天心的笔触，一方面如同美国探索频道的镜头，有一种纤毫毕现的客观的动人，另一方面则有着卡尔维诺所说的文学的“确切”与“轻盈”之美，而骨子里则是作者感受到的那种来自生命的野性的召唤。《猎人们》对那个与人类世界并行的猫类世界，有着最生动活泼、亲切感人的观察和描写。它那跳跃性的、灵活多变、极富生活气息的语言，也非常吻合猫族那种轻巧、灵动的身姿和猫步。《猎人们》中，处处洋溢着对动物生命的尊重和体贴。它将猫族与人族等量齐观。“我们与他们共处一屋檐下，各自独立，从不妄想将之视为一己的宠物或禁脔。”这并非空喊的口号，而是朱家日常生活的真实写照。

而在那些或谐趣或温馨或热血或伤感的猫文背后，则是事关生命政治的严峻拷问：“若我们习惯以清除垃圾的态度对待有生命的‘无用之物’，早晚，资源匮乏时，我们一样会以此态度对待‘无用的’（无力缴税、只占用社会福利）老人？残疾？工伤？穷人？……剥洋葱似的一层层边缘弱势或非我族类。”这并非危言耸听，事实上，这种对生命的漠视化现象在当代陌生人社会已初现端倪。与近几年层出不穷的虐猫事件相应的，则是2011年在广东发生的“小悦悦事件”。畜界与人界，可谓同罹此难。今夕何夕？这是最好的时代，这也是最坏的时代。一边是国家的与时俱进和繁荣昌盛，一边却是世道人心的日渐没落。在此时此地阅读《猎人们》，也许会别有一番滋味在心头吧。

一生诗书闺中伴
——评王安忆《空间在时间里流淌》

马家辉在谈王安忆的文论文字时，曾有过一番妙语，“读其他人的论文，经常像喝一碗号称用心煎熬的药用苦茶，是否真具疗效，尚未可知，但确实苦涩得难以下咽，而读王小姐的论文则像喝上海人或广东人所煲的老火汤，甘而润，暖意洋洋冒起于心头”。但是，在非虚构作品中，王安忆最好的文字毫无疑问是在散文里头。

关于“什么是好的散文”，王安忆在《王安忆选今人散文》的“序”里，有过一番谈说论道。在王安忆看来，散文贵在“用情”。与小说、诗歌相比，散文的好处是能便利地捕捉些小情感，但也正因其便利，便免不了挥霍。苦心经营的情感被散文给蚕食给化整为零后，往往成为无关痛痒的小乐子。张爱玲的散文，就是最好的例子——“张爱玲是站在虚无的深渊边上，稍一转眸，便可看见那无底的黑洞，可她不敢看，她得回过头去。她有足够的情感能力去抵达深刻，可她却没有勇敢承受这能力所获得的结果，这结果太沉重，她是很知道这分量的。于是她便自己攫住自己，束缚在一些生活的可爱的细节上，拼命去吸吮它的实在之处，以免自己再滑到虚无的边缘”。

张爱玲的散文虽不至沦为鲁迅所讥讽的那种“供雅人的摩挲”的“小摆设”，但弥漫其间的享乐主义，与小说的苍凉美学比起来，多少有点等而下之吧。而王安忆呢，身为“共和国的女儿”，身处“朗朗乾坤”，因其个人家国情感的博厚，反倒能承载“生命不能承受之轻”。与张爱玲在乱世中执着于现世世界的安稳不同，王安忆倒是在太平盛世中每每唏嘘于世故人情的无常。

在王安忆的散文集《空间在时间里流淌》中，有一篇《茜纱窗下》，最能见出张王二人散文美学的不同。《茜纱窗下》虽也写物，写童年记忆中的物什，但与张爱玲的因情冷而恋物不同，王安忆是由恋物而见出情冷。这篇散文写物件写家具，从乡下人新房的床到自家的桌椅橱柜，尤其是陪伴母亲茹志鹃一生的一副橱柜，一路写来，本是温情热闹，但临了却还是不免生出一种物是人非的感伤：“到了晚年，我们孩子陆续离家，分门立户，家里的空间大了，经济也宽裕了，而她却是多病，无心亦无力于情趣的消遣。这具橱内，玻璃与什物都蒙上了灰尘，这真是令人痛楚。现在，母亲的这具宝贝放在了我的客厅里，它与周遭环境显得挺协调，但是，我却感到它的冷清。它原先那种，挟裹在热蓬蓬的烟火气中的活泼面貌，从此沉寂下来。”

所谓“茜纱窗下”，可能化自《红楼梦》中的“茜纱窗下，我本无缘；黄土垄中，卿何薄命”，再加上《浮生六记》《项脊轩志》，这种物是人非的感伤，正是中国文学传统中美的精髓所在，由此也可见出王安忆散文的古典美学精神。

对母亲的追思之情，是《空间在时间里流淌》这部集子的重点所在。王安忆的精神资源，显然主要来自母系这边。除了《茹家溇》《溯母亲足迹向浙西》等几篇“母系寻根”的文字外，文集中还有多篇王安忆解读她母亲茹志鹃日记的文章。尤其是其中《成长》一篇：“妈妈她看越剧《红楼梦》，对黛玉焚稿的那一句唱词特别有感触：‘我一生，和诗书作了闺中伴。’这‘闺中伴’三个字，是何等的凄凉，寂寞，且又洁净。这时候，便会想到妈妈也有着的少女时代。母亲通常是没有少女时代的，她们跳跃过少女的岁月，直接就做了成年女性。我们很少去想象她们做姑娘的情景，尤其是像我这样的革命的妈妈。感时伤怀的闺阁情致，被遭际和革命，还有时间，淹埋了。但在某种特定的时刻，它们又会显露出来。……虽然是在动荡和困窘中的少女时代，无一刻不为生计所苦，但我妈妈依然保持了清丽的精神。生活的压榨没有使这精神萎缩，反而将它滤得更加细致和纯粹。”

这是一个女儿对一个母亲的理解，同时也是一个女人对另一个女人的理解。这个理解带着深深的体己和同情，而这正是张爱玲和她母亲之间所缺乏的。在《私语》中，张爱玲描述过和母亲的那种若即若离的关系："母亲走了，但是姑姑的家里留有母亲的空气，纤灵的七巧板桌子，轻柔的颜色，有些我所不大明白的可爱的人来来去去。我所知道的最好的一切，不论是精神上还是物质上的，都在这里了。"但这种对母亲的爱，与其说是一种人的爱不如说是一种物的爱，它缺少那种女人之间的同情。而正是这种同情成全了王安忆文字中情感的博厚，这是王安忆身为"张派传人"而又超越"张派"之处。

“强人时代”的“知识”
——评钟鸣《旁观者》

最理解钟鸣的人，或许是他本人。这倒不是说他自恋或自傲。而是因为身为“旁观者”，他有一种罕见的自知之明。倘若在世俗生活中，这不过是朴素的为人之道，但在“宝贝儿精神”当道的“强人时代”，这却是难得的德性。当代诗人里，他是第一个勇于写自传的。20世纪90年代初，他花五年时间，潜心完成三大册、一百五十万字的《旁观者》，一部“融个人成长史与广义新诗史于双重叙述”的“成长小说”，开一时风气之先。此后，才有“朦胧诗”以来的诗人撰文作传，追忆个人与时代。

为什么说《旁观者》体现了一种勇气呢？因为除了那种拿自传来自我册封的“宝贝儿”，谁都明白，自传并不轻松。爱伦堡说过，“谁记得一切，谁就感到沉重”。自传固然不能“自恋”，可还需“记得”，且更不能“回避”。还有什么比自传更考验个人的眼光与德性呢？北岛一代之所以对历史讳莫如深，“不敢写”那段诗歌运动，固然考虑到历史叙述的复杂，但个中缘由，则是身为历史当事人，瞻前顾后，不免有所回避。“北岛的聪明之处在于，他既不变成西伯利亚的帽子，也不变成与狼对立的道德绵羊，而是一个牧师，测绘着奴役和自由的变量关系”。这一点，反观《旁观者》，就能多少见出历史的担当了。关键是它没有采用“历史排除法”。既没“排除历史”，也没“排除自己”。

而“诗人自传”就更加不易了。它要跨越他我和诗文的双重界限。诗人向来以主观、自我著称，而散文呢，正如布罗茨基所言，往往被诗人视为小道，所以单就文体而言，“诗人自传”的偏少，也就并不稀奇。钱穆说，诗人不必写自传，诗歌就是他的自传。这话当然不错。但倘若按胡适的标准，“自传”的意义不仅在于“给史家做材料”，还在于“给文学开生路”，那“诗人自传”自有诗歌辞赋和历史编纂学替代不了的价值。这一点，无论是《米沃什词典》的“词条”，还是《旁观者》的“跨文体”，都已有所证明。用文学—诗的跳跃形式，来粉碎历史的线性和固化，不正是两者用心所在吗？

与《米沃什词典》一样，《旁观者》不能仅视为“诗人自传”，它更是“时代之书”。与时代对话——是钟鸣写作的永恒主题。他把这当成自己责无旁贷的写作责任和思想义务。柏桦说钟鸣的散文“既有中国传统文人的风骨，信手拈来，自成一体，带有士大夫精神（就人生观而言，他的散文的精神是儒家的而非老庄的）；同时又有西方散文的思辨性、批判性以及现实性”，颇为确切。但从“文如其人”来看，这何尝不是对钟鸣生活风格的贴切描述？无论写作、摄影还是收藏，无论诗歌、随笔、评论还是研究——我们都能看到，钟鸣抱着“入世”精神，持之以恒与时代对话，不断思考时代带给我们的难题，绝不轻易与时代达成表面和解。而他呢，也由此甘当时代的“旁观者”。

看看吧，我们周围多少人视“旁观”为“失败”，在不甘寂寞中急于粉墨登场啊。如果说，“旁观者”是诗人的谶纬，那也是他心甘情愿承受的。因为，在“旁观”生涯中,“知识”是“旁观者”唯一的酬劳。但——我们的好人儿，千万别误会，“旁观者”可不是“受难者”。而“旁观者”的“知识”（“我任何时候都喜欢琢磨事情的原委。甚至不惜以吃亏曰福来换取这点，有种逻辑常识支配着我”）也不是“宝贝儿”或“方脑袋”的“知识”。记住这一点吧，不然，还没上道儿，我们就已陷入时代的“恍惚”了。

一

可如今，我们到底身处何种时代呢？按钟鸣的说法，那就是——“强人时代”。

何为“强人”？“强人”一说，来自德国史学家梅尼克的《德国的浩劫》。在这部晚年史著中，梅尼克反思“二战”德国法西斯的崛起。他认为，法西斯的根源，不在德国文化本身，而在于近代以来西方世界精神的失衡，即过度的理性化、职业生活以及技术—功利主义导致了精神的单一化。在此过程中，技术时代取代了理性时代，“强人”（Homo faber）取代了“智人”（Homo sapiens）。

关于Homo sapiens和Homo faber，我们这里有必要略谈一二，因为事关对“强人”“强人时代”的理解。

拉丁语Homo sapiens，现多译为“智人”。它作为一个生物分类学上的人种概念，是“现代人”的学名，特指人类在演化中开始进化到拥有智力的特定阶段，人类由“智人”这个人种发展而来。柏格森在《创造进化论》中论述人类物种的进化时，提出不应当将“人类界定为‘Homo sapiens’（智人），而应当界定为‘Homo faber’（制造工具的人）了”。这里Homo sapiens译为“智人”，较为合适。但在《德国的浩劫》中，梅尼克并非在人类进化意义上谈Homo sapiens，何以译为“智人”呢？

实际上，在进入现代生物学、被定为人种学概念之前，Homo sapiens在古希腊时代，是作为人类理性传统的源头出现的。在亚里士多德那里，Homo sapiens被定义为“智慧的人”，也就是“哲人”“智者”或“理性人”。他提出“人是理性的动物”的命题，认为“人的特殊功能是根据理性原则而具有理性的生活”。当然，亚里士多德所说的“希腊理性”，不同于“现代理性”（也就是现代科学的实验理性）。在古希腊时代，“理性本身就是政治”，“‘智慧的人’（homo sapiens）就是‘政治的人’（homo politicus）”。在中世纪及文艺复兴时期，人类作为“理性人”的形象，逐渐从“自然人”“宗教人”中分离出来，成为关于人的本质的主要观念。梅尼克所说的Homo sapiens，显然是在这个由亚里士多德开启的人类理性传统里提出来的。虽说他的“理性”，与亚里士多德的还不太一样，特指古典自由主义时代理性与感性达到综合平衡而形成的“更高一级的理性”，类似于儒家文化里“从心所欲不逾矩”的“中庸之道”。但无论如何，Homo sapiens 在这里译为“智者”（“哲人”，甚或“圣人”）而非“智人”，无疑更为贴切。

而拉丁语Homo faber，本义是“制作者”。作为“工作的人”，它与 Homo ludens（“游戏的人”）相对。它最初并不具有思想和哲学上的意义，后来才在各种探讨人的本质问题的现代思想中被频频提及。

柏格森第一个将Homo faber 引入现代思想。他认为人的本质不是Homo sapiens（“智人”）而是Homo faber（“使用工具的人”）。因为说到底，人只有在使用工具的活动中，才有“理智”可言。而舍勒反驳了柏格森的观点。他认为“工具”的意义并不在其用途，而在其与精神世界的联系。正因如此，“工具”并非“生成器官的生命的积极的发展延伸，而是生命活力匮乏的表现和结果”。人作为“理智的动物”“工具的动物”，实质上是一种“病态的动物”。舍勒把拯救人类“理智病”的希望，最终寄托在对上帝的祈祷和寻求上。阿伦特把Homo faber（“技艺人”）与animal laborans（“劳动动物”）进行了区分。人作为“技艺人”，通过“工作”（也就是“制作”），创造了一个具有“持存性”的人造物的世界，它是对“个人生命的突破和超越”。但阿伦特也注意到，在这个“技艺人的世界”，目的常常沦为手段，功利主义和有用性成了主导原则。所谓“人是万物的尺度”，这句普罗泰戈拉的名言宣扬的“人类中心主义”，不但无法让人类跳出手段—目的关系，反而只会强化世界的“工具性”。正是有感于此，柏拉图才提出“神是万物的尺度”。但阿伦特认为，“万物的尺度”既非柏拉图意义上的“神”或舍勒意义上朝向上帝的“精神和爱慕”（“宗教人”），亦非“生物生命所驱使的必然性和劳动”（“自然人”），也非“制造的功利性工具主义和使用”（“工具人”），而是人在公共领域中的政治“行动”（“政治人”）。只有超越了物质—经济需求，在“复数性”的言行中，人类活动才能真正获得意义。

可以看到，无论柏格森、舍勒还是阿伦特，基本上都把Homo faber理解为“使用工具的人”。因此，一般而言，Homo faber译为“手艺人”“技艺人”“匠人”或“工具人”，均无不可。但在《德国的浩劫》中，何兆武先生却独独将Homo faber译为“强人”，令人颇费思量。何先生何以如此翻译？其中有何深意？

实际上，从词义看，faber作为名词，除“手艺人”“匠人”等基本义外，还有“创建者”“缔造者”等引申义，而后者正与“强人”相关。

古罗马执政官和政治家凯库斯曾用Homo faber一语来描述

“人类主宰自己命运和环境的能力”，而这与古希腊时代人受制于命运的思想是不一样的。凯库斯有一句名言——“每个人都是自己命运的缔造者”（Homo faber suae quisque fortunae）。这句名言所隐含的“强人”思想，在欧洲漫长的中世纪陷入沉寂，但在文艺复兴和启蒙运动时期，又被人文主义者重新发现。

马基雅维里的“君主论”就鼓吹君主治国必得凭借“武力和能力”，而非“幸运”（也就是“命运”）。“单纯依靠别人承认自己掌权的好意和幸运”的君主和统治是不会长久的，“当人们不再信仰的时候，就依靠武力迫使他们就范”。与马基雅维里的“政治强人”相应，培根通过“知识就是力量”的名言，宣告了“知识强人”的诞生：“在每一个连续的时代，最伟大的智者总是被迫跃出自己的方向。超越一般百姓之上的具潜力而有智慧之人，他们为了保持名声，会欣然屈服于时代与大众。因此，若无一更高秩序的期望在各地燃起，不久便会被这股世俗意见之风所熄灭。”

但无论是“帝王师”进献的“伟大人物事迹的知识”，还是被“理性的司晨者”奉为“新工具”的“人类理解力”，我们都可以看到，“强人”的权力及支配是建立在知识和技术基础上的（政术或学术）。因而，它既与卡莱尔式的“英雄”和“伟人”不同，也与韦伯式的“克里斯玛式权威”（即“超凡魅力型权威”）不同。因为后者的“正当性”与“支配”是建立在“对某个个人的罕见神性、英雄品质或者典范特性以及对他所启示或创立的规范模式或秩序的忠诚”上的。简言之,“强人”靠的是“知识”，而“英雄”靠的是“魅力”。正是在这里，Homo faber 作为“强人”，其“缔造者”与“技艺人”的形象，才得到合一。

在梅尼克看来，所谓“强人时代”，也就是“技术时代”（或者说“匠人时代”），它被一种由运筹计算的智能、精明的能力以及混血儿的形而上学所构成的“理性”牢牢把控着。在这个时代，盛行专制主义以及“可怕的单一化者”（terribles simplificateurs）。梅尼克描绘了这可怖的画面：“那种运筹的智能更多的是朝着实际上的目标、而非朝着知识上的目标定向的。它和聚集起来的意志力量相结合，就掀起了一场又一场猛烈惊人的风暴。”

其实在梅尼克之前，韦伯早已在社会学领域提出了现代生活受制于“理性铁笼”的问题。从“宗教—形而上”理性主义走向“科学—技术”理性主义的现代人，因为失去灵魂与心灵的依托，整个生活处于无根的“漂浮状态”，职业分工造就大量“没有灵魂的专家”，而完全专业化、非人格化的社会运作，使得现代人同时受到经济秩序和官僚科层制的奴役，沦为争名夺利的行尸走肉和组织机器中无生命的螺丝钉。如何打破“理性铁笼”？韦伯寄望于克里斯玛的周期性出场，然而历史证明了，希特勒式的“强人”不但不会带来解放，反而只会在“理性铁笼”上再多加一副极权主义的枷锁。这一点，活得更久的梅尼克也就有了后见之明。

梅尼克认为“强人时代”的到来，是一个广泛的现代现象。这显然启发了钟鸣，注意到中国近世以来工具理性、技术主义和功利主义愈演愈烈的状况：

> 鸦片战争以来，整个启蒙主义运动，就是以士的步步丧失和皇权被废黜为前提的。强人时代，讲个痛快淋漓。信仰一个比一个短命。伴随军阀的武力，却是智识阶级的贪新和追名逐利……个人选择十分有限，故带来人们对生存技术看法的转变，功利主义和个人主义大肆盛行，绝对合理的要求，把艺术和知识极端运用到无理的程度，因为急功近利，最后连理性也变本加厉，变得恐怖起来了。

当同代人大多还囿于“80年代”等观念时，钟鸣早已将视线拉得更远，俯瞰中国近代以来整个社会的世俗化进程了。

而这审视的精神坐标，则来自中国地理和文化上的近邻——俄罗斯（“俄国是道难题呀”，而“旁观者就是不断奔向难题的人”）。在“强人时代”，看看这些来自俄罗斯的“漂流瓶”吧——普希金、陀思妥耶夫斯基、契诃夫和曼德尔施塔姆，多少人捡起来看看然后随手扔了呢，但钟鸣没有，因为他是个真正的收藏家。而得之于俄罗斯旁观者们的精神光谱，钟鸣笔下的“强人时代”，具有了比梅尼克更复杂的折射，后者始终难以摆脱“德国古典文化”的情怀。要解剖“技术—功利主义精神”，还有比来自俄罗斯的“俄国细瓷”（“一种工业内在速度”）和“武器的雕刻美”更管用的吗？在钟鸣的知识背景里，俄罗斯文学投下浓厚的影子——“俄国的忧郁病”。所以，纳博科夫在契诃夫那里发现了“强人时代”的主题，并非偶然：“在一个到处是茁壮的歌利亚们的时代，读一读有关柔弱的大卫们的书是非常有用的。”钟鸣有没有读“大卫们的书”不知道，不过他显然读了“吴雨僧”这本书。“在强人时代之下，他用道德实践和信仰的统一性，抵抗圆滑和世故，抵抗没有灵魂的无赖和文明的二流子们。”吴宓在抵抗什么？他在抵抗“强人时代”最大的痛疾——“宝贝儿精神”。

“宝贝儿”的“精神常胜”，说到底，与知识的逻辑性有关。而知识，正是钟鸣梳理“强人时代”的着眼点。知识的单一化，知识的滥用与张狂，知识的逻辑混乱和缺失，这一切的一切，不仅是认知问题，更是德性问题。所以“强人时代”的知识状况，何尝不是人性状况？但是，在钟鸣笔下，“强人时代”的复杂性在于，疗治知识的沉疴，并不能简单诉诸“精神胜利法”或“人格神话”。因为——“理想主义日久就陷入令人难堪的狂妄，写实主义也因为残酷的描写和愤世嫉俗的论调令人憎厌”。

或许，我们该换个角度了。“强人时代”是否必然意味着“知识之恶”？要知道，在当代诗人中，钟鸣以阅读广泛、博学多识著称。知识性一直是他写作的显著标志。柏桦称他为“学者型的诗人”，“他有一个充满各种思想各种策略的大脑，这大脑随之产生无穷的战斗精神和纯语主义、产生一个宏伟的工作过程和复杂有序的计划。”问题是，这一“知识性写作”，何以完成对技术—理性至上的“强人时代”的批判？这令人思量。从“发达资本主义时代”到“强人时代”，诗歌的地平线和诗人的视线已经变了。诗歌既不是市场上的待售商品，也不是广场上的政治雕像。在“强人时代”，诗人直面的是现代人和现代生活的难题。如果不想“宝贝儿”那样与时代达成表面和解，就必须通过“知识”来进行柔和地梳理。关键是，不回避时代的难题，这才是“现代生活的英雄”呢。

二

钟鸣的写作和时代，包含了太多的“知识”命题，亟待厘清。而我们的“知识分子”问题总是纠缠不清，不正是因为我们热谈“分子”而冷对“知识”吗？结果呢，“知识分子大讨论”每每沦为划线站队、拉帮结派的闹剧（余英时有感于“分子”的贬义，改“知识分子”为“知识人”。但“知识”没说清，“人”就更说不清了）。这一点，钟鸣有相当的警醒。“如果谈论‘知识分子写作’，以遗忘为前提，那费希特1794年就报废了，曼海姆、萨特、福柯、加缪……也仿佛不存在。”不要忘记“知识”，也就是不要忘记知识自身的逻辑，不要忘记知识背后的社会存在。否则，知识就会浮泛起来，走向反知识，变成神话，“狂乱无章地四处乱抓”。这也是为何，钟鸣如此钟情曼海姆的“知识社会学”。没有这种知识的知识，我们就无法看清“强人时代”的知识状况。这对“旁观者”来说，是致命的。因为，“不能想象一个人在快接近真理时把眼镜丢了”。而在现实中，多少“知识分子”盲信自己“知识”的透明性啊，就好像真理没有影子一样。当然，已有人在批判钟鸣的写作“挤满各种文化信息”“炫耀知识”了。但如果我们不对“知识”展开知识社会学的分析，不将“知识”语境化和历史化，我们何谈“知识”？“炫耀知识”也更无从谈起了。

在当代诗人中，没有谁比钟鸣更深入地卷入“知识写作”了。而他的难题，是要在“强人时代”背景下同时从两个方向展开对“知识”的批判性思考。

一方面是对“钱锺书式的技术”的批判。钟鸣敏感地注意到，《围城》“太老练。省略了中间的描述过程，大量罗列着对称发展的事实，片断，暗示，象征，似是而非的东西。跨地域而略显机械的类比——它没有更耐人寻味的描述过程和细节”，其中大量的俏皮话，格言——“就写作而言，完美无缺，就意味着挤干，没有水分”，在这个意义上《围城》就是《道德经》。而《道德经》在提供什么样的知识和写作呢？“《道德经》像达·芬奇的纸上大炮，浓缩了它的方圆规矩和弹性，浓缩着不可能完美却又完美的道德命题——同时抓住两只兔子。集中了古代的一切幽雅，保守主义的中庸之道，和文化策略上的马基雅维里主义，以及一切物化原则。朴素，仪式，节制。等级观念。绘画里的极少主义，作为观念，也提供原则——但却是以牺牲自然色彩为条件。——关键是浓缩着未来目录学意义上词条的排列技术。其负效果是单一化。写作技术的有效性，必须在更开阔的视野中探讨。否则，就不可能有客观合理的判断。而只有主观的合理化。汉语图式到观念的树状程度，土地的失水干旱，人口膨胀和日益固化缩小的边长，与嗜好结论，一劳永逸解决问题，那非人的精神状态相吻合。”这一切，概而言之，就是一种“圆熟的文本特征，也正是技术的单一化，抓住一种特质”。而《谈艺录》那“精深博大的风格，不正是对我们春秋笔法以来散文圆熟的最好说明吗？而可谓集大成。纷繁复杂，从词条到词条，罗列各种关系，究竟要说什么呢”。在钱锺书式的知识写作中，“知识”被禁欲式地剔除了情状，而“单一化”的实质，正在于社会复合性的丧失。如果考虑到钟鸣这样的知识写作者，这样一种对“知识”的严厉审视，就耐人寻味了。不然，从“钟鸣”到“锺书”，从《畜界，人界》《旁观者》到《谈艺录》，我们会对两种博学风格的知识写作感到恍惚。而批判钱锺书式的技术知识分子，批判知识的技术化操作，反对“圆熟的文本特征”和“技术的单一化”，不正是批判“强人时代”的应有之义吗？

而另一方面，更为复杂的是，钟鸣通过自己的诗文写作，在“强人时代”对“知识”的肯定。如何理解这种“肯定”呢？它与对巴金（“宝贝儿”写作）、海子（气质写作）以及北岛（观念写作）的批判性认识联系在一起。

钟鸣对巴金的批评，集中在两点：其一，逻辑性的缺失。“我感到，巴金的《家》，代表着一直占上风的非知识阶级的文学——这种文学，所表明的后果，便是尼采的：‘道德即偏见’。文学有时恰恰是数学问题。就像一加一，二加二那样简单。如果二加二等于五，无知即力量，就简单极致到复杂了”。其二，理想化。“把社会过程，无保留地变为绝对的信念”，“一系列的信仰和入迷”，“对进化论的迷信”。而巴金对契诃夫的错误欣赏最能说明问题。实际上呢，契诃夫是作为巴金的反题出现的。“契诃夫借助的是外科医生式的‘技术风格’：以仁爱之心，剖析冷漠的人际社会，探求俄国未来的美好生活，抗拒强人时代最明显的人格特征——说谎。”为什么说巴金是“宝贝儿”写作？不是因为它不真诚，而是因为它自相矛盾，没有连续性和缺乏内在的逻辑。它缺乏知识的逻辑性，“逻辑性要求的是内在的统一。所以，词的逻辑不啻由词本身来验证。若它仍是人的自觉的行为的话”。钟鸣认为契诃夫是自陀思妥耶夫斯基之后，对强人时代的写作以正确方式进行反省最甚的作家，将之视为中国作家的试金石，不是没有道理的。

对海子的诗歌写作，钟鸣一直保持着一种致敬性的反思（相对于“死者为大”，这种反思难道不也是一种敬意吗？）。这里头有气质性写作以及抒情诗歌的有效性问题。正如本雅明认为波德莱尔处在一个抒情诗失效的年代，海子的气质写作（钟鸣称之为“仿古崇高”)，也处在一个“中间地带”。钟鸣敏感地意识到，诗人们正处在一个从“抒情诗”到“叙事诗”(“社会学诗”)的转折时代。而海子之死，某种意义上，死于“抒情诗之死”。

20世纪70年代初，在东北的镜泊湖畔，还在服兵役的钟鸣开始摸索着写诗时，“叙事诗”似乎是以一种神秘的癖好，标识了一种“知识性”的萌生。但这并不是杜甫意义上的“叙事诗”，而是热衷于“把从书上读到的故事变成诗歌”，它与其说是一个现实主义者不如说是一个文本主义者诞生的标志。这跟当时大多数中国诗人以“抒情诗”或“经验”开启诗歌生涯是截然不同的。但在那时，“知识”还没有内化，没有得到有效地驯服，“它还没有成为那种卡尔维诺说的‘内置的环境’”，“‘风格走在了技巧前面’”。钟鸣认为，“真正的现代抒情诗，在传统方式失效的前提下要加强其脉搏的跳动，就必须有一种叙事性(或许是因为我偏爱叙事作品的缘故)，这除了在小说和散文中获得外，似乎没有别的出路”。这种观念，慢慢体现为写作形态上的变化，那就是“诗文互渗”——“诗文虽域别形殊，但，作为‘内在情调’，委心从善，庶求新知，是没啥区别的。所以，就一直暗敛‘随笔入诗’、‘诗入随笔’的‘二重法’”。在大学诗歌时期，摹写密茨凯维支(《克里米亚十四行诗》)，加强了钟鸣诗歌的“叙事性”。“自此以后，叙事的习惯，眼光，句型，使我许久都未能适应一般意义的‘抒情诗’。要很久以后，——或许是现在吧，我才有了能力去理解，汉语的叙事诗对我意味着什么。”“我试图把许许多多的观念和方法运用到诗歌写作上来。这表明我已经意识到传统抒情诗穷途末路的境地，诗歌的知识性和分析性不可避免，似乎在现代诗歌的框架下，要么，你成为一个‘本能’的诗人，或气质型的诗人，按‘常规’说法，必须具备许多‘缺点’或怪癖什么的；要么，你就成为‘观念’诗人，或理性化的诗人——或许还有条出路，那就是你可以结合两者最有利的因素而别开生面。”

但是钟鸣写作中的“知识性”，却需要与“诗歌南北宗”中以北岛为代表的北方诗歌的“观念性”区分开来。镜泊湖时期诗歌的失败，钟鸣后来的反思是，除了风格和技巧的调配问题外，北地的苦寒和枯寂，是诗歌抒情性和经验的天敌。“尽管，我描述过经纬线以及寒冷对一个诗人来说至关重要，但对诗歌更加细腻的突破，仍然更多地回报给了暖洋洋而敏感的南方的温度……”但，镜泊湖时期对钟鸣的影响是巨大的，他是一个南方诗人，却以北方为开端。这就造就了一个诗人的命运。“北方那种不可胜用经世之想，南方那种过分的任性、轻薄，乃至毁掉诗歌的那种强大的消极力量。”

钟鸣后来坦承：“我的幻想，最终是北方生活的结果——准确说，是西北方向，而且，是精神化的。我在北方实际待的时间并不长，更多是在幻想中完成。南方敏感而小气，败家子味道忒浓。——所以，它只赋予了我幻想一点灵气，有清澈透明的一面。这种调和，使我受益匪浅，尽管花了不少时间。生命就是这样，充满了方位感和占卜术。就这点，我是感谢北方的。我的皮肤亲近于寒冷，而我的思想，则倾向于有湿度的温暖。两者构成了我内心不冷不热的体验。整个气质的底蕴，偏向冷静和温馨。但实际表现，‘反观念化’与‘用形象化的观念说明一切’。”

“南方”与“北方”、“形象”和“观念”的这种“调和”，造就了钟鸣的知识写作。

三

在钟鸣的写作里，有三种人的身影：“旁观者”“文本主义者”和“徒步者”。这是钟鸣的“三位一体”。这很重要，无论就生活而言，还是就知识而言。

早年的钟鸣，无论是当兵时的走南闯北，还是文艺青年的诗歌串联，他都算地道的“徒步者”。“我去过许多地方。或许现在需要回过头对它想一想。”但其实又有多少人真正理解“徒步者”的含义呢。“瞎着眼走路还不是真正的徒步者。”

但一“乘上驿车”，他就开始“热情阅读”了。镜泊湖的“书虫儿”一直钻到中年后“文本主义者”的书斋里。而钟鸣就在书本与现实的交叉中漫游着，过着“积极而热情”“隐秘而丰富”的生活。这一点，柏桦有形象的描绘：“在祖国漫游，他从一地到达另一地，同时也从一本书到达另一本书”，“从早年的万里路来到近二十年的万卷书”。

20世纪90年代诗歌界“知识分子派”与“民间派”论战，钟鸣被划归“知识分子派”。好事者显然是没看到，钟鸣的“知识分子写作”中，“徒步者”留下的那铿铿作响的“三大步”。不光“知识分子派”没看到，“民间派”也没看到。钟鸣戏称自己是“果汁派”，是能说明态度的。想想曼德尔施塔姆说的吧：“凡一个诗人认为是正确的东西，对于所有诗人来说同样也是正确的。没有必要去创建任何一种流派。没有必要去杜撰自己的诗学。”

当然，“徒步者”也好，“文本主义者”也罢，都事关“知识”。“人类的知识有两种：一种来自生活，一种来自书本。我们的生活始终是靠两种知识的交叉影响……比如，遇到生活中的一个问题，我就去谈书本上的一个问题。”而这“知识”都与“旁观”有关。一个在旁观书本，一个在旁观生活。因此，相对于“旁观者”的个人趣味（“我不喜欢胖子”），我们更好奇的是，“旁观”作为一种知识的来源和呈现。

钟鸣的“旁观者”当然与梁启超和鲁迅斥责的那种“看客”不是一回事，他的“旁观者”是一个“知识者”。我们不说清“旁观者”是怎样的一个“知识者”，这“旁观”的“知识”又意味着什么，我们就无法理解，百年来的中国，为什么多的是群起而哄之的“时代弄潮儿”，而少的是清醒的“时代旁观者”。任公从“新民”出发，“从民智民德方面着力”，“提倡血性”，反对“旁观”。但“像谴责‘旁观者’这样的朴素正义，并不能回答我们‘生活是怎样一种惊天动地的空虚’这类问题”。“勇敢”“血性”必须经过现代生活的转换。古典生活能提供十年的磨砺，以成就德性，但现代生活成就的是瞬间的德性。“若非旁观者，便很难注意人在须臾间热情的职责。”因此，钟鸣并不认同梁启超“过分地表现血性”，而主张“一种更内在的逻辑性的分析”，“一种涉世见证”。

旁观者就是单一者（单一者，即所谓单独者，发现自己，而非利用自己的人。相反，单一化者，则是被私欲、权势腐蚀的人）。如果你们要孤独他，那他就是孤独者。但单一者，不是孤独者。否则，活在自己的快感中就很没有意思了。旁观者只是被时代幸福的铁箍挤压着，奔向难题。通过说话，得体也好，不得体也罢，与时代辩论着。这辩论是一种古怪的活动。就连这点，我们也是不满的。因为，我们是单一者，要与别人分开，而作证据的愿望，强烈异常。关键是，他与任何时代，都不作表面的和解。

“旁观者”就是阿甘本（在分析曼德尔施塔姆《世纪》一诗时）提到的“不合时宜者”——同时也是真正的“同时代者”。“真正同时代的人，真正属于其时代的人，是那些既不完美地与时代契合，也不调整自己以适应时代要求的人。因而在这个意义上，他们也就是不相关的。但正是因为这种状况，正是通过这种断裂与时代错误，他们才比其他人更有能力去感知和把握他们自己的时代。”“同时代性也就是一种与自己时代的歧异联系，同时代性既附着于时代，同时又与时代保持距离。更确切地说，同时代是通过脱节或时代错误而附着于时代的那种联系。与时代过分契合的人，在各方面都紧系于时代的人，并非同时代人——这恰恰是因为他们与时代的关系过分紧密而无法看见时代；他们不能把自己的凝视紧紧保持在时代之上。”

阿甘本指出了旁观者——同时代者的知识来源。对时代的知识，恰恰来源于对时代的旁观（而不是急于参与）。这种眼光既是曼德尔施塔姆式的，也是契诃夫式的——“契诃夫的眼光”。“旁观者务必记住这点。对我们来说，一种透彻的看法，代表着一种分寸感”，“我们的观察，受到了编年史的限制，但恍惚，游离，又使我们飘逸出某一部分，用了惊人的技术”。什么是“旁观者”的“观察法”呢？“那是很平面化的。正如古人所谓：‘旁观鸟兽之文，与地之宜，近取诸身，远取诸物’，什么人都不嫌弃，什么问题现象都不放过，旁见侧出，只要有趣。有趣是最关键的。”

“读大学期间，素好行为心理、社会学，接踵至未来学、传播学……好读怪书、奇书，自然看诗、看人，都带了环境、动机和语言行为的细节，行文自在神话和民俗之间，或实证与现象之间。”钟鸣独特的知识形式，正体现在这个“之间”上。正如詹姆逊把本雅明的知识形式概括为“居间”（mediation），即在不同层次间建立联系。“与阿多诺相反，本雅明的方法似乎具有更多共时性，至少是更多的横向性。这一方法从时代的社会生活中集中大量的、广泛的具体意象，特别注意从诗人的作品中搜集意象，注重诗人和他的语言、内容、职业感之间的关系。他把这些具体意象并置，要求一种类比的思维，一种历史的认同。……本雅明的实践为我们提供了一种辩证法传统称之为‘居间’的方法：即在不同的层次（经济的、政治的、文学的、语言的、心理学的、空间的、社会的等）之间建立联系。这些层次既不能相互认同，互相合并，也不能取消任何一方。……本雅明提醒我们注意在一个特定时代的社会与历史经验中建立不同层次之间的联系。”钟鸣的知识形式是否从本雅明那里获得过灵感，无从得知，但两者在知识的诗化形式上，有着惊人的相似性。

可这是“炫耀知识”吗？这种知识性写作的复杂形态，会让那些气质性写作、精神性写作感到恼火吗？在匆忙扣帽子，讨伐钟鸣的写作（同时包括散文和诗歌）的“知识”之前，我们不妨先看看这是何种“知识”。从地域来说，钟鸣的写作展现的是“南方的知识”而非“北方的知识”，是“外省的知识”而非“首都的知识”。从历史来说，它展现的是“四五一代”的“知识”，而非“‘文革’后一代”的“知识”。前者来自俄罗斯，后者来自欧美。后者更多是观念、话语的操作，而前者的“知识”经过了“四五一代”人生和遭际的磨炼，何来“炫耀”？因为那本是幻想太多而人生太少的一代，知识贫瘠的一代。用陈丹青评“星星”那一代的话说，就是“每件作品的物质感和混杂的观念，渗透着可敬的营养不良，那是我这一代熟悉的匮乏与不甘”。20世纪80年代观念艺术的盛行，恰恰是知识贫困的反映。如果说“知识”多了——其实哪里是“知识”多了，是“常识”少了——那也是因为时代造成的反拨。但是，没关系，特殊时代的生活史能自动加以校正。

只有把“旁观者”的“知识”放到“旁观者”的生命史里，这种“知识”才能得到合理的理解。正如钟鸣坦承的：“任何一种新思想或新方法，在我都有一个缓慢吸收和形成的过程，甚至变得越加复杂化，进而渺无希望。或许因为错综复杂的文化和艰难人生的砥砺，始终我对复杂化反而比对任何轻而易举的成功都更敏感，其结果，要么是很久以后才得以显现，要么就是放弃。……我早期诗作中过于复杂化的问题，这和个人对文学的看法有关。比如我就不太信任诗歌的‘音乐性’，它长期以来和押韵的俗套是一个意思；更重要的是和个人的思维习惯有关：我并不认为‘复杂’是个缺点，在未来的诗歌中，‘繁复’永远会是个不错的类型，它也不像不动脑筋的人想象的那么简单，俯拾即是或随手扔掉轻而易举，比如对于复杂，我就走了相当漫长而曲折的道路，其复杂性超过了复杂本身。”

与个人史、个人写作以及个人风格的形成相映，“复杂”更是知识和写作的一种现代想象。这一点，卡尔维诺有最好的说明：

有人也许反驳说，作品越倾向于各种可能性的繁复化，便会离开核心即作家自身、他内心的真诚和他对自身真实的发现越远。我想回答说，我们，我们每一个人，如果不是各种经验、信息、我们读过的书所想象过的事物等等的复合体，又是什么呢？每个人的生活都是一部百科全书、一个图书馆、一分器物清单、一系列的风格；一切都可以不断地混合起来，并且以一切可能的方式记录下来。

知识作为一种繁复的现象是一条把所谓的现代主义和被定名为后现代的主要作品连贯起来的一条线索；这条线索高超于给它贴上的一切标签；我希望这条线索不断展延到未来千秋中去。

因为科学已经开始不信任不能切分、不专门的一般性解释和解决办法，所以文学所面临的重大挑战就是必须能够把知识各部门、各种“密码”总汇起来，织造出一种多层次、多面性的世界景观来。

显然，这一多层次、多面性的世界景观，靠单一化的技术，靠单纯性的精神气质是无法实现的。汉语诗歌和汉语写作的历史已告诉我们，我们身处的既是一个知识过剩的时代，同时也是一个知识贫乏的时代，在这种时代的两重性中，重新思考“知识”的“用途”及“滥用”，仍然是汉语写作者们的使命。

情感教育
——评华秋《杀李哥》

我相信施勒格尔所说的："一个艺术家倘若没有脱胎换骨变成另外一个人，就没有必要写作两部或两部以上长篇小说。——显而易见，一个作家的全部小说常常是相互关联的，一定程度上只是一部小说。"这部小说，我想，就是一个人的成长小说了。比如王朔的《动物凶猛》、韩东的《小城好汉》、冯唐的《十八岁给我一个姑娘》，又比如华秋的小说《杀李哥》。

《杀李哥》很容易让人想起福楼拜的小说《情感教育——一个青年人的故事》来（我猜华秋是读过这部小说的）。一个年轻人因恋上一个成熟女人而无法自拔，青春期变得隐秘而激烈起来，但一切被证明是徒劳的，纯洁而脆弱的青春期最终免不了被平庸的成人时代所收编。是的，这就是"80年代"中国（实际上也可以上推到70年代末的"文革"后期）的年轻人所受的全部的"情感教育"。这里头，无疑包含着两个对立的部分，即"美好感"和"失败感"。

我说的这种“美好感”，并不是那种对“80年代”的浪漫“歌唱”，而是那种在80年代的氛围下无条件地为“美”所俘获的感觉（“必须向我致敬，美的行刑队”——柏桦《美人》）。比如，在《杀李哥》中，少年所暗恋的“传说中的美人”——“林阿姨”的出场：

> 第二次看到林阿姨，是我正式入学吉木中学后没几天。我们蹲在宿舍门口——我们，是同宿舍的几个男生，正在信口开河地胡扯，突然同时噤声，原来林阿姨正从校门外的斜坡上走下来，右手提着颇重的篮子，摇摇晃晃的。
>
> “美人！我敢保证这就是传说中的美人。”
>
> 我不记得这句话是谁说的，但因为变音期特有的尖利再加故作深沉而形成的嘶哑效果，是清清楚楚地记得的。她穿的还是那条米色长裤和束腰衬衣，妥帖呈现优美的细腰和饱满的臀部，随之而下的是修长的大腿，那么美妙地脚不沾尘地走着。我感觉我被迅速发动，体内某处响起尖利的唿哨，不足一秒钟的时间内就经历了成人礼。注意到自己的身体有些出轨的念头，我未免因为有其他同学在场而感到惶恐。还好，大家都一样紧张，很用力地安静着。林阿姨可能觉察了孩子们所受到的刺激，越发走得小心翼翼。她慢慢地，经过看起来特别漫长的灰白色操场地面。慢慢地，一个寂静无人的操场。灰白色的操场，幻觉一般

的弥盖少年心头。林阿姨显得有点畏惧地走过那么宽阔的地方。她终于，慢慢地从四五个少年的眼底溜走了。我们，有人叹了一口气。那是一张十四岁少年的脸，干净脆弱得令人心酸。

无独有偶，在《动物凶猛》中，少年初见暗恋女孩的相片时，也是一般感受："她在一幅银框的有机玻璃相架内笑吟吟地望着我，香气从她那个方向的某个角落里逸放出来。她十分鲜艳，以至我明知道那画面上没有花仍有睹视花丛的感觉。……现在想来，她当时的姿态不是很自然，颇带几分卖弄和搔首弄姿，就像那些电影小明星在画报上常干的那样。但当时我就把这种浅薄和庸俗视为美！为最拙劣的搔首弄姿倾倒，醉心，着迷，丧魂失魄！"

"美"当然需要捍卫，于是，"年轻人由于形象走上斗争"(《美人》)也就成为必然。至于"军刺""菜刀"还是带血槽的"匕首"，已经不重要了，一样都能见证那些带黑社会性质的青春期。"杀李哥"，这个杀气腾腾的书名和"动物凶猛"如出一辙。看起来是那种黑帮片的调调：黑帮老大，迷人的情妇，毒品，帮派，血拼，争权夺位，抢女人——难道这一切真的只是为了一个女人？是，也不是。在20世纪80年代的中国，女人并不是权力、地位的象征（90年代后才这样），而是一切优雅的、芳香的、美好的东西的化身。因此这个女人必须是一个成年女人、成熟的女人（冯唐说“十八岁给我一个姑娘”，似乎还没太明白“姑娘”和“女人”的分别；姜文把《动物凶猛》搬上银幕时，让丰腴、成熟的宁静来演“米兰”是极其正确的）。

但是，正如美人终归会迟暮（成熟的女人尤其如此，这里已经潜藏了一个失败的主题），沸腾的热血终会平息，时间的冷却作用是惊人的（“整整一个秋天，美人/我目睹了你/你驱赶了、淹死了/我们清洁的上升的热血”——《美人》)。

时间带来了“失败感”。正如华秋自己所说的，“我自己的青春期的成长，来自八十年代灿烂的阳光，来自性感美丽的成年女人，来自英雄主义，来自惨烈打斗，但最后输给时间”(《杀李哥》)。“十七八岁的男孩，斜背一个军挎，里面一叶菜刀。腰间挺挺的，中横一管阳物。一样的利器，捅进男人和女人的身体，是不一样的血红。那时候，杂花生树，群莺乱飞。激素分泌正旺，脑子里又没有多少条条框框，上天下地，和飞禽走兽最接近。但是，这些灵动很快就被所谓的社会用大板砖拍了下去。双目圆睁、花枝招展，眼见着转瞬就败了。”(《十八岁给我一个姑娘》)

这种失败，也是英雄主义的失败，作为青春期假想敌的黑帮“李哥”，最终不是被“我”而是被时间打败了。

这种“输了”的“失败感”，并不是个别的，甚至也不是“六八式”一代才有的隐痛，而是“80年代”向“90年代”转变时普遍性的社会病象。这种复杂的感受，王朔有过很好的描述：“这个城市一切都是在迅速变化着——房屋、街道以及人们的穿着和话题，时至今日，它已完全改观，成为一个崭新的、按我们的标准挺时髦的城市。没有遗迹，一切都被剥夺得干干净净。在我三十岁以后，我过上了倾心已久的体面生活。我的努力得到了报答。我在人前塑造了一个清楚的形象，这形象连我自己都为之着迷和惊叹，不论人们喜欢还是憎恶都正中下怀。……我可以无视憎恶者的发作并更加执拗同时暗自称快，但我无法辜负喜好者的期望和嘉勉，如同水变成啤酒最后又变成醋。”(《动物凶猛》)我们有什么理由不去做一个好人、一个正常人、一个上进的人、一个成功的人、一个与时俱进的人呢？这不正是20世纪90年代以来的“新意识形态”所着力鼓吹和营造的吗？但是，任何一个曾历经“80年代”的“情感教育”的人心里都明白，在当今这样一个时代，注定了只会是越成功就越失败，除非他只活在白天而不活在黑夜里。

永结无情游

——论费滢的词与物

“眼睛过处，无有情绪，无有疑问，痕迹学研究便是全部。”

——《行则涣》

小说家费滢在自己的小说《行则涣》里，起首如此：“时隔这么多年，我还是一个小小的古玩商，意料之中，因为我是个一事无成的人。年轻时，大可把一事无成当作一种值得炫耀的状态，但上了岁数，晃膀子就是罪过了。”这个红楼梦式的开头，让人不免想起曹雪芹的慨叹——“今风尘碌碌，一事无成……半生潦倒之罪”。如何看待此种“罪过”？细品曹雪芹那番自白，“自欲将已往所赖天恩祖德，锦衣纨袴之时，饫甘餍肥之日，背父兄教育之恩，负师友规训之德，以至今日一技无成，半生潦倒之罪，编述一集，以告天下人”，自责之中，似乎也隐含自尊，一种小说家拿人生换作品的自尊。好比小说家在昭告世人，咱们银货两讫，各不相欠。

但无论自责或自尊，在费滢这里，似乎都嫌勉强。她对任何事业——感情、学业、写作或古玩，都不存执念，她更愿保持一种无所事事的闲散。在北方，由老北京天桥摔跤演化的“晃膀子”，是盛气凌人；而在南方，扬州话里的“晃膀子”，则是不受世人待见的游手好闲。但费滢在作品和言谈中屡屡提及的这个“晃膀子”，显然并非真的像她半真半假说的，是一种“罪过”。这里头有一种生活及写作哲学上的从容和自然。汪曾祺说过，“我创作无计划可言。我是到处留连，东张西望”，其精神近乎于此。若要为费滢迷人的小说世界觅一入口，小说《东课楼经变》里，那一句京剧《空城计》唱词“我本是卧龙岗上散淡的人”，便是最好的指示。

一

拿费滢的事业之一古玩来说，她很中意古玩商这个身份，首先就是要有别于传统士大夫文人，附庸风雅玩收藏，以收藏家自居。费滢没这种文人的虚荣心。她欣赏古物，但不迷恋古物，懂得其妙处，也懂得放手。她不想被一种占有欲所占有，因为那样精神不得自由。小说《朝天宫》里所讲，“过手如云烟，过眼即拥有”，便有此意。此种精神近乎收藏家王世襄先生坦然面对自己一世收藏毁于浩劫，“又因浩劫中目睹辇载而去，当时坦然处之，未尝有动于中。但顿悟人生价值，不在据有事物，而在观察赏析，有所发现，有所会心，使上升为知识”。

古玩行的根本是鉴别真伪，在古玩交易里有一种技术主义的知识乐趣。懂行，知道底细，经验之谈，不仅仅是作为专家在同行中享有声誉，它更有一种对上手事物务必认真以待的道德在里面。在这个意义上，地道懂行地谈论美食和小吃，一啄一饮上的讲究和说道，也是一种道德感的体现。

另外，这里头也有一种行动精神。费滢卖古玩，跟海明威打猎是一回事。卡尔维诺曾说过，他从海明威那里学到了——

> 一种开放和慷慨的能力，一种对必须做的事情的实际承担（还有技术承担和道德承担），一种直接的审视，一种对自悔或自怜的拒绝，一种随时撷取生活经验也即撷取个人在剧变中总结的价值的态度，或一种姿势。……海明威的主人公喜欢认同他从事的行动，在他的整个行动中、在他对双手的灵巧或至少是对实际的灵巧的承担中成为他自己。他力图不要有其他问题、其他忧虑，除了知道如何把事情做好：善于钓鱼、狩猎、炸桥，以最内行的眼光看斗牛，以及善于做爱。但他身上永远有某种他努力想躲避的东西，某种对一切的虚荣感，无论是绝望、失败还是死亡。他专心于严格遵守他的准则、遵守那些他觉得去到那里都必须自我实施的、具有道德规则之重量的狩猎规则，不管他是在与一条鲨鱼搏斗，还是发现自己被长枪党党员包围。

他紧抓住这一切不放，因为这之外便是虚空和死亡。

我们完全可以拿海明威的这种行动主义和技术主义来理解费滢，两者都抵制抽象。而抽象是人生最大的不义，就像德勒兹说的，“不要配不上发生在我们身上之事”。古玩之所以对费滢的写作重要，就因为它是一种必要的平衡。写作如果没有一种物质性的平衡，会陷入一种语词的虚妄。从费滢那里能看到，一种对上手能力、对物的重视。中国古代文人讲求“六艺”——“礼、乐、射、御、书、数”，本质就是词与物、静与动的一种平衡和互补，只不过这个传统在现代中国业已失传了。

但是，与海明威有所不同，费滢想躲避的并非虚空和死亡，而是无趣。

在古玩这行里浸淫愈久，利益得失愈非最紧要的考量，辨别真伪成了一种考验见识和阅历的智力游戏，患得患失也不失为一种人生乐趣，那是附着在冰冷古物上仅有的一点生机。这些古物因故事而存活，因人事而生动。那些造假的赝品，拙劣的并非技术，而是无所用心。用心的造假，也可以是一个人造天堂。所以一个量子文物鉴定仪，就像地摊文学一样，即便荒诞，也足以像一个奇迹一样，炸掉所有无趣，弥补一切无聊。这与真伪无关，而与趣味有关。

在矫揉造作的文人收藏家面前，费滢会强调自己只是个小小古玩商，用交易破灭那种文人的附庸风雅，而在务实牟利的古玩商面前，费滢又时不时会显露自己历史专业癖好，沉入对物件的历史沉思，这就是所谓“古玩商”的费滢。她始终游离于各种身份之间，不被定义。

二

古玩如此，写作也如此。对于小说事业，你既可说费滢是一个毫无小说事业心、缺乏写作规划、毫无经营意识的小说家，又可以说她是一个小说事业心强烈、有着成熟小说观念、对小说艺术颇为讲究的小说家。

在目前已经出版的两部小说集《东课楼经变》和《天珠传奇》中，费滢淋漓尽致展现了自己生机勃勃、灵活多变的语言才能。最能体现语言雄心的莫过于《反景》这一篇。顾名思义，这篇小说意在打破传统的小说景观。在看似先锋派、后现代的语言实验写作中，调用的却是各种现代和前现代的语言资源，雅的俗的，文人的民俗的，不同质地、调性的语言调配在一起，造就一种万花筒般的语言景观。参差反差，光怪陆离，极尽语言游戏之能事。这是一篇只有能指没有所指的小说，一篇“元语言”小说。它的用意，当然是反拨当前弥漫的一种趋于板结、强化观念淡化语言的现实主义写作景观。这种“过于现实”的小说，反而往往“不够现实”。

费滢的小说，最突出的就是它的语感。她的小说是建立在写作自觉和语言本位上的。她固然操心“写什么”，可更关切“怎么写”，如何用合适的语言确切地去表现世界。对一个写作者而言，这或许是其实实在在必须承担的语言伦理，它重于那种因浮泛而落空的介入伦理。所谓“诗性正义”，不在别的，首先在于写作对语言的责任。用对言辞语句，就是对世界负责。

就目前费滢两部小说集中七篇中短篇小说而言，几乎篇篇翻出一个语言新天地，语言景观绝不类同。《反景》自不必说，在这样的语言实验之作之外，其他诸篇都有各自的语言气象。这里头，《东课楼经变》尤其值得一提。

三

在中国当代青春写作中，《东课楼经变》完全是一个异类。太多的青春写作并不成功，正如青春必然是失败。要么暴烈，要么感伤，要么残酷，要么烂漫，在这种青春躁郁症中，小说写作受制于一种根深蒂固、无法克服的浪漫，一种或许真实但不无病态的自怜自恋。这类小说失败就失败在把自己锚定在未成年与成年的二元对立上，通过一种结构性矛盾，来强化青春的政治正确。《东课楼经变》通过一种精神和语言上的漫游，逃离了这种令人窒息的对立和失败。与青春写作惯有的情绪化写作不同，《东课楼经变》是一种思绪性写作，它剔除了青春那种歇斯底里性，代之以一种平和、中性的幻想。在《东课楼经变》

里，青春第一次不再沉重。当然，它也并未因此变得轻浮。正如小说中“放星人”这个形象——“月亮旁边飞个星星，我便是那个放星人”，这是费滢所理解的青春应有的形象：飘忽，微妙，变幻。它捕捉到了青春那个如梦似幻的蜕变时刻（“经变”这个来自佛教的说法，由此获得了一种世俗的时间性和历史的纵深感），具有卡尔维诺所说的那种“轻盈”之美。

如果拿《东课楼经变》来对照朱天心的《击壤歌》，可以说，朱天心的青春是“炽烈”，而费滢的青春是“轻盈”。两者都动用历史意识来超越青春躁郁症，但气象大有不同。《击壤歌》是一颗赤子之心在天地悠悠、山河浩荡之间，鼓荡着一种“天地一逆旅，同悲万古尘”的热烈悲情。胡兰成说《击壤歌》的写作是李白式的，但李白的“诗仙”从来就没有真正飘飘欲仙过，它骨子里仍然在人间，有一种沉重的激昂，只不过它的热烈和豪迈淡化了这种沉重。《击壤歌》的青春是入世的，是一种悲情青春；而《东课楼经变》的青春是出世的，是一种梦幻青春。它停留在青春方生方死的羽化时刻，在游荡、迷思和梦幻中，弥漫散淡的气息。执着就会炽烈，而散淡就会轻盈。费滢永远不会像朱天心那样产生一种历史的豪气和惆怅。

在自传意味最浓的《东课楼经变》里，自我与其说作为主体不如说是作为对象来书写。在小说的结尾，作者变幻出一个分身，来完成自我的辨认：

> 应该是某种想要接收到讯号的执着念头作祟，我才会睁眼一路拐上这孝陵，我遂又要笑自己傻，这里又能有什么鸟讯号呢？倒是旁边的石人石马高大静默，眼前笼着昏黄的薄雾，我走得偏这样迷迷瞪瞪。反正这堆东西已经站了好了百年，给我尤其长的时间范围。
>
> 我遂一直往前，恍惚之间，见有人面朝我走来，看不清容貌的，和我步速差不多，逐渐走得近了，终于肩膀挨着肩膀，擦身而过。隐约的，对我笑了一下。我心里想，笑个鸟。复又觉得好生奇怪，这样的夜梦里面，会看到谁呢？
>
> 我忙回头去瞧，可早已没了此人踪迹。
>
> 喂。
>
> 我喊了一声。
>
> 却有无数个喂从石头人与动物的口中低沉而出。
>
> 这对面来的人，会是那时的我吗？

这里明显可见，青春写作的自我被历史化，主体被客观化。自我在幻觉中进行分化，如同影分身，彼此辨认。这种辨认并无那种传统第一人称主体小说的自我沉溺，而是通过一种旁观来获取一种迷离的轻盈感。那种现代小说盛行的“自我认同”，在费滢的小说中，往往一笔带过。对这种主体的自我投注，她多少有所怀疑和警惕。在她的小说中，主体不是情感性的，而是思绪性的，呈现为一种不带情感色彩的出神入迷和浮想联翩。

所有思绪，随着目光，附着在对象上。目光所及之处，无形之物在语言中一一显形，化为历史陈迹。

四

旁观而非投入，是费滢最主要的小说姿态。这也是她有别于朱天心最大的地方。卡尔维诺将写作分为晶体派和火焰派，尚不足以定位费滢的写作。如果将写作分为旁观派和投入派，费滢的小说，无疑属于旁观派。

在费滢的小说中，比如《天珠传奇》《朝天宫》，“自我”往往只是叙事的一个引子和线索；而在《东课楼经变》《行则涣》这样的小说中，“自我”藏匿得很深，淡化到叙事的深处，需要好好辨认。两者都反对“自我”的强化。与西方小说的自我写作不同，中国古代传统小说是一种观照他者的写作，少有自我的投入。淡化小说对自我的关注，突出小说对世界的观照，是中国小说的传统。由此说来，费滢的小说是中国小说传统的延续。

此种延续，有一个很重要的中介和过渡，那就是汪曾祺。

费滢在不少场合提及，她的小说《朝天宫》是对汪曾祺的“致敬”，是对这位文学前辈的“遥远回应”。但事情远非如此简单。费滢与汪曾祺的关系，并非简单的致敬关系，而是一种更深层的联结。甚至可以说，由沈从文到汪曾祺，再到费振钟，最后到费滢，隐约可梳理出一条被人忽视的中国小说小传统。

文学史上，费振钟向来被划归汪曾祺“里下河文学流派”一脉。但“里下河文学”这个说法，流于地域文学色彩，尚不足以概括这条上溯沈从文下至费滢的小说脉络。

这条脉络，略加概括，有以下几个要点：

一是语言本位。小说的语言本位，本是常识。但在中国小说历史中，受“感时忧国”影响，对语言一直重视不够。语言本位，首先一条是准确。汪曾祺说过：“我的老师沈从文告诉我，语言只有一个标准，就是准确。一句话要找一个最好的说法，用朴素的语言加以表达。”费滢也有类似说法，“我是一个很洁癖的人，我在追求语言的有效性——即用最少的词汇表达那个意思”；“有效的表达有时比自由的表达更重要”。在费滢那里，此种语言的洁癖，近乎道德。语言的妥帖表现在，语言随物赋形，也就是沈从文说的，“要贴到人物来写”。语言的准确，并非小道，它能杜绝思想和情感的浮泛，而小说能否成立，很大程度取决于此。其次，语言本位也在于对历史语言的吸纳。在一次访谈中，费振钟就曾提及，“语言的可能性和小说修辞，牵涉到对历史语言的认识与重新评价问题，以及在历史过程中所形成的中国汉语的叙述方式与表达经验”，并且举了话本小说《薛仁贵征东》中战场上交话的例子，来说明汉语小说语言独特的幽默性。可以看到，从汪曾祺到费滢以来，这派小说吸纳了很多传统语言的资源，汪曾祺小说语言的诗化，费滢小说（比如《行则涣》）语言明清话本的韵味，都是例证。最后，语言本位也在于语言的融合。沈从文发明了一种“沈从文体”。用他自己的话，就是“充满泥土气息”和“文白杂糅”。汪曾祺说这种语言“把家乡话与普通话，文言和口语配置在一起，十分调和，毫不‘格生’”。这种语言的融合，我们在费滢的小说《反景》中也有所领略。

二是词物并重。沈从文从文学转向文物，历来是文学史公案。沈从文虽是被迫，但其实他对文物的兴趣远早于文学的兴趣。更重要的是，沈从文慧眼独具，他看到了文学与文物的相通之处：“我从这方面对于这个民族在一段长长的年份中，用一片颜色，一把线，一块青铜或一堆泥土，以及一组文字，加上自己生命作成的种种艺术，皆得了一个初步普遍的认识。由于这点初步知识，使一个以鉴赏人类生活与自然现象为生的乡下人，进而对人类智慧光辉的领会，发生了极宽泛而深切的兴味。”可以说沈从文开启了一个词与物并重的“抒情考古学”传统，这个传统由汪曾祺一路延续至费滢。汪曾祺在历史博物馆工作过，写过《子孙万代》这样的文物小说。费滢对古玩的兴趣，显受家风影响，她后来专攻史学专业，有其必然性。在《朝天宫》《行则涣》这样的小说里，物才是真正的主角。如果说，在汪曾祺的小说里，物的流转折射还是大时代下个人的命运和际遇，那在费滢的小说中，物的流转反映的则是一种物质和历史的玄思。在费滢的事业中，古玩不仅仅给小说提供素材，两者也形成一种互文关系，词语物质化，物质词语化，彼此相互转化。这使费滢的写作显现出一种难得的质感。

三是文化修养。沈从文能从作家转为学者，从文学转向文物，就已证明其深厚的文化修养。这不是个别现象，这种文化上的综合素养是五四一代作家的普遍现象。只不过当代以来，这种文学的文化性传统被中断，只是在汪曾祺这样隐微的文学支线里延续。作为“里下河文学流派”的一脉，费振钟便以文化散文写作闻名于世。而费滢的写作既受家风浸染，又受传统熏陶，小说中散发的文化气息更加蔚为大观。费滢的小说有一种自发的多样性，一种从容的气度。这与她的多方面的文化素养和文化视野有关。一方面接受最洋式的史学教育，一方面又耳濡目染最传统的中国文化，从书法到中医到古玩，土洋结合，融会贯通，造就了费滢独特的小说景观。我们经常可以从《行则涣》这样的小说里读到一种奇特的结合，即中式最地道的古玩江湖与西式最玄奥的历史沉思的结合，两者并行不悖。

四是民间性。自沈从文“京派文学”伊始，就形成了一种关注俚俗民间的乡土文学传统。到汪曾祺那里，演化为一种对“旧时邻里有较真切的了解和较深的感情”，小说中频频出现各色贩夫走卒。费振钟的文化散文充满民间风情，他这样描写民间说书艺人：“灯影下，老人已是与他身后的泥土墙溶做一体灰黑，只剩下他响亮的声音了。老人说到秦琼卖马。英雄秦叔宝，落难客店，走投无路，连那么好的黄骠马也卖不出去，正是一腔悲愤无处诉说。只听那秦英雄，手抚马背，仰天长叹：马啊！马啊！我们不由得也跟着感染了英雄的不幸，禁不住暗暗悲从中来。”这种对民间人物的亲近和情感显然感染了费滢，在她的小说《行则涣》中，也频频出现养鸟人、古玩商、收报纸的人、钓鱼的人等底层人物。

当然，或许还可加上一个有意味的共同点，那就是这条脉络的小说与水的亲缘关系，其作品往往自带一种绵延温润的水性，蕴含“上善若水，水善利万物而不争”的精神。

五

费滢的小说，从文字到故事，有一种久违的“闲”。所谓“晃膀子”，就是一种小说的松绑。年轻一代的小说写作，往往绑得太紧，不免用力过猛。这种小说的力（把小说变成大说），有些是天然正当的，令人敬而远之；有些则是强装的，不免虚张声势。但费滢的小说，力道与火候却正到好处。它不会有那种歇斯底里的道德，也不会有无谓的怜悯同情。这世间万象即便滚滚红尘，也完全是一种“野渡无人舟自横”的对待，嬉笑怒骂皆由人。正是这一点，使费滢的小说既区别于汪曾祺，也区别于各色底层写作。

与汪曾祺的小说不同，费滢的小说剔除了那种笼罩在市井民间上玫瑰色的温情主义和乐观主义。在费滢看来，市井并不更美好，也并不更污浊。她虽然青睐市井民间，喜欢关注和描写凡人，但她绝非汪曾祺那种“中国式的抒情的人道主义者”，后者心怀宋儒那种“顿觉眼前生意满，须知世上苦人多”的悲悯。费滢显然没有此种悲悯，因为她抱着一副众生平等的眼光来看待世间万物。站在一个宏阔视野下，谁又能真正同情谁？最好的结局不过是各自悲喜，各自安好。小说家做一个安静旁观者足矣。笑也好，悲也好，各有道理；当事人，局外人，各安天命。所以，费滢的小说连这点“美好”也要清醒剔除掉，还小说一个清净无为。汪曾祺的“闲”是儒家的，而费滢的“闲”是道家的。但是，费滢的小说，精神上虽然出世，落笔之处却紧贴人世，它甚至比大多数现实主义小说更流连这世俗人间。

汪曾祺的小说满含儒家的悲悯情怀和君子之风，但是少有个人意识。他曾回顾自己在历史博物馆“晃膀子”那段岁月：

> 整天和一些价值不大、不成系统的文物打交道，真正是“抱残守阙”。日子过得倒是蛮清闲的。白天检查检查仓库，更换更换说明卡片，翻翻资料，都是可做可不做的事情。下班后，到左掖门外筒子河边看看算卦的算卦，——河边有好几个卦摊；看人叉鱼，——叉鱼的沿河走，捏着鱼叉，欻地一叉下去，一条二尺来长的黑鱼就叉上来了。到了晚

上，天安门、端门、左右掖门都关死了，我就到屋里看书。我住的宿舍在右掖门旁边，据说原是锦衣卫——就是执行廷杖的特务值宿的房子。四外无声，异常安静。我有时走出房门，站在午门前的石头坪场上，仰看满天星斗，觉得全世界都是凉的，就我这里一点是热的。

这似乎是汪曾祺作品中罕有的私人性的文字。在他的文化写作和民俗写作中，个人意识永远都有所保留，消弭在一种大写的文化情感里。在他的小说里，只有一种大我的情感，而缺少一种小我的情感。

与汪曾祺的小说相比，费滢的小说倒是不时闪跳出个人意识。但这种个人意识与其说是情感性的，不如说是思绪性的，它不是一种经验对象，而是一种沉思对象。在《东课楼经变》中，有这么一段：

我下决心要让所有人皆忽视我，虽毕竟有一零星莫名的遗憾，但我觉得我能够克服这种不适当的感情。我并不怕遗憾，只想沉浸在之后的快乐中。等天空低斜（冬天时天空呈六十度低斜，夏天的角度只有冬天的一半），草地也相应从另外一个方向缓缓倾倒，我便可以躺在白天遍布人类足迹与气息的泥土之上，融入到白昼与黑夜浓重的那一笔交界线中。然后影子们都醒来，远方的喧闹将全然的安静补全，我假想语声鼎沸，人影幢幢的另外一世界。

应该说，在费滢的小说中，这种对“不适当的情感”的“克服”，是一种普遍存在。

在《东课楼经变》中，通过空间化和物质化，对历史时空的遁入，来完成对青春期伤痕情感的克服。而在《行则涣》中，所谓“乡愁”这种情感，就像遥远的故乡一样面目模糊，它从来就没有作为一种主导性的主体情绪主宰叙事。因为那种怀旧式的“乡愁”，也是一种“不适当的情感”，需要被克服。所有会暴露情感的童年记忆和故人往事，像使障眼法一般，被小心翼翼掩藏在奇闻逸事、典故八卦中，予以冲淡，以避免一种不适当的抒情化。

在《行则涣》中，个人情感是克制的，极其隐微，淡到极处，几乎令人难以察觉。比如“上坟”这段：

> 我们在一处新修的牌坊那儿停下，牌坊旁有个小杂货店，他下车买了两大袋黄表纸。这时我爸的确是一个兴化人了，从不说接下来要做什么，却又找老板借了个打火机，领着我们走了一段路，走到一片芝麻地附近。芝麻长势极好，每一颗种荚都饱满，密密麻麻地遮住了附近的四五个坟。本来地里还有一条小路通向更远处的几十个坟，却也被几株枝丫纷乱的楮实子所阻断。我爸这才讲，七月半到

了，顺路给爷爷烧个纸。

这的确是一种中国人才懂的含蓄情感，一切尽在不言中。上坟是中国人情感的微妙体现。费振钟在《葬辞》这篇散文里曾经很深情地写道:“葬为生命打开一道土地之门，然后让逝者回家。当这扇门开启时，我们一个一个从上面经过。我们仔细辨识这条路，留下我们的许诺，然后走过去，抽出腰里的杨柳枝，把它插到泥土里，存下一个记号。这根杨柳枝，洒过清水，就成活了，以后我们的许诺也会随着日月精华生长起来直至完成。一代一代人都在现在对过往的记忆与念想之中。”细究起来，上坟的确是一个生命和历史汇聚的时刻，它很容易让人从生命的有限上升到历史的无穷。可是这种历史的无穷延伸，最终只会导向一种荒芜。历史是无情的。

《行则涣》是最高意义的历史小说。在纷纭离散的人间世象之下，在飘忽不定的人事行踪之中，隐藏着一幅无情的历史图景。小说当中，双线并行，一条是“我”对故乡的追溯，一条是对文物的寻求，前者是生命线，后者是物质线。统摄这两条线，令其合一的是什么？是“痕迹”。物有物的痕迹，人有人的痕迹，拉长时间线，放宽大视野，两种痕迹并无不同，合二归一。人的生涯就如物的纹路，反而言之，物的传奇也可视为人的生命，两者互文，彼此解读，最终都汇入历史的痕迹。“眼睛过处，无有情绪，无有疑问，痕迹学研究便是全部。”这不仅是文物鉴定的法则，也是小说写作的法则，更是世间万事万物的法则。

小说题目“行则涣”出自古砚铭文“行则涣，养则井，君子之德，庶几可竝（并）”。“涣”和“井”，本出自《周易》六十四卦。朱熹《周易本义》曰：“涣，散也。为卦下坎上巽，风行水上，离披解散之象，故为涣。”儒家解经，通常把“风行水上”理解为“教化行于民间”。但费滢显然跳出儒家教化论，在“行则涣”中看到了一种更深层、甚至更原始的场景。正如清朱骏声《六十四卦经解》中解读的——“涣，流散也，又文貌，风行水上，而文成焉”——在小说中，对应着一处颇为形象的描绘：

> 吃完晚茶后落雨，远远近近起了层水雾。雨点落在河面上，每一滴即形成一层层圆形涟漪，涟漪扩散，碰到其他涟漪，雨点，水波，连成一处又像是复写的文字笔画了。

这看似小说中一处极不起眼的闲笔，却是整部小说题眼命意所在。水波与书写，自然与文化，在痕迹中达成统一，由此完成一个完整的历史景观。在这样一个宏阔的历史视野里，人也好，物也好，世象也好，自然也好，互为涟漪，彼此勾连，成就一幅无关生命人情的历史图景。

因此，在费滢的小说中，我们最终感受到的，是一个天地不仁、大道无情的世界。这似乎回到了如同“赤条条来去无牵挂”，它作为一个小说预言，通向一种终极的荒凉。造化弄人，在朝向这样一个终极世界的旅程中，任何作为都嫌造作。你我能做的，不过是顺其自然，在其间不带感情地无尽漫游而已。

第二辑

东京，人鱼
——评金原瞳《裂舌》

她是为与男友“同感同受而立志裂舌”“希望在彻底的黑暗世界里燃烧自己”的问题少女。

他是兼有暴力倾向与“少年天真无邪的笑容”的蛇男和朋克青年。

他是“精通残忍的语言”、杀心暗动的年轻刺青师。

三个不良少年组成的Ménage à trois（“三人行”），再加上身体穿孔、刺青、裂舌、暴力、杀戮、乱交、性虐、自杀、厌世……这就是金原瞳的小说《裂舌》提供给我们的，一幅时下都市青年的浮世绘。

这一切，其实都事关身体。经无数世纪的精神、种族以及国民性诸般改造后，身体已是人类作为的最后领域了。当代成人世界的身体文化，毫无疑问指向的是舒适、享乐和消费，想想当今庞大繁荣的保健、美容和色情产业吧。而最讽刺的是，成年人一方面对未成年人的身体施以道德说教，比如要健康、端庄、贞洁，另一方面又通过商业文化、娱乐文化竭力宣扬身体的性感、奢华、诱惑，甚而将未成年人的身体直接作为色情消费对象。所以，面对《裂舌》描绘的青年世界的身体乱象，成人世界何来道德优越感？说到底，前者不过后者的镜像而已。

但《裂舌》并不是仅供道德家和警察分析的社会案例，如果拿纳博科夫的观点——“小说作为作品存在仅仅因为他能给人带来被我鲁莽地称为审美快感的东西。这是一种与其他感觉相联系的状态，在这里唯有艺术（好奇心、温情、善良、狂喜）才是衡量标准。”——来看，《裂舌》完全是感人至深的艺术品。

那些为《裂舌》中的“身体改造”而侧目的正人君子，显然忘了，这可追溯到安徒生童话里。“你就坐在海滩上，把这服药吃掉，于是你的尾巴就可以分做两半，收缩成为人类所谓的漂亮腿子了。可是这是很痛的——这就好像有一把尖刀砍进你的身体。凡是看到你的人，一定会说你是他们所见到的最美丽的孩子！你将仍旧会保持你像游泳似的步子，任何舞蹈家也不会跳得像你那样轻柔。不过你的每一个步子将会使你觉得好像是在尖刀上行走，好像你的血在向外流。”

《裂舌》如此有力地唤醒了我们的肉痛，提醒我们身体对精神的意义。这种痛感，是和那种享乐中的身体的麻木截然相对的。不是精神拯救身体，而是身体拯救精神。在这一点上，它和《海的女儿》是相通的（读童话的人就常忘了这一点）。人鱼忍着剧痛将鱼尾分割为人腿，最终才得到一个不灭的灵魂；而

《裂舌》中那个叫RUYI 的少女，在步向裂舌的痛苦中，在对惨死男友的“同感同受”中，在将刺青中的龙“点睛”后，在将作为“爱的信物”的两颗血牙敲碎吞咽后，她也永远拥有了一段冷血中的温情、一个黑暗中的爱。

“从这无意义的所谓身体改造中，我到底想提炼出什么呢？”——毫无疑问，《裂舌》展示的不仅是身体的炼金术，也是文字的炼金术。正如村上龙所说的，《裂舌》“从时下年轻人放纵的生活方式中，捕捉到了偶尔闪露出的纯粹的情感”。作者以堪称忍术的写作，敏感地捕捉到了已被挥霍殆尽的身体废墟间闪烁的磷光——爱。这个爱，将随着身体里痛的绵延而绵延。

是甍，还是梦
——评井上靖《天平之甍》

日本作家井上靖的小说《天平之甍》，大陆最早的译本，出自大名鼎鼎的楼适夷先生之手，作家出版社，1963年。1978年经楼先生重译后，人民文学出版于1980年重新予以出版。为此书，楼先生在“文革”中还受过牵连。此外，1999年，安徽文艺出版社还出过一套《井上靖文集》，其中也收有《天平之甍》。至于台湾，牧童出版社于1978年出版过谢鲜声的译本，1986年，朱氏姊妹“三三书坊”又将此译本收进“扶桑集”系列中再版。将楼本与谢本对照一二，高下立判。楼本言语松遢，不得要领，尤其是所译对话，全失佛家言语风味；而谢本语言典雅，笔端有力，如同佛家偈语，微言大义，含味深长。朱天心推崇谢的译本，不惜再版，是有眼光的。

楼本的出世，多少是借了20世纪60年代初中日友好交流之风，是一项政治任务的结果。1962年，由日本中国文化交流协会和中国人民对外文化协会共同发表《关于中日两国人民间文化交流的共同声明》，其中提到："即将来临的1963年，是冲破重重困难，东渡日本，在日本传播中国文化，并在日本度过了高洁一生的高僧鉴真和尚的逝世1200周年，在这值得纪念的年头，积极地促进中日两国人民的文化交流，是有其深远的意义的。"在随之而来的"鉴真热"的鼓动下，1963年春，楼适夷接到了世界文学社编辑陈冰夷送来的日本中央公论社版的《天平之甍》，让他作为一个"重要任务"赶译出来，据说这是在郭沫若授意下进行的。楼后来在《〈天平之甍〉重译记》中也谈到："第一次翻译此书于1963年的春季。这一年，中日两国有关文化与宗教团体，联合举行唐鉴真和尚逝世1200周年的纪念。作为纪念活动的一个项目，我受世界文学社的委托，接受了介绍此书的任务。"

而谢鲜声译《天平之甍》，则纯粹是个人行为，是信徒旨趣所在。谢鲜声原名谢淑民，是台湾著名的基督教徒。王昭文的文章《努力与耶稣为友的人——我所知道的谢淑民长老》提到谢译的《天平之甍》"是台湾首次有人翻译井上靖作品。该书后来三三书坊再度翻译出版，由刘慕沙另译"。

身为一个信徒，翻译《天平之甍》这样的作品，自然是更有心得体会，笔端常带感情。难怪谢鲜声在译序中提到自己"始终忘不掉，几年前读他（指井上靖）的《天平之甍》时所受的感动"。这份"感动"，当然，也幸运地传到我们译本读者身上来了。正如有人谈到的，《天平之甍》和"中日文化友好交流"

这样的主题其实扯不上太大关系。这一点，井上靖毫不客气地就指出来了："文化交流作为友好的基础归根结底就在于创造文化的人和承担文化的人之间的交往，是心和心的问题。除此之外什么也没有。"《天平之甍》所要讲的，实际上是一个人的信仰和生活之间的故事。

就内容来说，《天平之甍》与其说是在写鉴真东渡日本传教的传奇，不如说是在写几个日本留学僧在异国的人生和命运。就其主题来说，与其说是在写信徒对信仰的执着，不如说是在写信徒在信仰与生活之间流转浮沉。所以朱天心才会说，在《天平之甍》中，"鉴真的感人形迹先不提，其中的四名留学僧，于鲜为人翻阅的冷僻史料中不过就是两字一名，一个无意义的符号，历史长河中的小小芥子一粒罢了吧，但是井上靖却重新给了他们血肉灵魂，让遥遥千有余年后的我们读来只觉神往难忘极了"。

小说一开头，就是四个青年留学僧荣叡、普照、戒融与玄朗，以遣唐使的身份，漂洋过海踏上东土大唐，开始其长达几十年的留学生涯，他们的人生也随着漫长的时间长河而发生截然的沉浮变化。有的客死他乡，有的修成正果，有的流浪漂泊，有的则安家还俗。小说的明线是鉴真的日本之行，暗线则是佛到底是在典籍庙堂之中还是在民间众生之中的争论，或者说教义之佛与人生之佛之争。

在小说中，这种对立体现在荣叡、普照/戒融、玄朗，业行/景云，玄昉/行基等身上……尤其是戒融与普照之间。

初踏唐土，普照看到的是大唐佛林的万千气象，而戒融看到的则是这个国家的多难民生：“在这个国家难民像流云、像黄河的流水在流动，不就像自然现象之一吗？为经典语义一言一句的诠释所牵制的日本和尚，在我看来简直是愚笨透顶，想来佛陀的教训应该是更悠远广润，连结于黄河之长流、白云之漂流与难民之流动才对。”戒融崇尚行知，立志以行脚僧云游的方式走遍广润的唐土，认定：“在巡回这广润的国土中一定可以发现什么吧。不走动是不会知道的！”而普照则献身典籍，认为不管入地如何广大，其中并不一定会有什么。果若会有什么，则应该在自己尚未知道的佛典之中。新的经典陆续不断从印度带进中国，经典之林比唐土还要广大无涯。

这种不同取向，在他们的前辈那里也体现出来了：“玄昉与行基同是义渊之门，年龄也差不多吧，玄昉入唐后进入濮阳之寺，行基在日本走入庶民之中。玄昉学法相，行基给病者药物，为烦恼的人祷告，在没桥的地方造桥，在街头讲道。玄昉在异国学法相，究其奥义，由于才学出众，受其留学国的天子赏赐紫袈裟。行基走动在乞丐、病人、烦恼的人之中，从这城到那镇，从这田庄到那村落，行走说法。”

而把三十年的光阴耗在唐土的两位老留学僧业行和景云，在人生暮年，得出的结论也截然不同。景云认为自己在唐土虚度半生，最终只愿以老弱之身归回故国；而业行则不惜牺牲半生眷抄大唐佛学典籍，只求运回日本为庙堂造福。

献身信仰与落实生活，哪个更重要呢？人生真义是在典籍教义中还是在生活践行中呢？是知识、思想、理念重要，还是体验、情感、生活更重要？是皈依志业、信仰更臻于永恒还是片刻的欢愉、感动、体验更臻于永恒？这两种取向路径，孰是孰非孰得孰失，实在是难以断然下个定论。

当然，这么概括（小说根本无法概括），并不是说《天平之甍》是思辨的，它动人之处显然并不在此。井上靖并不想把《天平之甍》写成佛家公案，而是以文学家的心态令人感动地描写了信徒的人情。

日本一般十到二十年一次派遣遣唐使，许多留学生留学僧往往以中年之躯初踏唐土，而等到下次随遣唐使归国时已经是迟暮之年了。至于当时的跨海旅行，也是颇多危险波折，能否学成归国、功德圆满，全凭造化。生老病死，旅途多舛，个人变得极其脆弱。因此那时候，日本留学僧漂洋过海到东土求学，等于是把一生赌上了。没有坚强的信仰作支撑，肯定是无法走下去的。正因如此，此时的信仰、信念就不仅仅是知识上的追求了，而赋予了深沉的人的感情。

假作真时真亦假，无为有处有还无。在巨大漫长的时间面前，一切无不显得如梦似幻。小说末尾，以佛学为事业志业的普照终于将鉴真接到日本，个人算是立下无量功德，功成名就，但未必见得就圆满。当年同行的伙伴，一个个老的老，死的死，散的散，生死两茫茫，音讯全无；而把半生时光耗在抄经的老僧业行在归国途中却遇海难身亡，所抄经书全付之东流……怎不叫人顿生人生无常命运无奈之叹。

正如福田宏年在《井上靖与他的作品》中谈到的："视人生为一条涸竭的河床的看法还在深化发展，最后贯穿到了以《天平之甍》为首的一系列历史小说中。井上靖历史小说底层中流动着的思想是对逝水流年中人物虚无缥缈的命运的一种想法。……《天平之甍》说的是为了把戒律引入日本，四个留学僧乘坐遣唐船到中国去邀请唐朝高僧鉴真和尚的故事。作品刻画了他们超越个人的意志和热情，与自然和时间进行搏斗的形象。这里面时常出现的是历史的躁动，命运的躁动，灵活地运用绘画手段彻底排除了对上场人物内心世界的忖度，只对明确的形象加以积累。这样一来，在其背后就浮现出无可奈何的命运形象。"

不知为什么，朱天心在《天平之甍》的推荐文章中，并没有解释这个书名的含义。小说的结尾，孑然一人的普照收到了海外无名者送来的一个甍。"甍是放在寺院大栋两端的鸱尾。很古老，不甚完整，上又有一条很粗的龟裂。"据楼适夷先生解释："鸱尾是安装在宫殿庙宇屋脊上的陶瓷饰物。亦作蚩尾。按蚩为海兽，汉武帝时建栢梁殿，以蚩尾为水之精，能却火灾，因置其象于殿顶。一说，东海有鱼似鸱，喷浪化雨，唐以来，置其象于屋脊。"普照依稀记得在当年的唐土哪里见过，但想不起来了。“普照猜不出是何人送这个给他。唐人也不可能特别送这样的东西。在唐土他最亲密的朋友，以日本人来说是玄朗和戒融。不管是谁，此刻普照以某种感慨注视来自大乱中的唐土，渡渤海，辗转送到手上来的这块异形的瓦制物体。”最后，普照把甍交出去了，用在了在建的唐招提寺上，算是物得其所。

三三书坊的《天平之甍》的封面，用的就是淡海三船所著的《唐大和上东征传》里所附的绘卷，里头画着鉴真一行在船上，周边浪头滔天，在水波之间隐现的，正是那种似鸱一般的海鱼。

内心之死
——评雅歌塔·克里斯多夫《恶童日记》

不是《安妮日记》，也不是《小偷日记》，而是《恶童日记》（*Le Grand Cahier*）。因为雅歌塔·克里斯多夫这里写下的，并不是现实，而是一种曝光过度的现实、一种白热状态的现实，因此现实道德伦理的色谱在这里并不奏效。实际上，《恶童日记》并不是为了让人产生怜悯或义愤的，在梦游一般的氛围下，它唯一带给我们的感觉是不安。

《恶童日记》干净利落剔掉所有的心理内容，只留下了简单的对白和动作。没错，这是作者模仿孩子文体的结果，但在面对极大的幸福或困境（在小说中，是战争的恶）时，我们难道不是通常会陷入“内心之死”吗？ 小说最大的秘密，在于“仪式”，就像桑塔格说的，“对冷漠的膜拜以及几何精神”。整个战争苦难及苦难的超越都被仪式化了。仪式是一种外在的展现，并不涉及内心。我想，深陷罪恶中的儿童的内心，是很难被触及的，也是难以言表的。一个孩子，第一次接触到恶时，是什么感受？语言难以触及这个层面。这肯定是人类最原始的恶，是活生生的“原罪”。

整个小说是由对白和动作组成的。但实际上，小说中的儿童一直处于“沉默”中。就像玛格丽特·杜拉斯在《断水人》谈到的那个沉默中携家自杀的女人。孩子明明在“说”，但实际上什么都没“说”。因为我们难以触及：“在这一类瞬间，语言可以达到语言最具威力的高度。不论她对小酒店女店主说了什么，她的话是说尽一切的。说尽一切这四个字，在死付诸实施之前说出这最后几个词语是与这些人终其一生沉默无言相等同的。这些话语，没有人能够抓得住。”

Le Grand Cahier，原意是“笔记本”，中文版书名换成了《恶童日记》。实际上，它和“文学中的坏孩子”并没有多大关系。因为如果说小说写到了孩童的残忍、恶、坏之类，那也并不具备道德、情感上的规训意义，说到底，它并不是《小偷日记》《动物凶猛》一类的成长小说。如果说借儿童的扭曲来谴责战争与成人世界的病态，那么“黑镜头”一类的战争摄影带给我们的震惊，远比小说要来得更直接有力。而小说艺术的魅力，显然并不在于这种触目惊心。

没错，《恶童日记》写了战争中的儿童，但那不是真实的，如果说真实是指人正常的反应的话。因为，没有哪个孩子眼睁睁看着自己父母被炸得血肉横飞而不露声色。但小说就是这么写的，如同罗兰·巴特说的，“我们进入了‘平淡的死’”。与此相应，则是孩子们遭受成人侮辱时的极度平静，就好像面对的只是一些“平常的恶”。死亡和罪恶，由于过于刻骨铭心，反而变得极为空洞、没有深度，无法进入内心了。或者说，这些战争中的孩子，由于倍受摧残而最终变得坚不可摧了，他们也由恶的受害者而变成恶的化身，如果说恶是没人性的话。

《恶童日记》的魅力，在于描写了那种不为世界所动的自成一体的儿童。但他们并不是卡尔维诺所说的，能够“以心灵的秩序对抗世界的复杂性”，他们连“心灵的秩序”也不要，因为他们没有“心灵”。就像垃圾堆里的儿童玩偶一样，因为没有生命，也就避免了致命的脆弱。如何实现这一点呢？就是通过各种匪夷所思的“练习”：“练习忍受皮肉之痛”“练习心灵之痛”“练习行乞”“瞎子与聋子的练习”“练习禁食”“练习残酷”。通过“练习”来适应“恶”。而小说最令人震惊的地方在于，把对痛苦的被动适应转变为主动练习。儿童难道不是被动性的吗，他们向来只能默默接受成人世界施与的一切，爱或暴力。但一个主动的儿童会怎样呢？他只会被成人视为“恶魔”。

《恶童日记》是彻头彻尾的报复性写作。它展现的童年已经不能说是惨不忍睹了，而是在受虐狂基础上绽放的恶之花。那些破坏殆尽的童年，散发着冷金属的光泽，毫无生命的迹象，但依然立在历史的废墟之上，就如小说中被士兵轮暴至死的小女孩，嘴唇依然留着的那“一丝永远的微笑”。

月亮上的人
——评保罗·奥斯特《月宫》

“60年代”，是20世纪史上的一个特别时期。法国的“五月风暴”、英国的摇滚乐以及美国的“嬉皮士”，都出现于此。那是一个真正的年轻人的时代，充斥着大麻、性乱、摇滚乐、反战与示威游行，空气里满是反逆、颠覆、放纵和动荡的气味。斯蒂芬·金在回忆性作品《亚特兰蒂斯之心》中就写道：“我想，大学永远是蜕变的时刻，是童年结束前最后一次天翻地覆；可是我怀疑，最惊天动地的大转变莫过于20世纪60年代末期在大学求学的年轻人所面对的天翻地覆。”

在保罗·奥斯特的自传性小说《月宫》中，主人公马可·佛格就是在1965年进入纽约州的哥伦比亚大学就读的。1968年发生在哥伦比亚大学的学生运动，曾经是“60年代”有名的大事件，小说里也有所提及。“那段日子对每个人来说都很难熬。记忆中那是政治混乱、公众喧哗、群情激愤、扩音器吵嚷和暴力横行的时代。1968年春，每天好像都会爆发剧烈的变动。不是在布拉格，就是在柏林；不是巴黎，就是纽约。越南那里有五十万驻军。总统宣布这次不再退缩。人们被暗杀。经年累月的打仗，战争规模扩大到所有念头都会被渗透污染，我知道自己无论做或不做任何事，都跟大家一样身陷其中。……同月，哥伦比亚校园变成战场，数百名学生被捕，包括梦想家济马和我。……我的故事存在于那段日子的断垣残壁里，除非明白这一点，否则我的故事毫无意义。”

“60年代”是《月宫》的一个隐约背景。正如斯蒂芬·金回想起那段青春岁月时想到的是“亚特兰蒂斯”的虚幻一样，保罗·奥斯特首先想到的则是“月亮”的无常。“月亮可化身无数。月亮是神话，也是想象，爱情和疯狂。月亮同时也是一个对象，一个天体，一块悬挂在天穹中的荒无人烟的石头。当然，月亮也是一种否定、一种难以企及，一种人类对变形的渴求。与此同时，月亮也是历史，尤其是美国的历史。首先有哥伦布，然后才有西方的发现，最后才有对外层空间——作为最后的疆土的月亮的探索。但是哥伦布并不知道他发现的是美国。他以为自己航行至印度、中国了。某种意义上，《月宫》是这个误解的体现，一种将美国视作中国的企图。月亮也是一种循环往复，人类经验的重复。在《月宫》中有三个故事，每个故事最终归于同一。每代都重复着上一代的错误。所以，月亮也意味着对进步观念的一种批评。”

小说一开头就提到了故事发生的时间：“那是人类首次登陆

月球的夏天。当时我还很年轻，却不相信会有什么未来。”1969年是“60年代”的一个意味深长的节点。这一年美国成功登月，人类科技发展或者说是冷战对峙一时臻至顶峰，而也就在这一年，在地球上一个名叫伍德斯托克的地方，以“和平、反战、博爱、平等”的口号，举行了人类史上最盛大的摇滚音乐节。科技与人性，战争与和平两两对峙。但是，这些大事件大主题在小说《月宫》中充其量只是一种回声。小说中，作者甚至借主人公之口说道：“伍德斯托克。那跟我的遭遇实在没有什么关联，我也实在不知道该作何感想。虽然那些人和我年纪相仿，但我觉得自己跟他们毫不相干，他们根本就像是站在另一个星球上的人。”显然，在激烈动荡的大时代的深处，有着更为基本的个人命运的波折和传奇。

和保罗·奥斯特的大多数小说一样，《月宫》描写了个人的孤独、身份的追寻、命运的偶然和无常。一段错进错出的爱情，两个得而复失的亲人，构成了《月宫》戏剧性的情节。就像《飘》一样，这是地道的美国式的小说和美国式的命运。但是，无论《月宫》是如何像那些描写“60年代”的小说一样，显得古怪、遥远怀旧而又同实际脱节，它毕竟是真诚的。这种粗糙、坦荡和率真在保罗·奥斯特其他那些精致的散发着法国味的小说中是罕见的。可以说，《月宫》是保罗·奥斯特自己的《在路上》。小说的最后，主人公在历经爱情和亲情的幻灭后，踏上了独自旅行的路途，这是一个典型的“60年代”的行为。

但是正如月亮缺了又圆一样，失去并不是真的失去。在命运的轮回和精神的洗礼中，收获的是人生的希望与信念、自我的发现。正如小说最后所描写的场景："我伫立在海边良久良久，等待着最后一丝阳光消失。身后的小镇正市声鼎沸，制造着世纪末熟悉的美式喧嚣。俯瞰着海岸线，我看到家家户户的灯光开始亮起，一盏接着一盏。接着月亮从山丘的后方升起。那是一轮满月，像一块燃烧的石头又圆又黄。我注视着它，直到它滑入夜空，目不转睛地看着它，直到它在黑暗中找到自己的位置。"

在保罗·奥斯特看来，"60年代人"也许就是那种"月亮上的人"吧。不切实际，与现实背道而驰，在幻想和精神的引导下，总是试图摆脱世俗逻辑的重力，去建构一个属于自己的精神家园。而那，无疑就是保罗·奥斯特的自己的"月宫"。

献给所有失去的
——评约翰·康诺利《失物之书》

失物对每个人来说都是特别的，一如死亡。

每个人都会遭遇失去。我们如今似乎生活在一个失去多于拥有的时代（这只是我的错觉吗）。奥尔罕·帕慕克的小说《纯真博物馆》，写一个人将已逝初恋情人摸过的所有物品都收集起来，建成一座爱情博物馆的故事。乔纳森·萨福兰·弗尔的处女作《了了》，讲一个美国犹太人乔纳森收集家族记忆的故事：从照片、卡片、假牙，甚至是一撮泥土——这些都被他放在一个个独立的袋子里，裱在墙上——一直到一个在“二战”时从纳粹手中救了他祖父的乌克兰女人。张爱玲曾说过，自己的自传性小说《小团圆》，“这是一个热情故事，我想表达出爱情的万转千回，完全幻灭了之后也还有点什么东西在”。还有诗人魏尔伦的母亲——“她失去了第一个孩子。她柔肠寸断。这时，出于古怪的反应，或许是为了帮助她忍受忧伤，她决定保留小胎儿。她将胎儿放在一个装满酒精的短颈大口瓶里，放在家中的一个地方……兴许她想把这个玻璃瓶当作流产的孩子的坟墓。不过，一般人会小心翼翼地隐藏引起伤心的事物，以便最终摆脱伤心。玻璃瓶的透明会给她的想象提供一个地方，容纳持久的、源源不断的、特别是无法弥合的怀念。”

不用再举更多的例子，因为太多了。人们总是试图拥有一切，但让他们真正刻骨铭心的却是失去。失去的才是最珍贵的，“唯有旧日子带给我们幸福”。怀旧当然不是罪。可如何“怀”呢？是把失去之物生生切割出去，还是让其牢牢嵌入当下，比如建个博物馆，封进塑料袋里，写本书，还是装进玻璃瓶，用酒精泡上？“一般人会小心翼翼地隐藏引起伤心的事物，以便最终摆脱伤心。玻璃瓶的透明会给她的想象提供一个地方，容纳持久的、源源不断的、特别是无法弥合的怀念”，可以说，约翰·康诺利的《失物之书》就是这么一个玻璃瓶，或者说，对故事中遭受丧母之痛的小孩戴维来说，童话就是这么一个透明的玻璃瓶，能给他的想象提供一个地方，容纳持久的、源源不断的、特别是无法弥合的怀念。

我不愿抽象地去复述一个人的失去之痛，一个人的痛彻心扉对旁人来说也许永远只是轻描淡写。我们只能看见我们看得见的，感受我们感受得到的。在面对失去之痛时，我们能看得到的就是种种怀念仪式。这种仪式越反常、越华丽、越不可思议，我们就知道他的痛苦越深。小说中就是这样：

从前——故事都这么开头——有一个孩子，他失去了妈妈。

其实，很久以前他就开始失去她了。夺去她生命的疾病，那个偷偷摸摸的坏东西，在身体里面逐渐侵蚀她，慢慢耗掉她体内的光，所以在弥留的每一天里，她眼里的光越来越黯淡，皮肤越来越苍白了。

当她这么一丁点一丁点被偷走的时候，男孩渐渐害怕了，怕最终失去整个的她。他想要她留下。他没有兄弟，也没有姐妹，他爱爸爸，但说实在的，他更爱妈妈。一想到生活里没有妈妈，他就觉得难受极了。

这个叫戴维的男孩，做了他能做的一切，好让他的妈妈活下来。他祈祷。他尽量表现好一点，那样她就不用为他犯的错而受到惩罚。他在家里走动的时候，尽量静悄悄的，跟玩具兵玩打仗游戏的时候，也把嗓门压到最低。他发明了一套程序，因为他相信，妈妈的命运和他的行为联系在一起。起床的时候，他总会让左脚先落地，然后才是右脚。刷牙的时候，他总是数到二十，数完马上停止。浴室里的龙头和门上的把手，他都是接触一定的次数：单数糟，双数好，二、四、八特别棒，不过他对六不感兴趣，因为六是三的两倍，三是十三的个位数，而十三实在很差劲。

要是他脑袋撞在什么东西上，他就再撞一下好保持双数，有时他的脑袋瓜儿像是在墙上弹了几下，闹得他数不清了，有时因为头发违背他的意愿，掠了下儿墙，他就不得不撞了一下又一下，撞到脑壳发疼、头晕恶心为止。整整一年，也就是在妈妈病情最严重的日子里，从早上在卧室或厨房的第一件事，到晚上的最后一件事，他都遵守着不变的程序：一小本格林童话选，一本折了角的漫画杂志《磁铁》，书漂漂亮亮放在杂志正中间，晚上就一块儿整齐放在他卧室地毯的一角，早上就放在他最喜欢的厨房板凳上。就这样，戴维为使妈妈活下来贡献着他的力量。

这是我们在《失物之书》开头读到的。但是——这不够，尽管对一个孩子来说，这已是不易——因为，妈妈还是死了，就像“现实”这个怪物通常干的那样。死亡无可抵挡：

即使那些不停不休重复着的程序，也不能够使她活下来。他后来一直在想，是不是哪个程序出错了，或者那天早上他数错了什么，或者他应该加上一个什么动作，兴许能够使状况有所改变。现在都没用了。她走了。他应该待在家里的。上学去的时候，他总是很担心，因为如果他离开妈妈，就无法掌握她是不是能活着。那些程序在学校不管用，因为很难执行，学校有学校的纪律和程序。戴维尝试过用学校的程序来代替，可是它们究竟不同。现在，妈妈为此付出了代价。直到这会儿，戴维才哭了起来。他为自己的失误感到羞愧。

显然，面对死亡和失去的强大，必须创造一个更为强劲的程序或者说仪式，一个强大到能让现实俯首帖耳的奇迹。就像上帝说的，要有光，于是光就有了。在最强大最固执的想象和幻想面前，世界诞生了！

在这个新生的幻想世界里，人类文明物同时也是热兵器——坠毁的战机、歇火的坦克陷入了时间的停滞中，成为未来的遗物古迹。这里只有守林人、狼人、侏儒、女妖、矮人、鹿女、女猎手、骑士、精灵、兽、女巫、国王……这是纯粹属于一个孩子的华丽冒险。冒险的唯一目的，是找回失去的。

在康诺利讲述的这个故事里，回荡着许多童话的回声：有《爱丽丝漫游奇境记》的怪异，有《小王子》的忧郁，有《绿野仙踪》的历险和“回家”主题，有巴塞尔姆式的对《白雪公主》的调侃和“死亡之吻”，有同性恋版的《罗兰之歌》……当然，还有最主要的，是对《海的女儿》的回应。小人鱼在失去王子时没有杀掉他以重新拥有自己，安徒生把这个过程视为一种童话的当然，至少对小人鱼来说是如此。但在利己欲望如此强势的当代，康诺利却不得不花三百多页的篇幅来讲这个战胜心魔的过程。

拥有与失去，是《失物之书》的主题。拥有与失去，并不纯然是个人的事。你完全可以让别人失去来让自己拥有。只不过这时候，那个扭曲人、骗术精灵、心魔，或者摩菲斯特——你叫什么都可以，就会来找你了。它要和你做笔肮脏的交易，这笔交易很划算，你只不过是叛卖别人以换得自己想要的，而且这个“别人”还正是你想除掉的那个人，何乐而不为？出卖灵魂一向都很容易，不是的吗？

小男孩戴维用自己在奇境中的冒险，回答了这个问题。显然，正义感并不是某种必然，也不是来自“精神顿悟”，而是来自人生——即便是童话一样的虚幻人生的切切实实的历练。守林人和骑士罗兰的相继舍己救人，终于让男孩戴维在精神上长大成人了。他终于战胜了心魔，从一个男孩成为一个不折不扣的男人。所以，我没把约翰·康诺利的《失物之书》，简单看作一个孩子战胜自己心魔的励志故事，而是视之为一个孩子在奇境中华丽冒险所必经的成年礼。

不是每个孩子都能安然步向成年的。比如新闻里报道的那个挣扎在大人暴行中的奥地利女孩，生活的“不确定性”，生生“被窃走的少女时光”。通往成人世界的路途，总是那么险恶，充满变数。达明一派有首歌叫《十个救火的少年》，阿加莎·克里斯蒂侦探小说《童谣谋杀案》中提到过一首英国童谣《无人生还》。有点玄秘。火灾，小黑人，背运的象征。少年是什么，少年是午后或午夜。显然，达明一派和阿加莎都意识到了青春的减数问题。从孩子、少年到成年，就像流星冲破大气层，撞向地球，是燃烧殆尽，还是化为陨石，全凭造化。少年人的救火，也是自救，带有盲目性和偶然性，青春的不可预知。一种夭折的美学。宁为玉碎的少年如何面对相约瓦全的社会呢？叫人想起杨德昌的《牯岭街少年杀人事件》。少年杀人和少年救火，是一回事。前有生涩的青春，后有老辣的成年，在时间的淘洗中没有谁能够全身而退。

《失物之书》展示的，是一个孩子在童年面对失去至爱的残酷时是如何凭借幻想的。正如一首歌词所唱，“长长的路的尽头是一片满是星星的夜空，这一趟华丽的冒险没有真实的你陪我走”，幻想，是孩子借以安度残酷青春时光的唯一旅伴。

在纳博科夫看来，坏、邪恶并不是一种有害的存在，而实际上只是缺少什么。缺少什么呢？是想象和幻想。“罪犯通常是缺乏想象力的人，因为想象即使在常识最低限度上的发展也能阻止他们作恶。”在这个充斥着猎人、狼人、兽、女巫和扭曲人的成人世界、现实世界里，幻想和想象是唯一能阻止孩童步向邪恶的秘径。现实，让拥有的失去，而幻想则让失去的找回，在这样的生命轮回中，孩子们安然抵达成年地带。

《失物之书》是一本写给所有曾历经丧失之痛的人的书。这种痛苦，在孩子的世界里，因为它的单纯而变得尤为难以承受。丧失，就是在心头生生剜去一块，让伤口不断滴血，直至僵硬、扭曲、麻木、冷酷。这就是我们在日益板结和冰冷的现实世界里常看到的。但是《失物之书》不是这样的，它透过卖火柴的小女孩的火光、透过给乡下爷爷写信的万卡的眼光，让我们看到了另外一个世界，一个寻找回来的世界。正是通过记忆和幻想，我们弥合了丧失和拥有之间巨大的缝隙。在记忆土壤上绽放的幻想之花，脆弱却璀璨，瞬间照亮了丧失之痛的黑暗。但是，在这之前，请每个孩子、每个大人，找到自己的失物之书吧，珍藏那些遗忘在时间角落的记忆，因为，当你不能够再拥有的时候，唯一可以做的，就是令自己不要忘记。

我们还是说说小说最后的结尾吧。那个从危险的童年安然步入成年直至暮年的戴维——我们现在只能称他老人戴维了，踏上了儿时的幻想之途。他终于平静地走向了那个世界（我们都知道那是个什么世界），他又看到了守林人，那熟悉的一切，这时候——

> 屋子的门打开了，一个女人出现在眼前。她黑发碧眼，怀里抱着一个刚刚出世的男婴，妈妈走路的时候他攥着她的衣衫——在那个地方，一生的光阴也不过是一瞬，每个人都有自己的梦中天堂。黑暗中，戴维闭上眼睛，一切失去的都又找回来了。

世界尽头与冷酷仙境
——评卡森·麦卡勒斯《伤心咖啡馆之歌》

大学时代，班上有一个专门的小书库，像一个隐秘的金库，正是在那里灰扑扑的书架间，我遇到了卡森·麦卡勒斯，遇到了《伤心咖啡馆之歌》。

小镇上的爱密利亚小姐能干富有，“骨骼和肌肉长得都像男人”，本地最俊美的男子马文·马西偏偏爱上了她，他一改流氓习性成为正经人，暗恋了两年之后终鼓起勇气求婚。但这场婚姻只持续了十天，“一个新郎无法将自己心爱的新娘带上床”。马西再度成为恶棍，并锒铛入狱。爱密利亚小姐心满意足地享受平静的生活，直到罗锅的李蒙表哥来到小镇，她爱上了他，并事事迁就，六年后马西获准假释。李蒙表哥在第一眼看到他之后，就极力讨好他，马西却报以拳头。罗锅仍然天天出去找马西厮混，并把他安排进家里住。爱密利亚小姐和马西的冲突终于爆发了，两人在众目睽睽之下决斗，正当“她那双强壮的手叉住了他的脖子”时，小罗锅尖叫着加入了战局，爱密利亚小姐成了失败者。当然，小罗锅和马西抢走财物毁坏了咖啡馆后双双离去。连续三天，爱密利亚小姐都坐在前门口台阶上眺望等待，但是，罗锅始终不见回来。第四年，她请来木匠把窗门都钉上了板，“从那时起她就一直待在紧闭的房间里”。

驼背男人（想想罗锅这种男人吧，一种奇怪的家伙，在本雅明那儿是背运的象征），灰尘仆仆的小镇，决斗，疯狂的戏剧性，奇闻的魅力，可悲的氛围。奇怪的是，这种奇闻式的变化特别是决斗一场，既给了我一种惊奇，又给了我一种极大的满足和确信：就应该是这样的了，没有别的了。

生于1917年的麦卡勒斯体弱多病，幼年曾经中风，31岁的时候左半身瘫痪。有段时间她只能用单根指头打字，而据她姐姐透露，她去世前很多年甚至不能坐在桌子前工作。1938年她嫁给一个美国陆军下士。婚姻并不成功，以离婚告终。他们仍然保持联系并一度复婚，然而最后不得不在1953年再度离婚。不久他自杀身亡。作家格雷厄姆·格林曾说：“我喜欢麦卡勒斯胜过福克纳因为她文笔更清澈。”

福克纳《献给艾米莉的玫瑰》自然是不错的，艾米莉小姐和爱密利亚小姐，甚至像鬼和鬼的影子。但是，鬼是没有影子的。爱密利亚小姐的异性恋被同性恋打败了。马文·马西，罗锅，爱密利亚，恋爱像是一场鬼打墙。这种偏执的美学和疯狂的圆舞曲，让我们如同看到小猫疯狂地追逐自己的尾巴，那种情形可笑可怜还很可怕。艾米莉小姐在砒霜的帮助下完成了爱的死亡仪式，爱密利亚小姐呢，则被自己的自反性给打败了。

显然，让世人为之侧目的疯女人有一种尖锐的美、偏执的美。有一种打击现实的可怕力量。正是这个让我哆嗦。陷入疯狂状态的女人，像席卷而来摧毁一切的飓风的中心，有一种令人窒息的静止。“从那时起她就一直待在紧闭的房间里。”绝对的封闭和骷髅也就是死亡，没什么两样，就是拒绝时间引起的变化。艾米莉小姐制造了一个爱的标本，她像猎头族一样找到了自己的图腾，爱密利亚小姐则把自己变成了标本。

人们乐意为疯狂所吸引，任由爱火花在黑暗的夜里噼啪作响。就像人们溺水时，有人在漩涡面前有一种顺从的极乐。这是没有任何希望后产生的一种极乐，一种彻底放弃后的极乐，是比痛苦更痛苦后的极乐。在世界尽头是冷酷仙境，正是在那里，疯女人们疯狂闪烁的眼眸里看到了某种东西。而我们却远远看不到。

北方以北
——评托马斯·特朗斯特罗姆《巨大的谜语·记忆看见我》

托马斯·特朗斯特罗姆诗歌最早的中译者，是诗人北岛。而把特朗斯特罗姆诗歌引荐给北岛的人，却是瑞典汉学家马悦然。在《时间的玫瑰》一书中，北岛曾回忆起此事。1983年夏末，北岛从瑞典使馆文化专员安妮卡那里得到特朗斯特罗姆最新的诗集《野蛮的广场》，以及马悦然的英译稿和一封信。"马悦然在信中问我能不能把托马斯的诗译成中文，这还是我头一回听到托马斯的名字。回家查字典译了九首，果然厉害。托马斯的意象诡异而辉煌，其音调是独一无二的。很幸运，我是他的第一个中译者。相比之下，我们中国诗歌当时处于一个很低的起点。"

我不知道马悦然为什么让北岛来译特朗斯特罗姆。或许，一个有着"近乎枯燥的严肃"的中国北方诗人，与一个来自北欧的"诗的禁欲主义者"，有一种内在的契合？有趣的是，当诗人王家新希望从自己的诗歌语言中“透出一种能和北方的严酷、广阔、寒冷相呼应的明亮”时，他也从特朗斯特罗姆那里找到了共鸣。不管怎样，自20世纪80年代以来，特朗斯特罗姆的诗歌被断断续续译介到国内，对汉语诗歌产生了某种隐秘的影响。

在马悦然翻译的特朗斯特罗姆的诗文集《巨大的谜语·记忆看见我》中，收入了《悲伤的凤尾船》《巨大的谜语》两部诗集以及诗人回顾早年岁月的自传《记忆看见我》。其中《巨大的谜语》是特朗斯特罗姆中风之后完成的。马悦然的翻译，无论是在语义、节奏与风格的准确上还是在语言的凝练有力上，都远超李笠和董继平的翻译，这一点只要对比三者译的《悲伤的凤尾船》（李、董译分别译为《悲哀贡多拉》和《悲伤的贡多拉》）就能明白。即便散文体作品《记忆看见我》，马悦然的翻译也更为准确、入味，超过北岛和董继平译的。

读特朗斯特罗姆的《巨大的谜语》，是知其然，而读《记忆看见我》则是知其所以然。就我个人来说，诗人有时比诗作更加吸引我。特朗斯特罗姆独特的诗歌气质是如何形成的呢？它与瑞典、与北欧的风土多少不无关系。后者有着独特的高纬地势、冰河地形、反差强烈的日照和黑夜，而特朗斯特罗姆所在的瑞典，更是约有百分之十五的土地在北极圈内，沐浴在一种特殊的自然光线下，使每个人时刻如同生活在剪影之中。这种风水地貌造就了“脸孔的诗人”伯格曼和他的“室内电影”，也造就了嘉宝那谜语一般的面孔（罗兰·巴特说“嘉宝的脸是一种理念”)。当然，也造就了特朗斯特罗姆那雕刻一般的诗歌。

毫无疑问，特朗斯特罗姆是一个典型的“北方艺术家”,“很严肃、很早慧”。这种气质在他早年就初现端倪。在《记忆看见我》中，特朗斯特罗姆谈到自己五岁时就已经学会写字了，“可是我嫌写作太慢，我的想象力需要更快的表达方式”，为此他发明了一种速写方法来画画。他是一个博物馆狂，但是害怕骨架。“我对蒸汽火车头的兴趣远远超过对电力火车头的兴趣，换句话说，我浪漫的倾向胜过我对技术的兴趣。”十一岁时，他开始收集昆虫，一度想献身昆虫学。“我对我所捕捉的昆虫，当然没有任何审美的观点——我从事的是科学——可是我无意识地吸收了很多美学的经验。我移动在巨大的谜语之中。我得知土壤是活的，得知有一个容纳无穷的爬行与飞行的生物世界，而那些生物有它们自己很丰富的生活，一点都不需要关注我们。”上小学时，一个孔武有力的同学老欺负他，他发明了一种“装死”的方法（他称之为“既受残暴又保持自重的特技”)，结果让对方很快厌倦了这种暴力游戏。十三岁时，他迷上了非洲的地理和探索，读了很多相关的书。在学校里，他以笔快著称，总是写地理或历史方面很长的作文，而后来却成为一个以写得少而闻名的诗人。十五岁时，他得了很严重的忧郁症，“一种不发出光芒而发出黑暗的探照灯把我捕获”，最终是音乐陪伴他度过了这次精神的“炼狱”。上高中后，他通过拉丁文学习开始接触贺拉斯的诗歌。“现在那发光的罗马文本落到尘世上了。可是下一个时刻，下一阕诗里，贺拉斯的拉丁文带回诗歌奇妙的精确。这种琐细与无上之美的相互作用教给我很多东西。这种相互作用是诗的条件，也是生活的条件。形式（形式！）起了提高的作用。毛虫的脚消失了，翅膀展开了。”——一个伟大的诗人就此诞生！

特朗斯特罗姆把自己一生比喻为“彗星”。彗星的头是童年和青春期，而彗星的核心则是“决定生命最重要特征的幼年”。作为自传的《记忆看见我》只写到少年时为止，是有其道理的。北岛说过，“大多数诗人是通过时间的磨砺才逐渐成熟的，而托马斯从一开始就显示出了惊人的成熟”。这种“早熟”，在特朗斯特罗姆那里，主要体现为一种形式感的发现。这是特朗斯特罗姆诗歌的核心，也是北方诗歌的核心。

白灾

——评奥尔罕·帕慕克《雪》

雪的含义，有时，要看它落在什么地方了。

比如说，落在曹雪芹的金陵，它就是“好了歌”。“好一似食尽鸟投林，落了片白茫茫大地真干净！”落在乔伊斯的都柏林，它就是“瘫痪与死亡”。“整个爱尔兰都在下雪。它落在阴郁的中部平原的每一片地方上，落在光秃秃的小山上，轻轻地落进艾伦沼泽，再往西，又轻轻地落在香农河黑沉沉的、奔腾澎湃的浪潮中。它也落在山坡上那片安葬着迈克尔·富里的孤独的教堂墓地的每一块泥土上。它纷纷飘落，厚厚地积压在歪歪斜斜的十字架上和墓石上，落在一扇扇小墓门的尖顶上，落在荒芜的荆棘丛中。他的灵魂缓缓地昏睡了，当他听着雪花微微地穿过宇宙在飘落，微微地，如同他们最终的结局那样，飘落到所有的生者和死者身上。”

而雪，落在奥尔罕·帕慕克的土耳其，落在东西方之间，就注定了它六角形的晶体对称结构所引发的神秘与错综：轻盈与沉重，个体与族群，诗学与政治，幸福与死亡……

一个名叫作卡（Ka）的诗人被一场雪（土耳其语为Kar）困在一座叫卡尔斯（Kars）的土耳其边陲小城。与其说这是帕慕克小小的文字游戏，不如说是他以一个同样荒诞的政治故事在向卡夫卡致敬。《城堡》中，土地测量员K始终无法走进城堡，而在《雪》中，诗人卡的命运却是困在卡尔斯这座政治“城堡”中无法摆脱出来。

一个诗人和一场大雪中的政治运动遭遇，诗人的多愁善感与政治的铁血遭遇，问题不在于其间多么的荒谬不经，而在于作者帕慕克执意要把这种荒谬变为可信的现实。于是我们看到了弥漫在《雪》中的梦游一般的不安感，令人发疯的恐惧中的玩笑；看到了在剧院上演在电视直播的布莱希特、巴赫金式的戏剧如何与和政治杀戮交织在一起艺术和现实彼此纠葛的噩梦；看到了这个叫卡的诗人在暗杀与审讯、逮捕与恐吓、政变与清洗中完成一首又一首诗篇的可笑又可怕的荒唐景象。

《雪》让我很震惊。有时候让我在恐惧和大笑之间不知所措。它奇怪地复苏了我，一个20世纪70年代中后期生人不曾有过的政治感。当然，这种感觉不是记忆而是幻想。当我们把所有的政治因素（口号、声明、政策、运动、密谋、审讯、交易、暗杀……）完全堆在一起的时候，所谓合逻辑的就变成了不合逻辑的，政治于是就成了笑话，成了艺术。《雪》当中写到一场发生在剧院里的政治枪杀。帕慕克以一种夸张然而完全是现实主义的笔调，一一罗列了军人对观众射击时，子弹各射中了什么。其令人骇笑之处，我只有在读到王小波的《2010》中描写的华丽的“鞭刑”时，才曾经体会到过。帕慕克令人惊奇地在现实的残酷和艺术的轻松之间保持着微妙的平衡，他执意让一个诗人的单纯（他在面对雪和自己的情人时完全像个孩子！）直面一场政治迷局的错综复杂；让一个久未写诗的诗人身陷政治的血雨腥风中时突然诗兴大发，文思泉涌；让轻盈的艺术和坚硬的现实并驾齐驱——但是，这不是天真！也许，帕慕克想暗示的只是，诗，并不是政治的反面、反题，诗和政治并不是对峙的，恰恰相反，诗和政治拥有某种同质的秘密。这并不是说诗有时候是血腥的，政治有时候是浪漫的（比如我们津津乐道的那种某个伟人的政治美学），而是说，政治本质上就是和诗一样混乱的、未知的、神秘的、羞怯的、善变的，问题在于你是否放大了某个局部、片断、对白、举止，大到整个现实逻辑失效。

《雪》，最容易让人觉得有一种舞台剧的表演感。这真的是现实吗？问题是，什么是现实？我们会发现没有现实。小说中，卡尔斯城的小报记者两次先发表对事件的报道，后有事件的发生；小城民众观看电视直播的剧院的政变，还以为是剧情的安排。诸如此类，并不是帕慕克在玩什么鲍德里亚的“仿真的游戏”，而是因为戏剧性根本就内植于政治现实之中。正如戈培尔那句有名的叫嚣：“我一听到‘文化’这个词，就想掏枪！”这与其说是政治的野蛮，不如说是政治的浪漫。政治会变轻，正如雪也会产生致命的重量。谁都知道，雪，不仅仅是诗歌抒发的轻盈之物，有时候也是生命杀伐的“白灾”。

作品有时候如同作家的谶语。帕慕克就一度成为他的小说《雪》当中那位不幸卷入政治风暴中的诗人。自从2005年在媒体上提到库尔德人和亚美尼亚人在土耳其被屠杀的历史后，他就卷入了一场无休止的政治诉讼中，直至2011年最终被定罪。但是，这并不是一件仅仅事关言论自由问题的简单案子，诚如有论者所言，“此案关乎言论自由、历史陈案、政治现实，以至国家与作家的关系、爱国与叛国的定义，故而一直受到土耳其国内舆论和国际社会的高度关注”。某种意义上，帕慕克事件已经成了一个“社会文本”，从中能解读出种种复杂的文学政治意涵。

时间似乎需回溯到2005年2月，帕慕克在接受瑞士周刊《杂志》采访时说：“三万库尔德人和一百万亚美尼亚人在土耳其被杀害，可除我之外，无人胆敢谈论此事。”“一战”结束前后，约有一百万亚美尼亚人被奥斯曼土耳其帝国杀害，亚美尼亚等国认为这是20世纪第一场种族大屠杀，但土耳其历届政府均否认种族屠杀的指控。而“三万库尔德人”被杀害则来自1984年以来土耳其军队对库尔德分离主义游击队的镇压。帕慕克的言论立刻在土耳其国内引起哗然。四个月后，土耳其颁布新刑法，其中301条款设立“侮辱土耳其国格”罪，罪可下狱三年。五位反恐官兵的烈属援引该条款，集体将帕慕克告上法庭。本来这案子只事关土耳其内政，但由于正值土耳其申请加入欧盟的敏感时期，因此格外引起欧盟的关注。负责土耳其入盟申请的欧洲议会议员和欧洲扩大专员奥利·瑞恩因此受到欧洲议会施压，一位议员称起诉事件“极度遗憾”，另一位则称“无法接受”。12月帕慕克在伊斯坦布尔出庭受审时，瑞恩亲临法庭旁听。结果法庭最后以“新法不能定旧罪”的技术原因撤诉，但背后与欧盟的施压多少不无关系。但事情并未就此了结，原告继续上诉，直至2011年，法庭以民事诉讼判定帕慕克有罪，赔钱了事，据说是因为侮辱了国格等于侮辱了个人。

抛开如何定义“侮辱国格罪”的法律问题不谈，帕慕克案子的一波三折，背后折射的是土耳其与欧盟若即若离的微妙关系。从最初的撤诉到最后的定罪，多少反映了土耳其从“脱亚入欧”到“脱欧入亚”的政治心态转变。多年来，土耳其申请加入欧盟一直未果，时任法国总统萨科齐更是重申反对土耳其加入欧盟。其背后，除了政治、经济、军事外，文化上的原因不可小觑。众所周知，欧盟不仅是政治、经济和军事共同体，更是文化共同体。现有的欧盟国家都属于基督教文明国家，而土耳其虽是世俗国家，但毕竟其99%的国民都信奉伊斯兰教。由于大量移民，现在欧盟中已经有了1600万穆斯林人口，如果土耳其再加入，只会让担心引起“文明冲突”的欧盟更加忧心忡忡。有论者认为，欧盟反对土耳其加入，是一种欧洲中心主义的表现。欧盟的入盟标准是以西欧的价值观、社会制度、宗教和文化为标准的。这种标准只对文明、宗教、制度近似的欧洲国家有包容性，却对其他文明没有包容性。也就是说，欧盟作为一个整体是排外的，它做不到它宣称的“多元一体”。

对基督教文明中的欧洲人来说，土耳其伊斯兰文明是一个地道的“他者”。这种心态多少反映在他们对帕慕克的小说《雪》的解读上。2005年10月，帕慕克因获得德国书业和平奖而接受访谈时，曾和一位德国记者有过一段有趣的对话。在西方读者看来，伊斯兰世界充满了野蛮、专制和暴力，而帕慕克一再强调的则是人性的复杂性和文明的发展性，虽然某种程度上他正饱受这种文明之苦。

事实上，在对待土耳其入盟这件事上，帕慕克态度不无矛盾。一方面他在公开场合支持土耳其入盟，另一方面他又断然拒绝别人赋予他“土耳其和欧盟的搭桥人”的称号，在第一次上法庭前，帕慕克曾为《纽约客》写过一篇名为《受审》的文章，在其中强烈质疑土耳其国家逻辑的混乱：“为什么一个正式想努力加入欧盟的国家，竟然要囚禁一个其作品在欧洲非常有名的作家；为什么它觉得有必要在‘西方的眼睛下’演出这幕戏剧？”“这个国家，一方面抱怨说，他的敌人在全世界散布奥斯曼帝国影响的虚假报道，而一方面，它又控诉、囚禁一个又一个作家，在世界范围内树立了土耳其人的可怕形象，这后面是怎样的逻辑？”但是认识到国家统治机器的荒谬是一回事，生活在一种文明当中是另一回事。文明、文化、生活给予人的感受是复杂的，如何面对这种复杂性，是每个作家必须要思考的。政治诉诸单一化，卷入政治事件中的作家往往被迫表明立场、站队、表态和决断，而作家的写作又总是趋于复杂化，竭力去呈现种种微妙、隐微和错综，两者之间于是呈现一种张力。

事实上，在2005年吃官司之前，帕慕克就“被政治”了。当他的政治小说《雪》在国内出版时，土耳其各地举行了焚烧书籍的活动，而且不同的举办者焚烧《雪》的不同部分。怎么说呢，在人们看来，这不过是政治粗暴干涉作家言论自由的又一事例，倒霉的帕慕克只是另一个鲁西迪罢了。但是，事情并没那么简单。至少我们要看到，作家因言论遭起诉和作家的作品遭焚毁，从“事件”来说，是两种不同的“政治”。也许我们需要进一步追问，何为“诗的正义”，或者说何为“文学的政治”？

在自己的文集《别样的色彩》中，帕慕克很大方面就探讨了这个问题。在《诗的正义笔记》一文中，帕慕克首先将“诗的正义”理解为“理想的因果报应”，也就是我们中国人所说的“善有善报，恶有恶报”。这个意义上的“诗的正义”当然需要作家做出善恶决断、付诸文学行动，而这往往是危险的。帕慕克自己也意识到，“如果走得太远，它可能就不仅会毁了你的书——你的工作——而且还会毁了你的日常生活”，当然，也会毁了“诗”本身。正因如此，帕慕克看重的是另一种意义上的“诗的正义”，即“超越自我，成为他者”。这种观念在西方源远流长。在古希腊，亚里士多德就认为诗优于历史，诗可以呈现应然之事，而非已然之事。“诗的正义”不是指恶人被惩罚的问题，而是逻辑的胜利。诗模拟人生、人性。人是政治性的动物，理性的动物，模仿/表演的动物。也就是说，通过模仿能达成一种人性与人生的共通，从而超越自我的局限。福柯从认知角度回应过这个问题，“在人生中：如果人们进一步观察和思考，有些时候就绝对需要提出这样的问题：了解人能否采取与自己原有的思维方式不同的方式思考，能否采取与自己原有的观察方式不同的方式感知”。但文学的想象与移情似乎被认为是“成为他者”的最好方式。玛莎·努斯鲍姆在《诗性正义：文学想象与公共生活》一书中就认定，“除非人们有能力通过想象进入遥远的他者的世界，并且激起这种参与的情感，否则一种公正的尊重人类尊严的伦理将不会融入真实的人群中”。帕慕克也把“如何改变自己目前身份的问题”视为小说艺术的中心问题。《在卡尔斯和法兰克福》一文中，他谈到，文学“使我有机会像抒写自己的人生一样，去抒写别人的人生”。“正是通过这类探讨，小说家们才能开始去检测，将‘他者’分隔出去的标准是否合理，而在这样做时，他们也就实现了身份的互换。他者可能变成‘我们’，我们也可以变成‘他者’。”如果小说家“能为彼此对立的他者着想，那么这将有助于他从自我的束缚中解脱出来。小说的历史，是一部人类解放史：设想我们自己处于别人的境地，运用想象力摆脱我们的身份，于是我们便获得了自由”。

更进一步来说，想象是一个政治问题。就像帕慕克所说的："一个小说家的政治观与他所属的社会、党派和集团毫无关系，或者说，与他从事的政治事业毫无关系。一个小说家的政治观，来自他的想象，来自他把自己想象成他人的能力。这种能力，使他可以探讨以前无人注意到的人类真相。这使他成为那些无法表达自身利益、愤怒没人理睬、声音被压制者的代言人。"这与朗西埃的"感性分配"的政治观似乎不谋而合。朗西埃认为："文学的政治并非作家们的政治。它既不涉及作家对其时代的政治或社会斗争的个人介入，也不涉及作家在自己的书本中表现社会结构、政治运动或各种身份的方式。""文学的政治"不妨理解为："作为文学的文学介入到空间与时间、可见与不可见、言语与噪声的分割中。它介入到实践活动、可见性形式和说话方式之间的关系中。正是这个关系分割出一个或若干个公共的世界。"帕慕克小说《雪》的被焚，正是对这种"感性分配"的一种冲突性的反应。引起过激者极端不满的，并不是小说中的政治意见，而是各种政治声音、形象的同时在场、彼此关系。也就是说，他们不满的是小说通过想象对感性分割的重新布排，"将新的主体和客体带进当代舞台，使不可见的东西可见，将只被当作动物的噪音来听的声音，成为公共的声音"。

因此，帕慕克的"政治"，并不是持不同政见者的政治，而是触动共同体的大政治。这也是我们为什么说，《雪》的被焚，是比因某些政治言论而受审更"政治"的政治。这个"政治"

也不是由政治小说引起的，而是小说本身就固有的，美学与政治密不可分。正如陆兴华所说的："艺术家如果在原创，那么，他一定是动了我们共同体、我们城邦的共同的感性-审美的奶酪：他的每一笔，都重新切割了我们共同体的共同的感性。所以，别人倒可能真的不是在政治，艺术家可以说是每一笔都一定是在真真正正地政治的了。他没法不政治。"也就是说，只要帕慕克还在东西方文明之间思考和写作，他的文学注定就是政治的。因为他的每一笔，都是东西关系向前探索的未知的一步。

写作的及物性
——评奥尔罕·帕慕克《伊斯坦布尔》《纯真物件》

能让土耳其作家奥尔罕·帕慕克在文学史上真正定位的，某种意义上，不是他的小说创作，而是他的两部非虚构作品——《伊斯坦布尔：一座城市的记忆》和《纯真物件》。

“他在寻觅他出生城市的忧郁灵魂时发现了文明之间冲突和交错的新象征”——我不知道，这是不是诺贝尔文学奖第一次将一个作家与他生长的城市联在了一起。至少我们现在明白，一个作家的出生城市和这个作家是平等的。是的，我说的是“出生的城市”，是一个作家真正的出生地、栖息地，不是什么“约克纳帕塔法”，也不是什么“看不见的城市”。就像卡夫卡的布拉格、普鲁斯特的巴黎、博尔赫斯的布宜诺斯艾利斯一样，伊斯坦布尔对于帕慕克来说，是摸得着呼吸得到的，是一座“看得见的城市”。他没有以它为主题写进虚构小说，而是采取了回忆录的形式，我认为是一种虔诚。

《伊斯坦布尔：一座城市的记忆》写的是“都市童年”，但是，比起他的前辈本雅明来，帕慕克也许要幸运得多。因为后者在撰写《一九〇〇年前后柏林的童年》时，人们还不知道如何表达这种生活。“我努力把握住那些包含着市民阶级子弟在大都市中所获得的经验的画面。这些画面应该接受它们自己的命运，我想这是有可能的。虽然这些画面尚未像数百年来对乡村童年的回忆那样获得对田园风情的特有表达形式，但这些都市童年的画面或许能够预先塑造蕴含其中的未来之历史经验。”显然，帕慕克并没有本雅明的那种对人类文明历史的大的企图和忧患，他的伊斯坦布尔就是伊斯坦布尔，正如他谈到这座城市作为“废墟的忧伤”时，也不是本雅明寓言意义上的“废墟”。伊斯坦布尔作为一个地跨欧亚历经两大帝国的千年古城，它的交融冲突兴衰起落，在帕慕克身上激起的无疑是切肤之痛。“奥斯曼帝国瓦解后，世界几乎遗忘了伊斯坦布尔的存在。我出生的城市在她两千年的历史中从不曾如此贫穷、破败、孤立。她对我而言一直是一个废墟之城，充满帝国斜阳的忧伤。我一生不是对抗这种忧伤，就是让她成为自己的忧伤。”

快乐的城市都一样，忧伤的城市却各有不同。卡夫卡的布拉格，有那种保罗·德尔沃油画的梦幻和恍惚。“这座城市像个太阳，所有的光聚集在中间一个圈子里，使人为之炫目，人们迷失方向……这里有昏暗的小巷，暗藏的通道，甚至有一些小广场，卧在朦胧和清凉之中”。本雅明的柏林，则有一种玄学的神秘。“冬天的晚上，有时候母亲带我去小商店。一个幽暗而陌生的柏林在煤气灯的微光中向前方伸展着。我们逗留在旧西区……楼墙后面也已经透出了灯光……那种灯光虽然照亮了房间，然而也保持了房间的神秘。那种灯光完全沉浸在自己的氛围之中。”博尔赫斯的布宜诺斯艾利斯，则满是奇迹。“我的诗试图展现当今的布宜诺斯艾利斯，我漫游所到之地的惊讶与奇景。就像罗马人会在穿过一片树林时低语‘numen inest’这两个词一样，我的诗篇也会宣称‘此处居住着一个神’，讲述被希望或记忆理想化了的街巷的奇观。每一天，那些地方都在一点点地神圣起来。”

那么，奥尔罕·帕慕克的伊斯坦布尔呢？它被从博斯普鲁斯海峡上吹来的浩浩荡荡的“呼愁”给笼罩着。“呼愁”是土耳其语的“忧伤”，中文翻译借用了古人的诗句。陆游有“一窗残日呼愁起，袅袅江城咽暮笳”之诗；乔吉有“瘦马驮诗天一涯，倦鸟呼愁村数家。扑头飞柳花，与人添鬓华”之句。但我更喜欢帕慕克自己的说法，“呼愁”作为一种混乱、朦胧的忧伤，“它带给我们安慰，柔化景色，就像冬日里茶壶冒出蒸汽时凝结在窗上的水珠”。

这种忧伤，我更愿理解为是一种乡愁。其实不唯背井离乡流亡之中才会产生乡愁，当一个人从成年回望童年时，也会产生乡愁。这种时光的流逝与城市、家国的命数联在一块后，更加产生兴亡之叹。

在《伊斯坦布尔：一座城市的记忆》中，便是如此。这种忧伤的源头，是“一个小孩透过布满水汽的窗户看外面所感受的情绪”。他看到了什么？他看到了一个极度幻想的童年，幻想在别处有一个自己的分身，幻想祖母的公寓是博斯普鲁斯海峡上的船只，甚至以“想象自己杀人来自娱自乐”，这种古怪的癖好一直坚持到四十五岁时。他看到了家里满墙的黑白照片中的家史，看到了母亲、父亲和各种消失的事物，看到了欢乐单调的学校生活，博斯普鲁斯海上船只冒出的烟，伊斯坦布尔的废墟。他也看到了自己青涩的初恋。在伊斯坦布尔这座帝国废墟，他和一个充当画画模特的女孩曾经漫游其中，“如此爱恋，如此寒冷”。最终，他的初恋和他的画家梦一同幻灭了。他被一种更为辽阔、久远而深沉的忧伤所捕获，当他失去最初的爱人时，他将伊斯坦布尔这座城市作为了自己终生的情人。他要用一生的时间来书写她。那是1972年，一个良久漫步街头然后回家的晚上，他向母亲郑重宣布：“我不想当画家，我要成为作家。”在多年后的诺贝尔文学奖获奖发言中，帕慕克曾提到：“自我二十二岁时决定成为一个作家后的第四年，我抛弃一切，将自己关入房间，然后我完成了我的第一本书《杰夫代特先生》。我用颤抖的双手递给我父亲这份未发表的打印稿，请他阅读并发表感想。这并不仅仅因为我对他的品位和智慧有信心，他的意见对我至关重要，因为他并不像我母亲那样反对我成为一名作家。那时我父亲并没有和我们住在一起，而是在很远的地方出差。我焦急地等待着他的回应。两周后，当他回到家的时候我跑过去开门。他什么也没有说，但是很快他拥抱我，以此让我明白他非常喜欢这本书。有那么一会儿，我们陷入一种常伴随着激动情绪而来的笨拙的寂静之中。当我们安静下来，开始聊天的时候，我父亲用一种夸张而充满感情的语言诉说他对我和我第一部作品的信心：他告诉我，有一天我将赢得让我感到无比荣耀的奖励。”

城市，或者说风土，是帕慕克写作的一个隐秘因素。他的许多小说的场景都设置在伊斯坦布尔。地点甚至成了写作的决定性因素，比如《黑书》。帕慕克曾经谈到：“《黑书》以有点类似于探寻式小说的模式开始，背景设在一座大城市里。但这个城市不是西方笛卡儿式的建构。那儿到处都是阿拉伯式的花样，弯弯曲曲。我1985年开始写这部小说，1990年出版。在这期间我创造出了这种结构，而不是故事。故事情节很简单。妻子失踪了，这位与我有着相同文化和情感的、困惑的男主人公走在伊斯坦布尔的街道上不停地在寻找。我有一个想法，想把伊斯坦布尔变成标志的海洋，有些他认识，有些他则看不懂。如果他看不懂，也就更好，因为这就会给那儿的事物蒙上一层已经在那的神秘面纱，也因为伊斯坦布尔所有的历史积淀。”

面对伊斯坦布尔，我们能品咂到帕慕克在东西方夹缝中的那种真实的心态。有面对西方他者观看时的不安（帕慕克并不认同列维–斯特劳斯的那种“热带的忧郁”），也有对伊斯坦布尔的集体乡愁的辩解。帕慕克看到了“呼愁”麻痹的一面，但他也认为“‘呼愁’在贫困之时教人忍耐，也鼓励我们逆向阅读城市的生活与历史，它让伊斯坦布尔人不把挫败与贫穷看作历史终点，而是早在他们出生前便已选定的光荣起点”。老实说，我并不太喜欢这种给城市形象定位的说辞，也不喜欢这种“国民性”的代言，我更愿意看到那种个人化的忧伤的碎片、记忆的细节。正如帕慕克提到的，对于那些受西方文化刺激并接触当代世界的伊斯坦布尔作家而言，“除了‘呼愁’带来的群体感之外，他们也渴望蒙田的理性主义和梭罗的心灵孤寂”，也就是一种西方的个人忧伤。帕慕克无疑也是如此。但是，只要是身处东西方之间，那么如何在群族共同体的归属感和个体精神承担之间找到平衡，如何在文化出现落差时不陷入要么闭关自守要么全盘他化的悖论，这个问题就会一直存在。“呼愁”是积极的还是消极的，全球化会消解“呼愁”吗？我想，答案在帕慕克的写作之中。

《伊斯坦布尔：一座城市的记忆》既是一部家族史、一部个人史，也是一部城市史、一部土耳其或者说伊斯坦布尔的文化史，对于伊斯坦布尔这样一座有着近两千年历史的都城来说，这来得似乎有些迟；但是，对于帕慕克这样一个五十四岁就摘取世界最高文学荣誉的作家来说，这来得却似乎有些早。如果说，帕慕克的小说是个谜，那么《伊斯坦布尔：一座城市的记忆》就是这谜的答案了，难道帕慕克他就不怕包袱抖得太早吗？再者，回忆录那可是暮年的事。正如书中提到的纳博科夫的回忆录《说吧，记忆》，它写于作者人生最后十年。从川端康成所谓“临终的眼”看过去，人生大概会有很大的不同吧。1969年，在自己的诗集《布宜诺斯艾利斯的激情》（初版于1923年）的再版序言中，博尔赫斯将二十岁时的自己和七十岁时的自己作了比较——“那时候，我寻求日落，城市外围的陋巷，和忧伤；如今我寻求黎明，都市，和宁静”。再迟个十年，也许《伊斯坦布尔：一座城市的记忆》就是另一番景象了吧。当然，敏感如帕慕克者，也许已察觉到了什么。在土耳其，在伊斯坦布尔，不仅有“呼愁”，也有恐怖。他被迫放弃自己生活几十年的城市远走他乡时，也许早已明白，关于这个城市的记忆已经被强行终止了。

让我们还是先暂时忘掉那些恼人的政治吧。在一个悠闲的午后，帝国斜阳从清真寺塔尖投下斑驳的阴影，耳畔传来博斯普鲁斯海峡的轮船汽笛声，悠闲的你穿过伊斯坦布尔那些衰败的公寓楼，在楚库尔主麻大街深处，漫步走进一座两层的红色小楼，当站在那个标志性的时间螺旋图案的地板上时，你觉得自己就像百无聊赖的爱丽丝掉进了兔子洞一样，立刻瞪大了眼睛，一个充满奇情妙想的 Wonderland 在你眼前徐徐展开……

是的，这就是“纯真博物馆”了。

说“纯真博物馆”是一个奇境、一个梦幻岛，并不为过。要说这个世上有谁会异想天开为一部虚构小说构建一座博物馆，有谁能让读者觉得小说中的人物真实存在，那这个人只会是奥尔罕·帕慕克。“为何旁人从未想过此事，在一个故事里把一部小说和一座博物馆结合在一起？假若某人建了一个安娜·卡列尼娜博物馆，找到一种方式去展示小说里的物质世界，我会趋之若鹜的。”正是心怀这样的痴念，2002年，在创作小说《纯真博物馆》的同时，帕慕克就开始筹建现实中的“纯真博物馆”，从选址、购房到搜集物品、布置展馆，博物馆与小说齐头并进，历经十载，最终得以完成，而《纯真物件》一书正是对这一奇妙过程的完整记录。小说、博物馆以及记录，三位一体，构成了帕慕克迷人的“物的世界”。

《纯真物件》既是活动记录，也是博物馆导游手册，同时也是一部独立的非虚构作品，全面展示了帕慕克作为小说家的文化性。

从文学来看，创办“纯真博物馆”是帕慕克打破虚构与现实界限的一次“文学行动”。

在虚构与现实的关系上，我们可以说，有三种写作状态：一是写实主义的，写作满足于现实，以生活为本位，写作是生活的附庸；二是文本主义的，写作满足于虚构，以语言为本位，生活是写作的附庸；三是复合主义的，既不满于现实也不满于虚构，而是希望打通虚构与现实的界限，实现两者的融合，这时候写作与生活是融为一体的。

对写作者来说，起步阶段大多处于写实状态，即写作处处是个人生活和现实的影子，写作就是自传。以帕慕克的小说来说，就是《杰夫代特先生》。但是写实写到一定程度，生活写完了，就会进入第二阶段的虚构状态，开始突破自我，进入广阔的世界，写作的语言性凸显。帕慕克这里，《我的名字叫红》就是代表。写作生涯漫长的人深有体会，虚构写作写到一定程度，会产生一种写作与人生上的不安。一个看似奇怪但实则并不奇怪的现象是，很多资深作家往往在人生后期产生一种对写作的怀疑，甚至认为写作误人。这不是矫情或谵妄，这实际上是长期虚构写作带来的一种不满和空虚。本雅明谈到过小说家的这种个人性和孤独性，几乎与世隔绝的封闭状态。打破这种隔绝的办法，就是重新回归现实，寻求虚构与现实的结合，这样写作就进入了第三阶段的复合状态。帕慕克的小说《纯真博物馆》就是例子。不同的作家，有不同的弥合虚构与现实的法子，比如安徒生是剪纸，卡夫卡是涂鸦，本雅明是收藏，而纳博科夫是捕蝶。很多人以为这些只是作家的业余小爱好，其实没那么简单。它们实际上是作家平衡虚构与现实的法门。

帕慕克也有自己的法门，那就是为虚构小说建博物馆。在《纯真物件》中，帕慕克说："词语是一回事，物品是另一回事；词语在我脑海里创造的形象是一回事，而一件经年的老古董所唤起的回忆是另一回事。但想象与记忆之间毕竟有一种很强的密切关系，而这也是小说与博物馆之间关系密切的基础。"正是指出了虚构与现实、语言与物品的不同，以及两者之间的关联。在诺顿讲座《天真的和感伤的小说家》中，帕慕克谈得更为清楚，提到了小说世界的“悖论性处境”（它既是读者的也是作者的）：“我们心灵中天真的一面越是相信小说，越是被之迷惑，我们因不得不接受小说描写只是虚构的这一事实而产生的失望就越发让人感到悲伤。”为了缓解这种“特殊的挫折”，帕慕克才有了博物馆配套小说的想法。

因此，通过《纯真物件》，我们才会明白“纯真博物馆”所体现出的重要诗学意义，即它展现了写作真正的及物性，通过语言的物质化，实现了虚构与现实的互文和共通。

从博物学来看，帕慕克集中阐发了自己“小而美”的博物馆理念。在书中，帕慕克为“小博物馆”代言，郑重其事地拟了“一份谦逊的博物馆宣言”。可以说，它是民间博物馆运动有史以来颇为重要的一次观念总结。帕慕克旗帜鲜明地站在“小博物馆”这边，反对“大博物馆”的“国家主义”和“宏大叙事”。他既是这样想的，也是这样做的。正是在这种理念下创办的“纯真博物馆”，荣获了2014年欧洲年度博物馆奖。颁奖词说：“纯真博物馆为未来博物馆的发展开辟了一种新形式：规模精致小巧，讲述平凡个体的日常故事，保存独特的本土文化记忆。它以非凡的创意在博物馆领域树立了新典范。”其言虽对纯真博物馆赞誉有加，但其实并没有抓住帕慕克博物馆理念中“人性”这个关键词，也淡化了纯真博物馆对大博物馆的对抗性。

博物馆最早的功能是王权对胜利的陈列，中世纪后演变为贵族的私人收藏空间，直到文艺复兴之后，才逐步成为对公众开放的非营利常设机构。随着博物馆自身的演进和公众需求的改变，早期以收藏为核心的“神庙”功能逐步淡化，让位于吸引公众参与、学习和讨论的“公共论坛”功能。在当代社会文化系统中，博物馆主要起着政教和文教作用。帕慕克拥护“小博物馆”的“小而美”，反对“大博物馆”的“大叙事”：“那些大型的国家博物馆，其开办目的是去表达国家。这样的目的既谈不上美好，也谈不上单纯”；大博物馆“作为国家象征，表现的是国家的故事——换句话说，就是历史——它的重要性远远凌驾于个人故事之上。这是不幸的”。

但是，与博物馆的去政治化相比，反思博物馆的“文化性”显然更为复杂。实际上，即便是在众多私人博物馆中，纯真博物馆也算是一个另类。目前全球大多数私人博物馆，究其实质，并没有真正脱离大型国家博物馆的功能设定。尤其是许多私人博物馆所表达的“文化性”，是公共的而非个人的，并不具有个人立场，往往充斥着主流价值观，不自觉地为官方意识形态背书，甚至沦为政治的附庸。在帕慕克看来，博物馆“展示中国人、印度人、墨西哥人、伊朗人或土耳其人的历史及文化的价值，这不是问题——这当然必须去做，但这并非难事。真正的挑战是利用博物馆去讲述生活在这些国家里的个人的故事，赋予它们以同样的光彩、深度和力量”。能体现这一点的只能是“人性”，而不是“文化性”。

“人性”是帕慕克衡量博物馆的最重要的尺度：“衡量一个博物馆是否成功，不应该看它是否有能力去表达一个国家、民族、团体或精挑细选出来的历史，应该看的是它揭示个体的人性的能力”；“博物馆应该去探索和揭示，在那些增长中的非西方富裕国家里出现的新的现代人的世界和人性”；“我们并不需要太多的博物馆去力图建构社会、群体、团队、民族、国家、部落、团体或物种的历史叙事。我们都知道个人平凡和日常的故事要更丰富、更具人性，也更富有乐趣”。在这个意义上，“人性”是大于“政治性”“历史性”乃至“文化性”的。

参观纯真博物馆的人会发现，馆内展示的藏品既非重器剧迹，也非古董珍玩，全都是些人们再熟悉不过的生活日常用品：锅碗瓢盆，烟头、耳环、摆件、车票、明信片……它们并不具有通常收藏意义上的艺术性或文明价值，它们唯一拥有的是故事性，每件物品都萦绕着新鲜的生活气息，承载着独特的人性内容，而帕慕克看重的正是这一点。

“物品是不属于人类的。它属于它们自己的故事。”这就是帕慕克和他的纯真博物馆想告诉我们的。

从历史学和文化学来看，《纯真物件》是帕慕克对土耳其历史文化、东西方文明的一次深描。《纯真物件》完全可以视为一部小型的物质文化史和日常生活微观史，它从物品出发，事无巨细、生动具体地描述了土耳其宗教与世俗生活的点点滴滴。

与刘易斯《现代土耳其的兴起》、贝尔福《奥斯曼帝国六百年》以及古德温《奥斯曼帝国闲史》等皇皇巨著相比，它显然更富于人情味和生活感。比如谈“喝茶”：“在我的小说故事发生的年代里，茶叶的生产和销售由国家垄断，就像咖啡豆和烟草一样。在整个土耳其，茶叶每克的售价是一样的，口味是一样的，连颜色都是一样的。事实上，这种‘众口同调’的茶叶完全符合那个时代的精神——那时候每个人都跟他人一样，竭力相信一样的事物，努力穿一样的衣服，观看一样的电视节目。”这样的时代，我们中国人当然不会陌生。

当然，作为一部“物质之书”，《纯真物件》也集中体现了帕慕克的物质哲学，从中我们可以了解到帕慕克对物性与人性的沉思。而这也是《纯真物件》最让人值得回味的地方，因为我们今天最大的时代主题正是“物”。

我们今天似乎身处一个物欲泛滥、物化严重的时代。鲍德里亚在《消费社会》里对这种“可怕”的时代状况有过悲观描述：“正如狼孩因为跟狼生活在一起变成了狼一样，我们自己也慢慢地变成了官能性的人了。我们生活在物的时代：我是说，我们根据它们的节奏和不断替代的现实而生活着。在以往的所有文明中，能够在一代一代人之后存在下来的是物，是经久不衰的工具或建筑物，而今天，看到物的产生、完善与消亡的却是我们自己。物既非动物也非植物，但是它给人一种大量繁衍与热带丛林的感觉。现代新野人很难从中找到文明的影子。这种由人而产生的动植物，像可恶的科幻小说中的场景一样，反过来包围人、围困人。”

鲍德里亚的这种观感颇能代表当代批判理论对物的认知。而来自马克思主义对资本主义社会“商品拜物教”的批判，尤其是卢卡奇的“物化”观念，更加强化了这种印象：物是作为人的对立面而存在的；物性是对人性的压迫和剥夺。但是，在物与人的关系问题上，物的非人性只是硬币的一面。实际上，现代思想学术也注意到了另一面，即人与物的亲近，比如人类学对古代社会“礼物”的研究。马塞尔·莫斯在《礼物：古代社会交换的原因与形式》中就认为，物品可以成为承载道德和情感内容的礼品，以非商品的方式交流保存。更有学者指出，物质不是只有商业生命，更有社会、文化生命，当它从商品流通领域进入社会生活领域后，可以被人类更内在的因素如记忆、情感、非经济性的交换重新设定。这个意义上的物溢出了商品文化的领域，不再是外在的、非人的，而是像普鲁斯特《追忆逝水年华》中所描写的“玛德兰小点心”一样，成为记忆、时间、生命和情感的承载者。

对凯末尔/帕慕克而言，芙颂的珍珠耳环就是这样一种寄托。小说深情描写了这个结晶在耳环上的永恒瞬间：“那是我一生中最幸福的时刻，而我却不知道。如果知道，我能够守护这份幸福吗？一切也会变得完全不同吗？是的，如果知道这是我一生中最幸福的时刻，我是决不会错失那份幸福的。在那无与伦比的金色时刻里，我被包围在一种深切的安宁里，也许它仅仅持续了短短的几秒钟，但我却在年复一年中感到了它的幸福。1975年5月26日，星期一，3点差一刻左右，就像我们从过失、罪孽、惩罚和后悔中摆脱出来一样，地球也仿佛摆脱了地心引力和时间法则的束缚。当我亲吻着芙颂因为天热和做爱而被汗水浸湿的肩膀，慢慢地从身后抱住她，进入她的身体，轻轻咬了一下她的左耳时，戴在她耳朵上的耳坠，在很长的一瞬间仿佛停留在了空中，然后才慢慢坠落。”

多年来，为了筹建纯真博物馆，帕慕克一直四处搜罗物品，正是出于这种物质观念：物不是一种非人的存在。在《纯真物件》中，帕慕克几乎是不遗余力地在宣扬物对人的重要性："纯真博物馆是由那些相信这是可能的、相信物的魔力的人建造起来的。虽然凯末尔关于物的信仰激励着我们，但与狂热的收藏者不同，我们不是出于一种拜物教的欲望去占有物，而是出于一种洞悉物之奥秘的愿望。……当我们的灵魂聚集在物件上时，我们破碎的内心能感受到整个世界的完整如一，我们便开始慢慢接受自己的苦难。”像帕慕克这样的物的信仰者，在文人中大有人在，帕慕克在书中开头引用了蒙塔莱的诗句："看，在这沉寂里/万物归顺，似乎要吐露/它们全部的奥秘。”在书的结尾，又引用了塞拉尔·萨利克的笔记："我曾经写过一位王子，他把所有的财产都抛弃了，这样他就可以成为真正的自己，退位后他到一个废弃的狩猎小屋里，独自一人，与梦相伴。王子最终痛苦地意识到，没有物，世界和他的生命都毫无意义。似乎我们不经历心碎的话，就无法发现的物的秘密。我们必须谦卑地屈服于这个终极秘密的真相。”

这种文人的对物的崇拜和信仰，某种意义上可以理解为是对写作的虚构性所带来的生命蹈空的一种补偿性反映（物信仰的最初形式是自然信仰）。它与学者的对物的批判和贬抑，形成了鲜明的对比，构成了当代物质文化的一道独特景观。

可到底什么是帕慕克寻觅的“物之奥秘”呢？

它当然可以理解为是物与物的奇遇所带来的美学奇迹：“经过多年的物品收集和橱窗布局的规划之后，就好像我在写剧场舞台说明一样，我们通过不断试错，在展盒里布置好茶杯、屈塔希亚陶瓷烟灰缸和芙颂的发卡。在这当中，看着我们选的照片，我意识到，我正在做那些让人肃然起敬的伊斯坦布尔风景画家们在做的事情：在树木、电缆和线塔、船舶、云霭、物事和人群的汇聚中，寻觅意外之美。最幸福的时候，莫过于在那些意料不到、无意营造出来的地方，眼睛能发现美。”这种“意外之美”，也就是洛特雷阿蒙所说的，“缝纫机和雨伞在解剖台上相遇”的“美”。

但是，“物之奥秘”不仅是美学上的，也是哲学上的，它深刻体现在“物之秩序”的探索中所绽放的真理性时刻。福柯在《词与物》中认为，“没有比在物中确立一个秩序的过程更具探索性、更具经验性（至少在表面上是如此）；更需要一双锋利的眼睛或一种较为确信的抑扬顿挫的语言；更坚决地要求一个人要允许自己被性质和形式的激增所摆布”。《纯真物件》真实记载了帕慕克对物品“推陈出新”的领悟：“当我开始摆放这些展盒时，我慢慢感到，书里描述的多年来收集的这些物品，在博物馆展示时产生了一种新的意义。当物品逐渐在博物馆中各觅其位时，就开始众声喧哗起来，发出别样的音调，不受书中描绘的限制。无论是我最初雄心勃勃的设想、关于那些打孔盒的计划还是任何可能的安排，对这个展盒的精神和灵魂来说，都不够真切；我竭力去描画这些物品，但它们也竭力告诉我不同的东西。”

“在旅行中我总是去寻找那些小博物馆。我发现最迷人的地方就在于，那些原本在厨房、卧室以及餐桌上用的物件，聚集在一起，形成了一种新的质地、一种无意中突显的关系网。我意识到，有爱心同时用心去安排的话，博物馆里的物品——一张老照片、一个开瓶器、一幅画着小船的画、一个咖啡杯、一张明信片——会获得比以前更大的意义。”

跟帕慕克一样有收藏癖好的本雅明说过，收藏家既是保存者，也是破坏者。收藏就是“更新旧世界”，“翻新现存事物”，就是“将物从其实用性的诅咒中解放出来”。在这个过程中，物所属的旧秩序（功利性的实用秩序）被打破，它回归自己的本初秩序，也就是福柯说的“某种沉默的秩序”，从而释放出自己的本真意义。这正是帕慕克创办博物馆——也就是在大世界中制作出他自己的由物品构成的小世界——的根本用意所在。

《纯真物件》有两个主题，一个是“物”，另一个则是“纯真”。任何一个阅读帕慕克《纯真物件》的人，心头都可能会冒出一个巨大疑问：在一个物欲横流的时代，我们何以奢谈物的纯真?

在今天，无论就人性还是就诗学而言，散发着古典田园气息的“纯真”都似乎是一个过时而可疑的形容词，尤其是与被污名化的物联系在一起。帕慕克的“纯真”来自席勒《论天真的诗和感伤的诗》里所说的“天真”。席勒的这篇诗学文章对帕慕克影响极大，一度被他奉为圭臬。席勒认为诗人分两种：天真的与感伤的。感伤诗人多情而反思，而天真诗人与自然融为一体，实际上，他们就像自然——平静、无情而睿智。他们率真写诗，几乎不加思索，不会顾虑其文字理智的或伦理的后果，也不理睬他人言论。席勒认为自己是感伤诗人，而歌德是天真诗人：“因为歌德自信，不假他求，宁静雍容，不矫揉造作，有贵族气派；因为歌德不费雕琢就可以倾吐伟大灿烂的思想；因为他有能力表现自我；因为他的简约、谦逊和天才；还因为他根本不知道这一切，恰似一个孩童之所为。”

帕慕克显然在自己身上看到了歌德的影子。他的爱情小说《纯真博物馆》也仿佛是对歌德《少年维特之烦恼》的致敬。要知道，在后现代的今天，一个作家还像德国浪漫派那样去大写特写纯真的爱情故事，需要何等惊人的勇气！我们已经许久没看到严肃文学作家写爱情小说了，除了那些不入流的通俗作家们。爱情小说和抒情诗已经死于冯内古特式的挖苦：“我尽量不在故事里加入深情戏份，因为一旦出现这类内容，再谈其他事情几乎不可能了。读者们别的什么也不想知道。他们为爱癫狂。如果一位有情人赢得真爱，那么故事到此结束，就算第三次世界大战马上就开始，天空漆黑，飞碟冲出来都没有用。”

爱情就是一种地地道道的“纯真之物”，可在今天又是多么不合时宜啊。理解这一点，我们才能懂得创作《纯真博物馆》、创办“纯真博物馆”的帕慕克的“天真/纯真”。这种“天真/纯真”也体现在帕慕克对物的态度上。阿伦特在谈到对收藏之道津津乐道的本雅明时，似乎苦笑着补上了一句，“本雅明还不知道收藏也可以是一项极好的、获利极高的投资方式”。这不是“天真/纯真”又是什么？

什么是“纯真之物”？物在一个天真的人手里就是纯真之物。天真之人眼里的物就是纯真之物。物的纯真性体现在它的不求回报上，体现在它对利害关系的超脱上，同时也体现在它与人的情感连接上。正如本雅明说的，收藏家不重视物件的功用和实效，而是将物件作为它们命运的场景、舞台来研究和爱抚。收藏物的年代、产地、工艺、前主人——对于一个真正的收藏家，一件物品的全部背景累积成一部魔幻的百科全书。此书的精华就是此物件的命运。收藏家是物象世界的相面师，是物件命运的阐释者。“他端详手中的物品，而目光像是能窥见它遥远的过去，仿佛心驰神往。”这种心醉神迷最极端的例子，莫过于帕慕克收集并在博物馆展出芙颂留下的4213个烟头，并亲自为每个烟头题写注解。这不是“天真/纯真”又是什么？

阿伦特从公共领域出发，并不认同世人对“小玩意儿”的迷恋：“公共领域认为无关紧要的东西也可能有一种非同寻常的魔力，富有感染性的魅力，以至于许多人都采用它们作为一种生活方式，但并不因此就改变这些东西本质上的私人性。现代人迷恋的‘小玩意儿’，在20世纪初几乎所有欧洲语言写成的诗歌中都受到了顶礼膜拜，在法国人的‘小资产阶级’那里就可以找到它古典的表达形式。自从他们曾经伟大光荣的公共领域衰落以来，法国人就成了在‘小玩意儿’中寻求乐趣的艺术大师，他们在他们自己用四面墙围起来的空间里，在橱柜和床、桌子和椅子、猫狗和花盆之间做起了主人，把他们对公共领域的关心和照料延伸到这些小玩意儿上；在一个急速的工业化不断地消灭旧事物以便生产新产品的世界里，这些东西也许更像是世界上最后一个纯粹人性化的角落。可是，即使这种私人魅力扩展到所有人，也不意味着它就可以化私为公，也不构成一个公共领域。相反，它仅仅意味着公共领域已经几乎彻底隐退了，以致伟大处处让位于魅力；因为公共领域可以是伟大的，但它却恰恰不能是迷人的，因为它不包括细枝末节。”但本雅明也好，帕慕克也好，他们显然并不是阿伦特所批判的那种在“小时代”里优哉游哉的“私享家”。“纯真博物馆”可以说是个人的，但它不是私人的。它以一种个人性的对物的态度参与到公共领域的建设中来，而这个领域曾经一度被各种热衷于讲述国家故事的大博物馆所霸占。

实际上，在文化政治日益复杂的今天，在物与人的关系问题上，从来就没有单纯过。有阿伦特对“小玩意儿”的批判，就有曼德尔施塔姆对“社会金字塔”的警惕，就有罗兰·巴特对与“大的形式”相对的“个人节奏性”的捍卫。

说到底，有纯真之物，但并无单纯之物。

第三辑

“严肃的狂妄”与“孤高的真情”
——论朱湘

当代诗人对五四一代的诗人诗作未必推许，但这并不重要。重要的是，作为一种现代心灵、一种特定时代的很中国的精神现象，我们无法回避。这里，诗人朱湘即是一例。

我们说，一个人自杀，总有他一种情势的急切逼迫、一种不得已而为之的选择。尤其是一个诗人的自杀。当他做出这个最激烈的行动时，我们要考虑到这并非疯狂下的错乱，而是一种深思熟虑，一种诗人的预谋。中国自诩是诗的国度，但两千年前，屈子自沉汨罗后，整个古典时代少有诗人采取如许激烈形式。相反近世以来，诗人自戕倒不绝如缕。王国维、朱湘、海子、顾城。自杀，作为一种诗人的自杀，从本质讲，是一种现代现象。流亡诗人布罗茨基在评论曼德尔施塔姆时说过：由于一种奇怪的原因，“诗人之死”这一说法听起来总是比“诗人之生”更为具体些。这也许是因为，“生”和“诗人”作为两个词来说都具有积极的含混，几乎是同义词。而“死”，即便是作为一个词，也和诗人自己的产品即一首诗那样是确定的。正如海德格尔所言，“死”具有一种“我性”，诗人通过死，让自己和他人绝对区别开来。在死亡的临终时刻，诗人领取了一个他人无法明了的秘密。

现在，谁也无法明了诗人朱湘在投江自沉时领取的是何种秘密了。如同王国维之殁，朱湘之死，多少给中国现代精神史投下了一道难解的阴影。越是那种难以言明的、晦暗的、极端个人的、不合常理的现象，就越难被我们接受、认知。诗人朱湘，因而成了一种见不得光的怪癖，不是让人可怜就是让人可笑，总之就是不能被理解。诗人朱湘和他的死（诗）仿佛一面镜子，照出了我们精神的诸面相。既有慈悲者，也有刻薄者，既有叹“苦命”的，也有说“严肃的狂妄”的。是死于“受罪”的“诗人气质”，还是死于“偏重于物质生活”的“社会”，或可讨论，但是关注本身，就是值得的，这是我们返回历史的起点。

五四时代是一个自传的时代。与众多生前付梓、经过润色的书信集相比，《朱湘书信集》系后人所编，有一种难得的真实。读其往来信札、与妻友诗书，我们方会明了诗人朱湘者，是中国现代文学史上又一零余者、多余人、失败者，是诗人钟鸣所说的那种“旁观者”。他之死，是死于一个渐趋圆滑、势利、浮纨的“强人时代”。

诗人生前好友罗念生，对诗人曾有如许言——“他对于艺术的态度，未免太严肃了，在书信里他多少觉得自然些。所以他除了讨论人生，学问以外，偶尔说一两句笑话。就在这一两句笑话里，也还带着几分严肃性，并不能使你发笑。要不是我们读过他的一些讽刺诗，我们可以说他完全缺少这另一种心情。从这些信里，我们可以看出诗人思想的发展，对于人生的认识，和对于宇宙间一切事物的窥探。他讨论过诗，讨论过科学，讨论过男女间一切的微妙。尤其在这最后一点上，我们可以看出他的狂妄，但狂妄得够严肃。”

的确，在书信中，诗人曾放言：“朋友。性。文章。这是我一生中的三件大事。其中文章一项又要靠了另两项。”又云：“与其有贞节而丧失去健全的男女，到不如健全男女而丧失去贞节。”其狂妄处足可骇俗，但诗人朱湘者之不合时宜又何止区区男女之事呢？

想想在美利坚留学期间，诗人是何等抱负。“华族如今的退化无庸讳言，但并非天生的不能。我回国后决计复活起古代的理想，人格，文化，与美丽，要极端的自由，极端的寻根究底。”这真真就是一个诗人“严肃的狂妄”了。可是他遭遇的是怎样一个时代呢？很多人没有注意到近代以来，中国气氛的变化。明处自然是皇权的丧失，所谓德赛二先生的倡行。但民主进了大染缸又如何？正如陈寅恪在《读吴其昌撰〈梁启超传〉书后》中所写：“自戊戌政变后十余年，而中国始开国会，其纷乱妄谬，为天下指笑，新会所尝目睹，亦助当政者发令而解散之矣。自新会殁，又十余年，中日战起。九县三精，飙回雾塞，而所谓民主政治之论，复甚嚣尘上。……盖验以人心之厚薄，民生之荣悴，则知五十年来，如车轮之逆转，似有合于所谓退化论之说者。”

科玄大战，清算了玄学鬼，也催生了“近代职业生活”。王国维的死，是世道人心变化的征兆。近世留学的功利风气甚嚣尘上。技术主义，体制化，书斋意气，精神生活的萎缩。近代以来，随着大转折时代的过去，强人时代的到来，文人的生活空前地压缩了。那情形仿佛乾嘉。严复、康有为、章炳麟、陈寅恪、王国维、吴宓、胡适、鲁迅、周作人，等等，风云际会，不论其历史命运如何，在大时代的沉浮中，自有一己风流；但接下来，“近代职业生活”和体制化的盛行，造就出的却是一大批的职业学者。学术的巨人，精神的侏儒。学者的冷漠、阴郁和造作。

在往来书信中，诗人朱湘是屡屡以“文人”自居的。正如他谈到的理想、人格、文化、美丽、自由与寻根究底，“文人”在他的世界里是一个标杆，是一种只为精神的纯粹而活的人。汉娜·阿伦特曾经在《黑暗时代的人们》中谈到“文人”（homme de lettres）这种形象——

> 今天，“文人”给我们的印象是一个无害的、边缘的形象，他似乎相当于总是具有一点喜剧色彩的“独立学者”的形象。本雅明觉得自己很亲近法语。对于他，这种语言

成了辩护他的存在的“一种托词”。因此他可能知道“文人”起源于法国革命前，也知道“文人”在法国革命中非凡的经历。与后来的作家和人文学者不同，这些“文人”尽管生活在一个书面语言和铅字的世界里，尤其是被书籍包围着，但是他们既不愿、也没有被迫为了谋生而从事专业的写作和阅读。“文人”也与知识分子阶层不同。知识分子要么作为专家、官员为国家服务，要么为社会的娱乐和教育服务。“文人”总是竭力与国家和社会保持距离。他们的物质生活的基础是无须工作的收入。他们的思想态度的基础是他们坚决地拒绝纳入政治或社会之中。正是由于这双重的独立基础，他们能够表现出居高临下的态度，从而产生了拉罗什富科对人类行为的洞察和轻蔑，蒙田的世俗智慧，帕斯卡格言的思想力度，孟德斯鸠政治思考的勇气和开放。在这里我无暇讨论十八世纪把“文人”变成革命家的环境，也不能讨论十九和二十世纪他们的后继者是如何分化成“有教养的”阶层和职业革命家阶层。我之所以提及这一历史背景，仅仅是因为在本雅明身上文化因素以这样一种独特的方式与革命和反抗因素结合在一起。在“文人”消逝前夕，仿佛“文人”形象注定要再一次充分地表现出自己的全部潜能，尽管—或者是因为——他们已经以这样一种灾难方式丧失了自己的物质基础，从而使纯粹的精神热情（正是这点使得“文人”这一形象如此可爱）能够完全地展现其最引人瞩目的潜能。

在阿伦特看来，“文人”起源于文艺复兴时期，作为一个法语词，它多少和法兰西的思想传统有关。独立和超越性的思考，是“文人”的基本姿态。19至20世纪后，随着知识分子的政治化，纯粹意义上的“文人”也就消亡了。“文人”作为一种体制外的形象，诚如阿伦特所言，早在法国16世纪的时候就开始出现了（比如蒙田）。但是阿伦特并没有指出，波德莱尔以及本雅明所代表的现代“文人”所面临的新的境况。这种境况，简单说就是被抛向了十字街头。这一点，是现代“文人”区别于传统“文人”的关键点。也就是说，阿伦特指明了“文人”形象的古典性，但是忽略了他们的现代性；强调了他们的精神性，但是忽略了他们的物质性。

朱湘作为一个纯粹体制外的“文人”，是根本不见容于一个日渐体制化、物质化的时代的。他有关于“文人”的种种乌托邦念头。在与友人书中他声称：“我的理想，是文人能不教书而靠著作来支持生活——那时中国的文坛一定不会不热闹的。”又云：“我靠卖文过活的意思已经决定，办法是创作，翻译（西文译汉，汉文译西）编书，发行上采用直接订购的方法，在较好的报纸杂志上自己署名登广告。……如今订《新文》的，虽只二十人，但包括有九省的人，将来一定可以一年年的增加，五年之后，想必五百份总可销得去。到了《新文》的读者有五百人的时候，我的卖文为活的计划便有一半的功效了，再加五年，便可完全以著作编译谋生。我身受文人之厄难。将来年壮之时手头宽裕，一定要开一书屋，拿重价收买稿集（好的，不是好销的）觅妥人经理，凡托书屋代卖的书籍都要先经过我的选择。”又云：“关于将来谋生方面，我的计划是求以著作代教书。我的幻想是十年八年以后能够聚拢一些人开一个出版合作店，使作者成为店的中心，使书的利息流进作者的手中：这样一方面我们自己能靠著作吃饭了，一方面并安定了一班穷文人的生活，使他们能更丰富更快乐的创作。”

——所有这些不是什么天真的不切实际的幻想，而是根本无视时代氛围的一种严肃的狂妄，而正因如此严肃，其狂妄令人又是如此的伤感。至少我们现在知道，诗人是并非囿于自私自利自我的小世界的，或许正因他是一个真正的诗人，面对日益板结坚硬的现实时，才会发出“安得广厦千万间，大庇天下寒士俱欢颜”式的念愿。

从书信中，我们大抵可以看到一个生活得很“严肃”的诗人形象。这个“严肃”不是刻板、单调、枯燥、节制，而是对精神生活的一种极高要求。诗人的生活是如此隐秘而丰富。他有数不清的计划，几乎是试图拥抱生活中的一切。“我如今很想在文字方面多下一番苦工。我想在已经学习的希腊文，拉丁文，法文，德文，英文外，加学俄文，意大利文，梵文，波斯文，亚剌伯文”；“回国后开成书店，这介绍世界文学的工作便是一件开门大事”；“柴霍甫全集译出的计划，我听到极其快活，像这样整体的介绍安得生，柴霍甫，在我国译坛上实在是开辟风气之举，我在此预祝成功。……柴氏的全集，都已买齐否？他的信札传记等书，预备买那些？请把要买的书，开一张清单给我。我能买多少，便买多少”；“音乐，美术，娱乐，在国内是罕有机会欣赏的，跳舞务必要学，不可道学气，我很反悔失去了机会”……

这种对待“生活”的“严肃”，在诗人离开清华一事上最能见出。身为“清华四子”，享有诗名，诗人没有选择留校而是去国留学，个中缘由，在致顾一樵的信中诗人曾有所提及。“我离校的原故简单说一句，是向失望宣战。这种失望是各方面的。失望时所作的事在回忆炉中更成了以后失望的燃料。这种精神上的失望，越陷越深。到头幸有离校这事降临，使我生活上起了变化。不然，我一定要疯了。我这一二年来很少与人满意的谈过一次话。以致口齿钝拙。这口钝不能达意。甚至有时说出些去我心中意思刚刚相反能令我以后懊悔的话。我相信不是先天的。只是外来势力逼迫成功的。……我看我如不离开清华，不疯狂则堕落。”这一点，在致好友罗念生的信中，诗人说得更为明白。“你问我为何要离清华，我可以简单回答一句：清华的生活是非人的，人生是奋斗，而清华只有钻分数；人生是变换，而清华只有单调；人生是热剌剌的，而清华是隔靴搔痒。我投身社会之后，怪现象虽然目击耳闻了许多，但这些正是真的人生。至于清华中最高尚的生活，都逃不出一个假，矫揉。”

一个渴望生活的人何以变得无法生活了？原因只有一个，那就是“严肃”，一种对精神生活不折不扣的绝对的捍卫，而不是常人所理解的那种诗人性格的病态使然。正如诗人所认为的，文学有唯美唯用两分，但是殊途同归，最后的归宿只有一个，那便是真的文学，好的文学。对生活，诗人也是作如是观的。诗人相信，有一种真的生活，好的生活，在这个世界上是存在的，而诗人的狂妄之处就在于要彻底、永恒地进入这种生活，拥抱这种生活，当现世无法实现时，弃世也就在所难免了。

1933年9月，在给柳无忌的信中，诗人朱湘沉痛谈到：“以前我是每天二十四点钟之内都在想着作诗，生活里的各种复杂的变化，我简直是一点也没有去理会，如今，总算是已经结清了总账……不过，时候却不早了。我能不能教书，我们也同学过两年，你无有不知道的。现在才来托你，自然是嫌迟，我不过是对于我自己尽一份人事罢了。能否有位置，有钟点，学校方面肯否找我去教，这些，不用你说，我也知道毫无把握。不过，既然生了，又并不是一个不能作事的人，也就总得要试一试。若是一条路也没有，那时候，也便可以问心无愧了。无故的，忽然向了你说出这一些感伤的话，未免大煞风景，你也是一个文人，想来或者不会嫌我饶舌。就此停下……”

当年12月5日清晨，在安徽采石矶附近，诗人投江自沉。

起舞弄清影，何似在人间

——论皮娜·鲍什和林怀民

2007年，皮娜·鲍什携“乌珀塔尔舞蹈剧场”首次来华演出，盛况空前，可惜两年后，这位“现代舞第一夫人”就因病过早谢世了。而也正是在那几年间，林怀民和他的“云门舞集”在内地多番巡演，风行一时。这两位舞蹈大师虽然一死一生，但毫无疑问对中国现代舞都有着不容忽视的影响。这个影响放到东西方文化的背景下来考虑，更加耐人寻味。

据欧建平《中国现代舞60年》介绍，与芭蕾相比，现代舞在新中国一开始就“出身不好”。“50年代，由于盛行一时的‘亲苏反美’热浪，芭蕾这种西化到极致的西方贵族舞蹈绕道‘社会主义阵营’，尤其是通过‘苏联老大哥’的强大影响，进入了在文化上对苏联完全‘不设防’的中国，一举占领了暂处空白的中国舞蹈界；用‘轻盈向上，飘飘欲仙’的美学理想、‘三长一小’（长胳膊长腿长脖子，外加一个小脑袋）和‘身心外开’的贵族风范方向彻底同化了中华民族传统的肢体美学，而现代舞这个从一起步便注重借鉴东方肢体美学的合理成分，并曾为中国革命事业作出过积极贡献的西方舞蹈品种，却因为起源于美国和德国这两个‘帝国主义国家’的‘出身’问题而受到冷落，甚至是禁止，被视为谈虎色变的‘洪水猛兽’。”在这种政治气候下，吴晓邦、戴爱莲这些中国现代舞早期的先行者，要么遭批判而自生自灭，要么转向了民间舞和芭蕾。现代舞在中国的复兴，还是在20世纪80年改革开放后。但是中国第一个专业现代舞团——广东实验现代舞团迟至 1992年才成立；而北京现代舞蹈团的成立更要到1995年末了，算是“结束了‘现代化的北京没有现代舞团’的悲剧”。先天畸形加后天发育不良，中国现代舞可谓是境况凋零。可问题还不仅仅如此。更内在的问题是，在中国现代舞的发展上，个人性与民族性（包括传统性和民间性）二者间的关系到底如何处理？

1994年，中国舞蹈家协会举办了“中国首届现代舞大赛”。但是，由于“对现代舞风格和标准把握不当，造成了民间舞进入了这届现代舞大赛的决赛之结果，引起参者不满和新闻界的批评。此外，大赛的性质或焦点也出现了一定程度的混乱——到底是‘中国首届现代舞大赛’，即首次在中国举办的现代舞大赛，还是‘首届中国现代舞大赛’，即更加强调中国民族性的现代舞大赛，一直是莫衷一是”，以致后来甚至出现了凡是不具有特定民族风格或古典程式的舞蹈都可划入“中国式的现代舞”的这种提法。

这种提法显然是含混的。什么是“中国式的”？“中国式的”现代舞恰恰通常会借鉴“特定民族风格或古典程式”。在这方面，向来追求“老派中国文化韵味”的林怀民的“云门舞集”，可谓是代表。林怀民曾经喊出过“中国人要跳中国人的舞蹈”的口号。他早期的创作于七八十年代的舞作，像《白蛇传》《薪传》以及《红楼梦》等，不管是舞蹈题材、主题还是舞蹈动作上，都充满了“中国符号”，比如《白蛇传》的“京剧式动作”，又比如《薪传》的族群情结。按他的话来说，这是一个“找动作”的阶段。这个时候的“身体是空的”，被动地等待文化符号的灌注，并没有自觉。舞蹈中的身体是作为主题情节、民族精神的表现工具存在的，文化附载太多，过于追求外在的形式，而忽视了内在的身体。显然林怀民也意识到了这个问题。近三十年来，他一直在有意识地做减法，摒弃了早期中国戏曲的舞蹈语汇，将过于自白的民族精神转化为更为内敛深层的文化意识。更重要的是，通过后来创作的《行草》《狂草》《水月》等舞作，林怀民对东方舞者身体有了更深的文化自觉。林怀民曾谈到过东西方哲学的不同所带来的身体语汇的差异。“太极、武术、京剧动作都是曲线的，像‘云手’也是，和西方舞蹈，像芭蕾，很不一样。……它是流动的，而在芭蕾里面，即便呈现的是圆的手势，但它的能量实际上是线性的。……西方教堂向上拔尖，芭蕾往高处伸展。但在亚洲，我们往下扎根，往平面发展。”从早期的作为动作技术的身体、作为表征符号的身体，到现在作为文化的身体、作为内在气度的身体，林怀民完成了一个内化的过程。舞蹈中融入的京剧身段、太极、武术、书法，不再是一种表征性的符号而是一种舞蹈精神的本身，所以林怀民可以自豪地声称："我的作品的中国文化是能够透过身体发散出来的。"其实在中国传统文化中，武、舞本来就是相通的。武术中有形意门一派，而"五禽戏"就是古人发明的一套介于武术、舞蹈、养生术之间的一种身体运动。身体与深层的文化的相契合，身体也就自在了。"舞者不再服务于角色，编舞者不再服务情节，当然我们不服务任何的主义，突然间我们自由了，内心的深处有了审美的高度，有着一个大宇宙。"

也正是在这里，林怀民与他的老师皮娜·鲍什分道扬镳了。如果说皮娜·鲍什"在乎的是人为何而动，而不是如何动"，那么林怀民恰恰相反，"在乎的是人如何动，而不是为何而动"。在皮娜·鲍什那里，情感和意识是先发的，在动作之先。她的舞蹈是在提问中产生的。《皮娜·鲍什：为对抗恐惧而舞蹈》一书就谈到："基本上，她的作品从来不是从脚出发，皮娜·鲍什在十五年前便对《国际芭蕾》杂志说：'脚步经常从其他地方而来，绝不是来自腿部。我们在动机中寻找动作的源头，然后我们不断地做出小舞句，并记住它们。以前我因恐惧和惊慌，以为问题是由动作开始，现在我直接从问题下手。'"从1978年起，乌珀塔尔舞蹈剧场每部新作品的工作都是从问题开始的，由编舞家针对她的舞者提问。有时为了一部舞作，会提出上百个问题，这些问题很具体，比如当他们把自己裤子弄脏时，是否会感到害怕；他们什么时候第一次感到自己是个男人或者女人……但是涉及的领域既广且深，爱情和恐惧、渴望和孤独、挫败和恐怖、人受到他人的剥削（特别是在一个由男性主导的世界中，女性受到男性的剥削）、童年和死亡、回忆和遗忘以及环境受到的破坏和毒害。这种“提问创作法”还不仅仅是出于“舞者的共同决定权”的考虑，而是关涉一种更为本质的舞蹈精神。皮娜·鲍什将“问题”视作舞蹈的“起兴”，所谓“情动于中而形于言，言之不足故嗟叹之，嗟叹不足故咏歌之，咏歌之不足，不知手之舞之足之蹈之也”。林怀民的舞蹈取向则不同。在他那里，意识是后发的，在动作之后。他的舞作不是从“问题”而是从“意境”出发的。在他早期的舞作中，他寻找的是动作的意义、舞蹈主题的意义，而近期以来，寻求的则是舞蹈的意境，大大淡化了舞蹈语言的形式意义和戏剧性。如果说有什么意义的话，那也是在动作本身，和动作融会在了一起。在绵长连贯的太极导引、呼吸吐纳之间，在肢体的自由运转之中，甚至连意识都取消了，更何况对意义的探究？

这种不同最终也决定了观众观舞感受的差异。《皮娜·鲍什：为对抗恐惧而舞蹈》书中提到：“没有人在看过皮娜·鲍什的舞剧后不受感动。不喜欢她的舞作的人，会痛恨它，因为她的舞作传达的跟人类本身有关、而人类却拒绝知道的事物，因为她的舞作触动并伤害了人类的所有心理层面，许多人根本不愿面对自己的心灵感受，因此讨厌她的舞作。”正如曹诚渊说的，“人们对皮娜·鲍什，是爱的爱死，恨的恨死”，总之，面对她的舞蹈，你无法保持平静。这一方面来自她舞蹈主题的尖锐性（她那些表现男性女性关系的舞蹈，可以被视作对妇女解放的宣扬），另一方面也来自她强硬的立场。“舞作所讨论的冲突不会随意带过或和谐处理，而是让它们有所结果。皮娜·鲍什不找借口逃避，也不允许她的观众这么做。对每个人、包括她的专业评论家而言，鲍什总是不断地指出人们的弱点，造成大家内心的不悦，并持续地要求人们改变老套的生活方式，抛弃冷酷无情，并且开始彼此信任、彼此尊重、体谅、共同生活。”

而与之相对，林怀民后期的舞蹈，从一开始其旨归就是“平静”。他声称：“舞蹈对我来说，是一种生活方式，唤起的不是热情，而是安静。”此种身体与精神合一的“安静”（据说云门的舞者日常都要练习打坐、练书法，舞蹈训练演变为一种日常的修持），既是对当今纷扰喧嚣社会的应对，也是对传统文化精神的回归，而且其具体指向是禅庄文化。正如台湾舞评家卢健英所指出的，“过去芭蕾或现代舞的训练乃至京剧做手，强调‘有为’，源于道家阴阳观的太极导引则在训练‘无为’的力量，以呼吸导引动作，并透过内化至身体关节的旋转扭绞，锻炼出最大的运动能量，是一种由绞紧而松弛的身体训练，身体在空间里的自由度更大，并且产生了一种如水般流动的身体美感”。

但是他认为“90年代，才终于是云门放下国家民族的包袱，而真正从‘人’而不仅是‘中国人’的视点来思考”，恐怕不尽然。林怀民90年代后舞蹈中的“人”，固然摆脱了早期舞作中的“中国人”想象（舞蹈对中国古典文学、中国民间传说以及台湾历史经验的借用），但是现在也并不是什么大写的、泛指的“人”，而是地地道道的“东方人”。2007年，林怀民与孟加拉国裔编舞家阿喀郎·汗对话时，就曾谈及这种舞蹈中的“东方体验”：

> 林：你在伦敦出生长大，七岁学卡达克（一种融舞蹈、音乐、说故事为一体的表演形式，演出的内容大多来自印度史诗《摩诃波罗多》），大学才开始学芭蕾和现代舞，卡达克的背景影响你的西方舞蹈吗？
>
> 阿：非常困扰。卡达克重心往下，而芭蕾是往天上去的。我的芭蕾非常糟糕，我的脚尖不尖，我的老师总是跟我说：“脚尖！”我说：“我已经伸直脚尖了啊！”但就是直不了。我的身体也开始产生困扰。卡达克的老师说我跳得不纯粹，说我用不同的方法在进行卡达克的动作，好像加了一些什么东西。现代舞老师也说一样的话，说我在做葛兰姆动作好像加了一些其他的东西。我探索这个挫折，发现我的身体自己在做决定，根据它被喂养的东西创造了自己的一套逻辑，我发现了动作的新方式，于是我开始编舞。

林：太极、武术、京剧动作都是曲线的，像“云手”也是，和西方舞蹈，像芭蕾，很不一样。

阿：西方的舞蹈事实上是非常线性的。而亚洲的艺术形式是循环形的，像球体一样，和周期有关，这也是宗教、哲学、看待生命的方式，当事物进行到终点的时候，同时又开启了另一个起点。

林：所以它是流动的，而在芭蕾里面，即便呈现的是圆的手势，但它的能量实际上是线性的。云门舞者学习武术和太极导引，所有的精力都是螺旋性的走势，如同地球和日月星辰的自转。熊卫老师就说，即使是西方人都知道，以螺旋性前进的子弹具有更大的威力。身体非常微妙的反应文化。西方教堂向上拔尖，芭蕾往高处伸展。但在亚洲，我们往下扎根，往平面发展。我想卡达克也是这样的。

阿：是的，传统上，所有垂直的设计都代表阳性，而水平的设计则是阴性的表征。在亚洲，大地代表母亲，在西方概念里，例如德国人称呼祖国为父祖之国，是阳性的。

林：去年与我合作《风·影》的蔡国强，目前正与谭盾和张艺谋在北京为2008年奥运开幕仪式做创意设计。他们邀请很多学者讨论“什么是中国文化”。有一位学者说，中国文化其实是阴性的。中国文化里最受欢迎的象征基本上就是水，就是月。诗人都写水和月，例如“举头望明月，低头思故乡”，都是在谈月亮，甚少写到太阳，这好像可以对应你刚所讲的祖国和大地。

1998年，林怀民创作出《水月》，是对这种东方的“文化身体”思考和潜修后的一个标志性成果。正如卢健英所介绍的——这部舞作采用巴赫《无伴奏大提琴组曲》的音乐，白衣舞者在水面与镜面下，成为一幅生生不息、绵延不绝的自然风景，一场“镜花水月毕竟总成空”的无为哲学的视觉盛宴。《水月》全长70分钟，舞里少有飞跃的身影，舞者如水草柔软起伏，清灵柔润中，仿若照见更大的空间。《水月》之后，林怀民一发不可收，展开了全面性的身体溯源，太极导引、静坐之外，加进武术，强化舞者静定中的身体力量。云门的训练像是全人的身心潜修。2000年，书法成为云门舞者的例行功课，透过书法课去体验“遒劲”“气韵”，思考笔势下的收锋敛锷与身体使气运作间的表现，翌年，林怀民完成以书法为灵感的《行草》，随后陆续推出《行草贰》（2003年）和《狂草》（2005年），是为“行草三部曲”。《水月》从中国传统身体训练的气沉、吐纳、松身、鞣韧，曲线甚至螺旋的动作体系发展而来，“行草三部曲”则更进一步探索拳术和书法，这两项拥有相似的美学与哲学的中国传统。写字讲究悬肘松腕。蹲马步，要松胯。两者都运气，讲吐纳、虚实、留白，所有的动作都以曲线进行，欲左还右，精力作螺旋状的进行。永字八法讲：侧、勒、努、趯、策、掠、啄、磔。书法对于入门者，守“法”是件大事情。在动作上，吐纳，生根，从意念出发，念移、量移到位移，乃至书家讲究的“笔润走势，笔枯守法”，都成为云门舞者动作的重要原则。有趣的是，林怀民不会任何拳术，也不用程序。他运用传统训练的原则发展出独特的动作体系，在舞蹈的编作结构上，书法美学的墨色、飞白、留白，甚至卷轴的概念，也融入作品，酝酿出全新的剧场美学——至此，林怀民已经摸索出了一套完全属于自己的独特而完整的舞蹈语言。

但是，正如其作品所印证的“无为有处有还无”的美学一样，在林怀民的舞蹈中，就传统和文化来说非常充实的身体，对个体来说却是异常的空虚。舞者起舞时，对恒常的、集体的“文化身体”浸润得越深，对转瞬的、一己的“此在身体”的自觉就越浅。当这种舞蹈美学达到古人所向往的“天人合一”的终极境界时，也正是个体精神丧灭的最终时刻。林怀民的舞蹈一路下来，必然会取消舞者的独特的时空感，所谓舞蹈，不再是“这一人在这一刻”的“动”，而是变成了“文化”超时空的永恒的“静”。思伽在评论《水月》时指出：“我无法真正喜欢那些舞台上的身体，他们不像血肉之躯，太静太抽象，明明在行动，有时动作还很迅捷，但我还是觉得他们像在坐禅，美得很遥远。……《水月》不仅消灭了舞蹈表层的戏剧性，几乎连身体也消灭掉了。舞台上那些身体，只剩下形式、技术上的呼应——

不承载任何情绪和意义的身体，还是身体吗？”当然，林怀民舞蹈中“身体”并非不承载意义，而且若考虑到林怀民早期舞作，“身体”还只是象征“意义”，而近期舞作更强调“身体”与“意义”的融汇，这甚至不能不说是一种递进，但是在他的舞蹈中，身体承载的并不是个体的意义，而是传统文化的意义；他舞蹈中的“身体”也并非不承载情绪，但承载的不是冲突的、激烈的情绪，而是祥和的、平静的情绪。一种不使人“激动”而让人“平静”的舞蹈、一种不强调个体意义而强调文化意义的舞蹈，是一种什么样的舞蹈呢？我认为，这只能是一种东方舞蹈。

林怀民并不讳言也不回避他在舞蹈中的“东方意识”“中国意识”，与之相比，皮娜·鲍什本人对自己舞蹈的“德国性格”问题，则要谨慎得多。她固然不愿自己的舞作被人误解是宣扬德国国族主义，可也不愿充当德国官方文化外交宣传的工具。1994年，一场关于印度和德国舞蹈的座谈会在德里举行时，皮娜·鲍什作为大会贵宾受邀。德里歌德学院的院长安排了这次座谈会，他在讨论中提出了这个问题：“皮娜·鲍什的作品究竟有多德国化？”结果皮娜·鲍什强烈地反驳，她声称自己希望被看作国际的而非只是德国的艺术家。“假如我是一只鸟，”她反问听众，“你们会把我看成是一只德国鸟吗？”

在运用舞蹈这门艺术所进行的精神探险上，皮娜·鲍什无疑要走得更远，也更为孤独。她既不依靠国族想象，也放逐了文化传统，而是通过舞蹈将自我完全暴露在众人之中，她的舞蹈完完全全植根于个人情感的自我体验。在这种无所傍依（不管是文化、国家、舞蹈传统还是情感）的情境下，很自然地会产生孤独、悲伤甚至恐惧的感觉。那是一种“令人瘫痪并让人产生攻击性的恐惧，那使人暴露在对手、伴侣面前并毫无防卫地任其摆布的恐惧，……足以对抗此恐惧的是强烈的被爱渴望”。那是一个古典芭蕾舞向现代舞过渡的时代，创新意味着刺激和兴奋，也意味着一种精神上的巨大冒险，创新者必须忍受宛如深夜独自前行的恐惧。当皮娜·鲍什的舞蹈剧场最初上演的时候，习惯于古典芭蕾舞的观众甚至常常会往皮娜·鲍什（她习惯坐在最后一排看自己的舞作演出）身上吐口水，扯她的头发。半夜，她会被操着粗野下流话的匿名电话吵醒，并要求她马上离开当地。不难想象对一个舞者来说这会带来什么样的感受。而更大的悲伤和恐惧则来自精神的“无根性”。《皮娜·鲍什：为抵抗恐惧而舞蹈》一书的作者约亨·施密特，就称皮娜·鲍什是“一只四海为家，只是碰巧（尽管不是不愿意）落脚在乌珀塔尔的候鸟”。这种精神的“无根性”既是皮娜·鲍什的悲伤、恐惧之源，也是她舞蹈的最终动力。“我跳舞，因为我悲伤。”抵抗悲伤、恐惧的唯一方法是去表达这种悲伤、恐惧，将自我完全敞开。这正是西方现代舞的精神。从伊莎多拉·邓肯的“舞蹈家必须使肉体与灵魂结合，肉体动作必须发展为灵魂的自然语言”，到格雷厄姆的“舞蹈应该剥开那些掩盖着人类行为的外衣”，“揭露出一个内在的人”，无不如此。只不过皮娜·鲍什更愿意从社会关系、人际关系中去揭露这种个体的存在感而已。

林怀民的舞蹈则不同。它没有这种精神的历险、存在的敞开。它会带来文化的认同，却不会产生自我的意识。舞者在行舞中的确是感受到了身体的存在，但那与其说是自我的身体，还不如说是从属于一个更大的文化母体。舞者在文化母体中，处于一种封闭的静止的状态，没有自我的表达，没有对抗、矛盾、纠缠、挣扎、探究，舞者完全被罩住了，成了供展示之用的镜中之花、水中之月。甚至可以说，在林怀民的舞蹈中，真正的而且也是唯一的舞者不是“人”，而是“文化”。那些翩翩起舞的舞者只不过是“文化”的托身肉胎。虽然林怀民一再强调舞者在日常的练舞中的修行色彩，强调个体对文化精神的领悟，但是这种领悟最终导向的是文化的皈依和归一。当然，这种舞蹈之中的皈依，显然会产生一种投身文化母体时的灵肉的自由和极乐、安静和祥和，而这也正是“云门舞集”所代表的东方舞蹈持久吸引西方观众的魅力所在。

一种让人不安的舞蹈，和一种让人安定的舞蹈，你会选择哪一个呢？这个问题恐怕没有定论。正如在中国现代舞的发展方向上，到底是走皮娜·鲍什的路，还是林怀民的路，也仍然需要权衡。但是，这并不意味着无视二者的差异。正视这种差异，从思想文化上反思和审视我们的当下性与传统性、个人性与民族性之间的关系，是中国现代舞无法回避的问题。

摄影师是“世界的眼睛”
——论阿拉·古勒

2018年10月17日，在摄影术即将迎来诞生180周年之际，土耳其著名摄影师阿拉·古勒因心脏病突发，不幸去世，时年九十岁。在他身后，留下了上百万张黑白照片，还有一句同样黑白分明的话：“我讨厌成为一名艺术家的想法。我的工作就是旅行并记录我所看到的。”

的确，苏珊·桑塔格曾说过：“摄影师是超级旅行家，是人类学家的延伸，访问原住民，带回他们那异国情调的行为举止和奇装异服。摄影师总是试图把新的经验殖民化或寻找新的方式去看熟悉的题材——与无聊作斗争。”但是，驱使阿拉·古勒去旅行和拍照的，与其说是“与无聊作斗争”，不如说是一种记录世界的精神。

这位被誉为“伊斯坦布尔之眼”的伟大摄影师，将自己视为“世界公民”。他更愿意强调摄影师是“世界的眼睛”。

20世纪50年代末，古勒曾在美国《时代生活》、法国《巴黎竞赛周刊》、德国《明星报》等著名杂志工作，从巴基斯坦到肯尼亚，从新几内亚到婆罗洲，他的拍摄足迹遍及世界。

1957年，古勒在法国报道戛纳电影节。他结识了电影界的传奇人物，包括美国电影制片人奥逊·威尔斯、意大利作家阿尔贝托·莫拉维亚和西班牙艺术家毕加索。1974年，古勒在美国洛杉矶给希区柯克拍照，当他摆好姿势以希区柯克的脚为焦点拍摄照片时，希区柯克咆哮着表示反对。古勒没有退让，心想："如果你是希区柯克，我就是阿拉·古勒。"最终希区柯克还是屈服了，很配合地完成了拍照。1977年，古勒拍摄了印度前总理英迪拉·甘地的照片，随后在前往曼谷的途中，他得知甘地被捕。因此，古勒成为她被捕前最后一个给她拍照的人。1978年，第二次厄立特里亚内战爆发前夕，他前往苏丹报道叛乱组织之间的冲突。就在1980年土耳其军事政变之前，古勒前往蒙古拍摄8世纪的铭文。1990年，他与妻子前往印度尼西亚进行有关食人部落的报道。

古勒甚至参与了土耳其古城遗址的发现，这事说来颇为神奇：1958年的一天，古勒在土耳其西部艾登省拍完大坝落成的照片返回时，司机迷了路，结果误入一个古村落，原来这里是一座叫阿弗罗迪西亚斯的古城，当地人还生活在古老的建筑中。古勒立即把这座古城拍了下来，因为他的照片，古城得以重见天日。古勒说，他一生只完成了三个重大项目：《圣经》中的诺亚方舟、古老的内姆鲁特山以及在希腊城市阿弗罗迪西亚斯废墟上建造的村庄。这三个遗址都位于土耳其，都拥有明显的宗教遗产，从犹太基督教历史到希腊女神，不一而足。在这些地方的照片中，古勒拍摄了过去的历史，并以此纪念他的祖国对文明发展的重要历史意义。

对任何旅行摄影家来说，最难拍摄的或许是自己的出生地。它需要一种桑塔格说的用“新的方式去看熟悉的题材”的能力。而阿拉·古勒证明了他在这方面是当之无愧的大师。他是伊斯坦布尔这个他生活的城市最伟大的旅行者。

正如帕慕克介绍的，20世纪50年代，为城市拍摄了最好照片的古勒，开始用相机记录伊斯坦布尔的日常生活、一个城市的苏醒、小店铺、手艺人、司机、小贩、渔民。在那之前，伊斯坦布尔人的人性状态很少自动地进入照片。19世纪末20世纪初来到伊斯坦布尔的游客赞赏气势磅礴的天际线以及投洒于大海与清真寺的光影，而古勒却描绘中途舍弃西化与现代化的后街。古勒在摄影中展现坚持传统生活的伊斯坦布尔，新旧并蓄而创作出谦卑的音乐，诉说着没落与贫困，居民脸上的忧伤相当于城市的风光。特别是20世纪50和60年代，皇城最后的辉煌遗迹——银行、客栈以及奥斯曼西化者的政府大楼——在他周围倒下，于是他将富于诗意的废墟拍摄下来。

在他为伊斯坦布尔拍下的上百万张照片中，古勒最刻骨铭心的是哪些照片？或许是他在记者生涯早期为当地报纸报道渔港时拍的那些照片。那些难以忘怀的情景，无疑会闪现在他临终的眼里：

那时候，他正年轻，眼睛里闪烁着年轻摄影师特有的兴奋光芒。他带着心爱的 Graflex Speed Graphic 相机和闪光灯，在漆黑的清晨赶到伊斯坦布尔的库姆卡比港口。在马尔马拉海的内陆水域，他像个侦察兵一样观察并记录渔民在海面上拖网捕捞胡瓜鱼或在咸水深处捕捞鳊鱼的情景。他为当地教区亚美尼亚语报纸*Jamanak* 拍摄了库姆卡比渔民的照片：头戴鸭舌帽的男子在切割马尔马拉海的鳕鱼时抽着烟，伊斯坦布尔的清真寺在远处若隐若现。后来，这些渔民冲进了*Jamanak* 的办公室，指责古勒把他们描绘成酗酒者。古勒回忆说："我写他们喝烈酒是为了见鬼，结果这些混蛋冲进了报社。"当然，这只是些误会。这些渔民也许最终要感谢古勒，他们留影在照片中，成为历史永恒的一部分。

对古勒来说，能让一个旅行摄影师拍出伟大照片的伟大旅行，不在异国他乡，不在异域风情中，而是就在身边，在栖息的城市，在民族的文化根源中。

古勒从来都没有忘记自己是亚美尼亚人，也没有忘记亚美尼亚人在土耳其经历的沉重历史。2017年，也就是古勒去世前一年，两位亚美尼亚裔的年轻导演阿伦·佩尔德西和埃拉·阿尔玛亚纳克联系上古勒，想拍他的传记片。这两位导演是看古勒的摄影长大的，他们在2016年拍摄的《失落的鸟》是第一部在土耳其拍摄的、讲述了1915年奥斯曼帝国时期对亚美尼亚人的大规模驱逐和种族灭绝的电影。古勒的这部传记片，被定名为《你好》，根据古勒的人生故事改编。这部电影会讲述古勒职业生涯和异国旅行的方方面面，但最核心的情节只有一个，那就是古勒与父亲前往他出生的亚美尼亚村庄的为期三天的旅程。这两位导演后来回忆说："古勒总是告诉我们，他最伟大的旅程就是带父亲回家。"

终其一生，阿拉·古勒都把摄影定位为记录而非艺术。新闻摄影出身的阿拉·古勒在很多场合旗帜鲜明地宣扬自己的"摄影非艺术论"："摄影不是艺术，它比艺术更重要。我们摄影师是记录我们这个时代视觉历史的编年史家"；"摄影师怎么能成为艺术家？摄影师是一个追求真相的人"；"我讨厌成为一个艺术家的想法。我的工作是旅行和记录我所看到的东西。艺术是重要的东西，但人类的历史更重要，而这正是新闻摄影师所记录的。我们是世界的眼睛。我们代表其他人看。我们收集今天地球的视觉历史。对我来说，视觉历史比艺术更重要。摄影的功能是为未来几个世纪留下记录"。

古勒镜头下的伊斯坦布尔，很容易让人想起巴尔扎克笔下的巴黎。前者为土耳其和伊斯坦布尔拍下的上百万张照片，构成了庞大体量的视觉编年史；而后者的"人间喜剧"，也以同样庞大的体量，构成了法国社会的文字编年史。巴尔扎克说过："法国社会将成为历史学家，我不过是这位历史学家的书记。开列恶癖与德行的清单，收集激情的主要事实，描绘各种性格，选择社会上主要的事件，结合若干相同的性格上的特点而组成典型，在这样做的时候，我也许能够写出一部史学家忘记写的历史，即风俗史”；“从来小说家就是他同时代人的秘书”。巴尔扎克的“文学书记论”与古勒的“摄影非艺术论”何其相似。

文学与摄影，图像作品与文字作品，其本质是一种记录还是一种艺术，我们该何去何从？我认为，无论巴尔扎克还是阿拉·古勒，都没想明白这个问题。他们秉持艺术家的身份，却又深深受制于一种历史实录的冲动，受到历史的诱惑。

且不说文学，单就摄影而言，把照片当作知识来源，其依据是照片是纪实的、可靠的，所谓“眼见为实”。但问题并非如此简单。拿阿拉·古勒的摄影来说，就性质而言，估计他自己就很难断定，它到底是“纪实摄影”还是“艺术摄影”。

正是这同一个阿拉·古勒，2008年伊斯坦布尔地铁站展示他的摄影作品时，他颇为不满，认为自己的作品应该在画廊中展出，那些路过他照片的人不会理解它们。1997年接受《纽约时报》采访时，他感叹现在的年轻人并不欣赏甚至不了解伊斯坦布尔这个城市的“诗意、浪漫和美学”，他们知道的只是“伊斯坦布尔的垃圾”。可见，在摄影是“纪实”还是“艺术”这个问题上，古勒有着他自己都没意识到的含混。

正如苏珊·桑塔格说的：“摄影家被看作是敏锐但置身事外的观察家——是书记员，而不是诗人。但正如人们很快就发现没有谁就同一事物拍出同样的照片，那种认为照相机提供的是非个人的、客观形象的假设就向如下事实让步了，即照片不仅是那一事物，同时还是个体所看到的事物的明证，不仅仅是一个记录，同时还是对世界的评判。”那种认为摄影师是“世界的眼睛”、摄影师是“代表其他人看”的观点，其实是一种带有英雄主义色彩的幻觉。说到底，观看是无法被代表的，观看永远是某个人在看。在这个意义上，摄影和照片既是世界视野的拓展，同时也是其限定。摄影不是别的，它意味着我们只能在摄影师的视野下看。

拍照即肯定重要性，意味着选择（对象的选择，时机的选择）。拍一张如此，拍上百万张也还是如此。这就使“摄影师是一个追求真相的人”的观点成为疑问。因为它假定事物的“真相”不受镜头左右，“真相”与镜头无关。非常赏识阿拉·古勒的亨利·卡蒂埃-布列松曾经给摄影下过一个定义：“摄影是在同一瞬间既认清一个事件，又对视觉上感受到的形式进行严密的安排，以恰当表达、表示该事件的意义。”从这个定义就可看出，他提出的摄影的“决定性瞬间”，所捕捉的既是事物的戏剧性高潮同时也是其视觉高潮。阿拉·古勒虽然声称“暗房技巧不适合我”，但这并不意味着他在拍照时不考虑光线、构图、时机等摄影艺术问题。

马格南图片社称阿拉·古勒拍摄的那些“家乡、居民、街道和码头”的“标志性的、有时是忧郁的黑白照片”是他最伟大的作品。虽然黑白照是新闻摄影或艺术摄影的标配，但阿拉·古勒用黑白照来拍摄伊斯坦布尔，显然有其特殊的用意。黑白照片可以成功地唤起一种失落和渴望的情绪。一方面，黑白照片能把往昔变成一个温柔的对象，尤其适合表现伊斯坦布尔这样一个城市的“诗意、浪漫和美学”，比如那些朦胧的清真寺、烟雾缭绕的轮船、大雪纷飞的街头。另一方面，“黑白”或缺乏色彩是一种观察模式，用帕慕克的话说，就是“用黑白看城市，就是用历史的污点看它：旧的、褪色的、对世界其他地方不再重要的东西的污点”，游走街头的小贩，轮渡上读信的水手，在市场等人雇佣的佣工——这些社会底层的群像在古勒的镜头里一一得到呈现。

在阿拉·古勒的照片里，经常能看到形式化的一面，最明显的就体现在一种“二元性”的构图规则。比如清真寺与轮船、马车与现代办公大楼，玩耍的儿童与寺庙，田边翻掉的小轿车与坐在马车上看热闹的乡下人——这些照片里同时显现了两种毫无关联的要素，这两种要素不属于同一个世界，是不同质的。尤其是其中一张照片，画面上是一个车夫在大雪纷飞中奋力拉扯一辆马车越过有轨电车。帕慕克认为，透过这张照片，“看到了传统与现代的对立，也看到了秩序、纪律及权威的观念与因贫穷而产生的无序无助、技术匮乏之间的对立。这些是古勒的许多伊斯坦布尔照片的核心要素，它们制造了一种令人愉悦的张力”这种“张力”显然是一种艺术的力量。

一个摄影师拍了上百万张照片，是否仅仅出于一种实时记录的需要呢？事实上并非如此。据说，阿拉·古勒的拍摄习惯颇为苛刻，每天只在清晨或者黄昏时才出去拍照。摄影是一门等候恰当时机的艺术。斯蒂格利茨在暴风雪中足足等了三个小时才拍到了那张著名的《冬日第五大道》的照片。朗西埃认为，摄影行动，意味着协调三种时间："一是等待时间，它对一种可能的突现勾画轮廓；一是这样一次突现发生的时间，它将突现特定为一个光下形象的表现；但还有一种时间，属于世界和人，是它们，结晶为一个形象。"简单说，一是等待的时间，等待拍摄时机的到来；二是被拍下的瞬间发生的时间，瞬间在这一刻成像；三是镜头下的世界和人内含的时间，它结晶为一个有意义的形象。如果说第一、第二时间是技术时间、物理时间，则第三时间是艺术时间。阿拉·古勒的马车越过电车的照片，其灵魂就在于对第三时间的呈现。

总的说来，阿拉·古勒并不算是一个"决定性瞬间"的信徒。他的摄影，与其说捕捉的是决定性的时刻，不如说是在缓慢的日常生活节奏下凸显每个时刻(哪怕是最琐碎的时刻)的重要性。在他的摄影作品里，我们很少看到有生老病死等人生重大意外事件的表现，更多的是一种可重复的日常性，而伊斯坦布尔式的忧郁（而非苦痛）就隐藏在这种日常性里。正如桑塔格评价黛安·阿布斯的摄影时所说的那样，"她擅长拍摄慢节奏的隐秘性崩溃，这些崩溃大都自主题人物诞生之日起就已经开始发生了"，阿拉·古勒的摄影也是如此，只不过在伊斯坦布尔，人的崩溃与城的衰败息息相关。

由于阿拉·古勒镜头下时常出现各种城市底层边缘人，他被赋予的“伊斯坦布尔之眼”这个称号不免带有知识分子的人道主义色彩。但总的说来，古勒的城市底层素描并不尖锐，也不刺眼，照片里的底层人显得并不痛苦。摄影集中有一张表现学徒工的照片，一个男孩在船舶车间里操作巨型齿轮机器，面对镜头，沾满油污的脸上露出隐约笑容，显得轻松惬意。甚至让那些观看照片的人根本都没意识到这是童工。这张照片的观看者虽然被邀请对拍摄对象产生兴趣，但不一定要去了解他们或采取行动。照片甚至没有试图说服观众得出结论，认为这种情况应该改变。它所做的只是唤起一种普遍的同情心。甚至也没有人去深究，这些底层人到底是些什么人。这时候的阿拉·古勒，跟一个作家并无二致。

也许，阿拉·古勒也好，巴尔扎克也好，正如许多的艺术家一样，他们容易被自己的历史精神感动，这种历史精神有一种凌驾于虚构精神上的道德优越感，可是他们也并不放弃艺术给予他们的某种审美特权，哪怕这种审美陶醉与历史现实格格不入。

1997年，在接受《纽约时报》采访时，阿拉·古勒曾谈到过安纳托利亚移民问题：“伊斯坦布尔的实际人口有100万，今天，有1300万人住在这里。我们被安纳托利亚的村民淹没了，他们不懂伊斯坦布尔的诗歌或浪漫。他们甚至不知道文明的乐趣，比如如何吃得好。他们来了，在这里创造财富、让这座城市变得如此美妙的希腊人、亚美尼亚人和犹太人却因各种原因离开了。这就是为什么我们失去了400年所拥有的。”而现在如果你打开阿拉·古勒的官方网站的话，你会看到阿拉·古勒拍摄的各种风光旖旎的安纳托利亚乡村美景。

显然，与那种烂大街的观光客风光照一样，它们都是彩色的。

作为文学家的人类学家
——论克洛德·列维-斯特劳斯

思想家以赛亚·伯林说过，生活大致可两分，一个是表面的、易于明述的层次，社会科学家从这个层次抽象出一些相似性，概括出若干规律；在这层次下面则是意识形态的根基，“它通向那些越来越晦暗、越来越隐秘但又四处弥漫着的特征，它们同各种感情和行为密不可分地纠缠在一起，以致难以辨认。我们靠巨大的耐心、勤奋和刻苦，方可穿透表层——小说家做这样的事要比训练有素的‘社会科学家’更出色”。伯林所言甚是，但有一点他没意识到，在对人的思考和感受上，一个伟大的人类学家有时和一个伟大的文学家一样出色。克洛德·列维-斯特劳斯便是如此。

这位20世纪最重要的人类学家出身艺术世家。他的外曾祖父是一个乐团的小提琴手，父亲是位画家，母亲的家族也和画家渊源颇深。孩提时代的列维-斯特劳斯常被父母带着去听歌剧，还一度梦想过当作曲家。1993年出版的绘画、音乐和文学评论集《看·听·读》，是对作为艺术鉴赏家的列维-斯特劳斯最好的注解。而且，列维-斯特劳斯学术著作中的艺术性因素，早已不是什么秘密。有人说，他著作中的索引读起来像是一种超现实主义的详细目录。他的巨著《神话学》，各个章节的标题设置和结构安排俨然是一首乐曲，而不是一部学术著作，其间夹杂有“序曲”“终曲”“奏鸣曲”“赋格”“合唱”“交响乐”和“变奏曲”。他的修辞也十分独特，喜欢用举隅法，譬如用葫芦来指涉“容器”，用饮料来指“内容”，甚至把骨骼说成是“食物的反面”，把印第安人穿的一种软帮鞋说成是对“土地的对抗”。可以说，朦胧的诗意、思维的特质和写作的风格，使列维-斯特劳斯在20世纪的人类学家中独树一帜。

但是，说列维-斯特劳斯是文学家，并不是就其单纯的表达形式而言的，而是基于对人类学作为一种志业的深刻理解和微妙实践。正如苏珊·桑塔格在《作为英雄的人类学家》一文中所评价的那样："克洛德·列维-斯特劳斯发明了一种全职的人类学家的职业，其精神寄托如同创造性艺术家、冒险家或心理分析家的精神寄托。”要明白这种别有幽怀的“精神寄托”，就不能不谈到被喻为列维-斯特劳斯“哲学自传”的《忧郁的热带》。这部短短六个月写就的自传，是进入列维-斯特劳斯宏伟的人类学大厦的入口。

这部书出版于1955年，是列维-斯特劳斯以20世纪30年代后半期在巴西逗留期间对印第安人社会旅行调查的经历为核心，加上以前的知识积累和读书心得的回忆写成的半生回忆录。桑塔格对它赞誉有加：“《忧郁的热带》是我们这个世纪最伟大的著作之一。它生动，细腻，思想大胆。它写得美。此外，正如一切伟大著作一样，它带有鲜明的个人印迹；它以人的声音说话。”这部书甚至受到一些作家的热捧。台湾作家朱天文的小说《荒人手记》中，“我们是日落之后到日升之前产卵的海生闪光虫，一片闪闪亮白曾经让哥伦布以为那是陆地”等语句，就几乎是原封不动引自《忧郁的热带》的。尤其是书中出现的一篇以日记引用形式引用的在船上看日落的“日落记”，深得卡尔维诺所说的文学的“确切”之美。这篇风景写真寄托了列维-斯特劳斯试图用语言手段来达到现场再现的野心：“如果我能找到一种语言来重现那些现象，那些如此不稳定又如此难以描述的现象的话，如果我有能力向别人说明一个永远不会以同样方式再出现的独特事件发生的各个阶段和次序的话，……我就能够一口气发现我本行的最深刻的秘密：不论我从事人类学研究的时候会遇到何种奇怪特异的经验，其中的意义和重要性我还是可以向每一个人说个明明白白。”这里隐约已经显露了列维-斯特劳斯拯救时间之流的想法了。

列维-斯特劳斯声称自己的智力是“新石器时代式”的，深具破坏性和迁徙性，这使他作为一个人类学家，像所有现代作家一样，只要试图去再现生存现状，就注定要承担“不在家”的命运：“人类学家自己是人类的一分子，可是他想从一个非常高远的观点去研究和评断人类，那个观点必须高远到使他可以忽视一个个别社会、个别文明的特殊情境的程度。他生活与工作的情境，使他不得不远离自己的社群一段又一段长久的时间；由于曾经经历过如此全面性、如此突然的环境改变，使他染上一种长久不愈的无根性；最后，他没有办法在任何地方觉得适得其所；置身家乡，他在心理上已成为残废。”这种“无根性”，最终会使个人在过去和现在之间变得无所适从，“我可以像古代的旅行者那样，有机会亲见种种的奇观异象，可是却看不到那些现象的意义，甚至对那些现象深感厌恶加以鄙视；不然就成为现代的旅行者，到处追寻已不存在的种种遗痕。不论是从上面的哪一种观点来考察，我都只能是失败者”。

挽救这种“失败”的救赎之道，是列维-斯特劳斯在马克思主义、弗洛伊德精神分析学和地质学（列维-斯特劳斯称其为他思想的“三大情人”）的启示下，找到了结构主义。结构主义的形式偏好，在桑塔格看来，来自法国思想和感受性中对冷漠的膜拜和几何精神。在《野性的思维》中，列维-斯特劳斯称自己的思想具有“轶事与几何学”的色彩。这种形式主义是对悲观现实的一种最好克制，是对历史流逝的一种必要结晶。在《忧郁的热带》中，列维-斯特劳斯谈到了自己领略到结构主义精髓的那一刻：“当你忽然发现……可以同时在岩石上面发现两个菊石的遗痕，……两个化石之间存在着长达几万年的时间距离，在这种时候，时间和空间合而为一：此刻仍然存活着多样性与不同的年代相重叠，并且加以保存延续。思想和情感进入一种新的层次，在那当中，每一滴汗，每一片肌肉的移动，每一息呼吸，全都成为过去的历史的象征，其发展的历史在我身体重现，而在同时，我的思想又拥抱其中的意义。我觉得自己处在更为浓郁的智识性里面，不同世纪，间隔遥远的地方在互相呼唤，最后终于用相同而唯一的声音说话。”这个结构主义实现的时空并置，也就是一种多样性基础上的共同感。

多年来，列维-斯特劳斯一直将营造一种文化共同体（他称之为“文化同盟”），作为自己纯粹学者身份外的追求。他强调原始文明的重要性，是因为他相信当人类只有一种文明作参照时，人类的灾难也就开始了。正如汉娜·阿伦特指出的那样：“公共领域的实在性则要取决于共同世界借以呈现自身的无数视点和方面的同时在场，……当共同世界只能从一个方面被看见，只能从一个视点呈现出来时，它的末日也就到来了。”捍卫人类文化的多样性和人类生活的共同感，是列维-斯特劳斯作为一个人类学家的道义所在。在《忧郁的热带》中，列维-斯特劳斯一开始就声明“我讨厌旅行，我恨探险家”。从本质上讲，人类学家的田野调查，永远不会是旅游或者探险。它既不愉快也不刺激，反而可能是处在痛楚中。“到处都在发生的前文字民族的最终的、无可挽回的毁灭”，人类学成了一种悲哀的讣告。这种“原始”“野蛮”种族和文化的毁灭，也许不是暴力而是人们认同的文明促使的。在1952年出版的《种族与历史》中，列维-斯特劳斯呼吁："世界受到单调和均一性的威胁，必须保留文化的多样性。……应当听麦子生长，应当鼓励秘密的潜能，唤醒所有人在历史留给我们的空间内共同生存的意识。"在法兰西学院的就职演讲中，他又声称"原始社会"对"文明社会"永具启示意义："那些保存得最好的原始社会告诉我们，这些结构与人性无相悖逆。……这些形式将对应于人的一种永恒可能性，社会人类学负有监督这种可能性的使命，尤其是在人的最黑暗的时代。"

正是在这里，在尊重并致力于维护人类精神文化的丰富性和永恒性方面，列维-斯特劳斯令人尊敬地步入了人类伟大文学家的行列。

一个好战的唯美主义者
——论苏珊·桑塔格

还没有哪个作家像苏珊·桑塔格这样，坚持不懈地把批判的勇气贯注到涉足的每个领域。现在我们要谈思考和表达的勇气问题，是因为我们被卷入了一个充满谎言和胆怯的时代。正是在这里，桑塔格的声音显得特别响亮刺耳，不依不饶。

不知从何时起，作家们开始必须和自己身份、生存的体制作斗争了。作家的生活方式，自20世纪70年代以来，发生了重大变化，而今这种变化似乎已经制度化了，那就是自浪漫主义时代以来一直被认为是“另类人物”的作家或诗人，纷纷放弃了当初居无定所、没有正当职业、奇装异服、放浪形骸、反社会、反常规的波希米亚式生活方式，开始换上干净整洁的西装革履，胳膊下夹着塞满讲义的公文包，走上了讲台。这种现象的结果就是80年代出现了“住校作家”。桑塔格移居纽约时，尚在60年代，但她早早地就和这种体制生活作了告别，义无反顾地踏上了本雅明所经历过的那种自由文人的生涯。“我一生的巨大的巨大改变，一个发生在我移居纽约时的改变，是我决意不以学究的身份来苟且此生：我将在大学世界的令人神往的、砖石建筑包围的那种安稳生活之外另起炉灶。”

这需要一种勇气。长期以来，桑塔格一直没有固定的工作和职业，基本靠稿费和奖金过活。她也没有自己的车子、房子，甚至一台电视机。她获取信息靠杂志和报纸。但她并不认为这是一种牺牲。“我能行动自如，而用不着干我不想干的事情。”

但是更顽固的堡垒还在人心中。60年代初出茅庐的桑塔格踌躇满志。“我把自己看作是一场非常古老的战役中一位披挂着一身簇新铠甲登场的武士：这是一场对抗平庸、对抗伦理上和美学上的浅薄和冷漠的战斗。”1964年《关于“坎普”的札记》的发表使她声名鹊起，1965年的《反对阐释》《一种文化与新感受力》开风气之先，1977年的《论摄影》和1978年的《疾病的隐喻》更是奠定了她作为文化批评家的牢固地位。在这些作品中，桑塔格向陈腐的美学观猛烈开火，把剖析的笔触伸到了当代社会文化的诸多症结之处，言他人所未言，扫荡了沉淀在人们意识中的许多沉疴。虽然桑塔格常常以自己的虚构文学创作自负，但她的文化批评无疑具有更大的社会影响。

一个作家的勇气在于尊重复杂的真实世界。这常常使桑塔格这样的作家从文学的象牙塔里走出来，针砭时弊。在这一点上，谁也没有像桑塔格那样彻底，不留情面。2001年5月，桑塔格获得了两年一度的“耶路撒冷奖”。在颁奖典礼上，桑塔格发表了题为《文字的良心》的演说，桑塔格指出："集体责任这一信条，用做集体惩罚的逻辑依据，绝不是正当理由，无论是军事上或道德上。我指的是对平民使用不成比例的武器……我还认为，除非以色列人停止移居巴勒斯坦土地，并尽快拆掉这些移居点和撤走集结在那里保护移居点的军队，否则这里不会有和平。"会场顿时嘘声四起，有些观众甚至立刻离场以示抗议，而以色列主流媒体则大为震怒。同年，美国九一一事件后，桑塔格为《法兰克福汇报》写了《强大帮不了我们的忙》一文，对美国政治与舆论界千人一声、同仇敌忾的现象作了严厉的批评。2002年2月她在接受德国《时报》的采访时继续抨击美国现政府："自从九一一事件以来，在美国的国土上，人权的基础已经渐渐宣告瓦解。宪法保护美国公民和非美国公民权利的传统已经被司法部部长弃之不顾。"2002年9月，在九一一事件一周年后，又在《纽约时报》发表《真正的战斗与空洞的隐喻》一文，矛头直指布什政府挟"战争"以令民众的伎俩。

戳穿各种政治愚民术，常常是要冒着被指责为"国家公贼"的危险的。而这正是衡量一个知识分子勇气的最尖锐的时刻。而对他者抱着基于深刻理解的同情，则更见出桑塔格作为作家的良知。早在1993年，桑塔格就踏足南斯拉夫战火纷飞的战场——被围困的城市萨拉热窝，亲自导演了萨缪尔·贝克特的名剧《等待戈多》，与被内战所围困的克罗地亚人民一起承受痛苦，一起等待。她自己承认，这要冒生命危险。但她并不认为这是什么政治行为，也不愿拔高为什么人道主义，她更愿意理解为战争时期人们心里对文化生活的一种需要，一种精神自救。

这就是苏珊·桑塔格，一个对当今世界保持着罕见的全面兴趣的作家，一个对知识和体验顽固地抱着英雄气概的人。

一

桑塔格的“60年代”，浓缩在她的文集《反对阐释》中。

《反对阐释》中的文章发表于1961年至1965年间，这段时间桑塔格自称是自己的“青春期”。桑塔格15岁进大学，17岁结婚，25岁离婚然后一直未婚。而她的“青春期”据她说，就是从离婚后开始的。她后来说：“我非常享受27岁到35岁这段时间内的青春期，它与60年代同步——我以年轻人的方式来享受这段时期。我实际年已30岁了，我开始学习跳舞。我成了一个舞痴。”正是在这时，桑塔格做出了人生一个较大的抉择，那就是放弃进入学院体制，转投自由文人的艰难生活。《反对阐释》中的大多数文章是一种战斗的结果——“一场对抗平庸、对抗伦理上和美学上的浅薄和冷漠的战斗”。

这本论集中收录的文章时间跨度最长，之所以延迟到1966年才出版，原因据桑塔格说是因为她当时竭力想摆脱文论写作的习惯。“从一开始，这些文章就收到了——在我看来——很奇怪的巨大的反响。这让人很迷惑，但无疑也很诱人。”长久以来，桑塔格一直心仪的是虚构文学创作，尽管她的文化批评影响更大。

《反对阐释》以理论的方式大致勾勒了桑塔格在60年代的艺术感受。头两篇《反对阐释》和《论风格》可以被视为反对现实主义、反对“阐释性批评和模仿艺术”，同时建立形式主义美学的宣言。桑塔格认为，不应该在艺术里寻找说教，而应该提倡一种对艺术的欣赏态度，对艺术作品外表作一种真正精确、犀利、细致周到的描述，因为艺术就是那样而不是我们想它那样。反对阐释不是反对阐释本身——这一点恰恰使她区别于后来的后结构主义者——而是反对一种故意简化的粗暴的阐释，一种和意义画等号的阐释。

很多理论家认为从《反对阐释》中，特别是从《一种文化与新感受力》中，看到了桑塔格对后现代主义最早的欢呼。但是她本人并不苟同别人给自己贴上“高雅文化和通俗文化的沟通者”的标签。与其说是她在为大众艺术正名，不如说她主张坚定不移、直截了当地从各种文化中汲取经验和愉悦。而这个前提是对价值和感受的承认。在一次访谈中，桑塔格抱怨说弗雷德里克·詹姆逊（著名的美国后现代理论家，在中国享有盛名）不关心艺术，实际上也不关心文学，他只关心他的理念。“我们的文化和政治有一种新的野蛮和粗俗，它对意义和真理有着摧毁的作用，而‘后现代’就是授予这种野蛮和粗俗以合法身份的一种思潮。”在桑塔格看来，所谓后现代主义——它使任何事物的意义都平面化了——只不过是消费资本主义的成熟形态。它是一种关于积累的观念，为人们的过度消费而准备的，它并不是一种批评思想。

这就注定了《反对阐释》并不会赢得当今中国许多理论家、文化批评家的掌声。桑塔格来自一个已经受到质疑的现代主义的传统。她自称对文学、音乐、视觉以及表演艺术的经典保持着毋庸置疑的忠诚。她之关注大众文化——往往是经过精心挑选的——也只不过是从某些低级趣味中发现了高级趣味，从某些大众文化中发现了现代性因素。

《反对阐释》涉及的领域颇为广泛，文学、电影、戏剧、人类学等无所不包。但它的核心是感受问题。这个感受既是西方“60年代”的感受，又是现代性的体验。文集中所有的文字无不洋溢着对多样感受的价值的坚决捍卫，不管是感受，还是形式，都是对顽石一般的现实和观念的针锋相对。在每个具体评判和批评下，流淌着坚持多元、自由这些基本价值的炽热岩浆。

从某种意义上说，《反对阐释》是桑塔格关于“60年代”的一份思想记忆，一份青春档案。这种相同的令人激动的时代，只有在我们的“80年代”才能找得到。桑塔格为1996年西班牙出版的《反对阐释》所写的序言，使用了《三十年之后……》这么一个标题，字里行间充满了对“60年代”的缅怀。“我写作这些文章时的那个世界已经不复存在。”“我希望本书今天的再版和新读者的获得，将有助于这一堂吉诃德式的任务，即维护这些文章和评论所依据的那些价值。这些文章中所表达的对趣味的种种评判或许已经流行开来。但据以作出这些评判的价值却并没有流行开来。”说这话的桑塔格似乎呼应了1963年她在《作为英雄的人类学家》一文中对列维–斯特劳斯的感受，在这篇几乎是悼文的文章最后，桑塔格心有戚戚焉地说道：“他（列维–斯特劳斯）……体现着一种颇有英雄气概的、煞费苦心的、复杂的现代悲观主义。”

二

与《反对阐释》不同，桑塔格的另一部重要的文集《重点所在》，是她的思想进入中年以后，或者说90年代以后的结果。

显然，桑塔格对“60年代”充满了缅怀之情。“60年代”是个什么样的年代呢？那是一个乌托邦的时代，那时候“‘现代’仍是一个充满生机的观念。……一切不乏美妙之处”。它充满“胆量、乐观主义和对商业的鄙视态度”；而“90年代”呢，显然不是乌托邦的时代了，而是“一个每种理想皆被体验为终结——更确切地说，已越过终结点——的时代”，“消费资本主义价值促进了——实际上是强加了——文化的混合，傲慢无礼的态度以及对快感的辩护”。

不了解这种从现代主义到所谓的后现代主义的时代蜕变，

就不懂桑塔格的这种伤感的、有些自卫的口气。

尽管桑塔格不明言，但是《重点所在》这部集子暗涌着一种何去何从的感伤情调——深沉、抑郁、陷入沉思和恍惚的“中年风格”。它的格调已经迥异于《反对阐释》时期的“青春气象”了。在扉页上，桑塔格引用了伊丽莎白·毕晓普《旅行的问题》中的话：

> 莽原、都城、邦国、尘寰
> 选择无多因为身不由己
> 去路非此即彼……所以，我们当伫足家园
> 只是家在何方？

这似乎给全书定了基调。在全书41篇文章——它们按“阅读”“视觉”“彼处与此处”分成三个部分——中，“死后立传”“悲怆的心灵”“梦幻之所”“意难忘”“哀挽的狂喜”“三十年之后……”“对欧洲的认识（又一首挽歌）”，等等，这些谶语式的名目、字眼已经提醒我们，桑塔格已经不是那个60年代的美学和伦理的斗士形象了——那时候直接明了、战斗口号、单纯、乐观主义主宰着她——而是进入了“一种颇有英雄气概的、煞费苦心的、复杂的现代悲观主义”。

在集子第一部分的“阅读”里，桑塔格似乎在给那些被她引为同路人的作家招魂。这些作家有个共同点，大多是欧洲和拉

美作家，大多不为美国读者熟知，同时大多已经离世。英裔德国作家W. G. 塞巴尔德和波兰诗人亚当·扎加耶夫斯基是桑塔格唯一以单篇文章谈到的两个在世的作家。说这些文字是悼文也不为过。所有这些“阅读”都烙上了一种回忆加伤感的惨淡痕迹。12篇文章几乎全部是围绕记忆、自传、回忆录、死亡（死亡似乎宣告了对生前总结的开始）——以及对这些记忆和死亡的如何叙述的问题而展开。尤其是死亡问题。死亡的状态以及死亡如何被表述的状态，似乎引起了人到中年的桑塔格浓厚的兴趣。一些死去的作家同时写了一些关于死亡（回忆是一种被提前支取的死亡）的真实或虚构的文字，似乎触动了桑塔格关于文学之死的神经。在一篇关于博尔赫斯的文章里，她以向死人写信的方式来表达对一种高贵的文学时代正在逝去的淡淡的哀思。

一种“属于消失的过去”正在袭来。在打头一篇《诗人的散文》里，桑塔格热切回眸了19世纪的俄国诗人们和他们的散文创作。她宣称：“改变我们灵魂的俄罗斯的十九世纪，是散文作家们的一项成就。……诗人们的散文主要是挽歌式的，回顾式的。仿佛被描述的对象按定义是属于消失的过去。”受到过《时代的喧嚣》《人·岁月·生活》《金蔷薇》影响的中国读者相信应该有切身感受，特别是从90年代的潮头浪尖回头看“文革”那段时期的阅读，感觉恍若隔世。但就“阅读”部分而言，或者说就《重点所在》全书看来，分量最重的一篇文章无疑是

《写作本身：论罗兰·巴特》。

在这篇对自己的精神导师的悼文里，桑塔格阐发了写作的回光返照的属性。“文学就像含磷的物质，”她引《写作的零度》里的话说，“在它就要死去的时候，就会散发出最明亮的光芒。”她坚信巴特的作品“肯定了一种闪烁着狂热光芒的准则，这实际上是一种文化时机的理想：相信自己在数种意义上拥有最后发言权。”罗兰·巴特以纷繁的语言构造的文学乌托邦让桑塔格深深着迷。在选择萨特还是巴特的问题上，桑塔格旗帜鲜明地站在了后者这边，也就是说站在了“复杂、自觉、精细和优柔寡断”这边，站在了写作的极乐——也就是摆脱了伦理的重负——这边。她认为巴特“缺乏瓦尔特·本雅明（桑塔格的又一个精神导师）那样的悲剧意识……他也许从未受制于本雅明及所有真正的现代主义者所视为的中心问题：即去探索‘现代’的本质。巴特并没有经受过现代性灾难的折磨，也不为其革命的幻梦引诱；因此他具有一种‘后悲剧’的感受性”。这一点，令桑塔格十分艳羡。正是在罗兰·巴特身上，桑塔格看到了“对教条的怀疑态度，对愉悦的真诚期待，对乌托邦理想的渴求”，也就是说看到那个已经逝去的“60年代”的影子。

实际上，站在90年代，桑塔格并不愿以怀旧的伤感来回望那个记忆中“60年代”，这不符合她的英雄主义——这种力量来自罗兰·巴特；但她也不回避自己身上的悲剧意识——那来自本雅明，而唯一的解脱无疑就是持续的观察、分解这个日益板结石化的90年代了。这是一个摇摆人的形象。

在《重点所在》这部集子里，桑塔格以万花筒的方式来打量了80年代以来的整个世界，电影、音乐、舞蹈、戏剧、摄影、旅行、翻译以及政治，等等。一些正在消逝，一些正在层出不穷地冒出。一种不可挽回的时代感——它与艺术经典在当代社会意识中的淡化纠缠在一起——笼罩着整部文集。尽管如此，我还是要强调桑塔格的那种力图超越感伤怀旧的英雄气概，这种气概被细腻地灌注在那些对各种文本的沉醉式的细读上。也许，诚如桑塔格本人而言："像一句老话说的那样，在阅读中遗忘自己吧，这些并不是无聊的白日梦，而是一种上瘾的模拟的现实。"

三

苏珊·桑塔格被引进到中文世界里来，还是晚近的事。但是，要想中国的知识界对桑塔格所体现的风格做出应有的反应，却尚处于无限的期待中。

这种命运其实也不奇怪，瓦尔特·本雅明也曾让1985年以来胃口极好的内地知识分子难以消化。主要是一种气质上的难以适应。而气质在桑塔格看来，是理解这位"忧郁者"的关键。"他的气质决定了他选择写什么"。

我们还不太习惯从照片去观察一个人的思想气质，更别说从星象、体液类型、癖好之类入手了。因此我们常常很难亲切地理解桑塔格——如同我们很难从体验的角度来把握思想。如果看过桑塔格的肖像照话，便会发现，这些照片大多是黑白照，照片的主人公往往“传达出了一种梦想者的情调，既有女性的力量，又在随便当中透出潇洒。浓密的黑发，黑眼睛，橄榄色的皮肤，方下巴，没有化妆”。一种充满激情的知性形象。很符合她本人对自己作品所作的概括：严肃，激情，清醒。

桑塔格是我们这个时代里少有的不为知识所累的人。一个令人惊奇地没有偏见的立论者。一个对认知和体验热情洋溢的人。长期以来，她一直过着一种理想和现实紧密交织的生活。她在艺术领域的开风气之先，和她在政治领域的屡闯禁区一样出名。这与其说是出于知识分子的智慧和良心，不如说是对无限敞开的真实世界的尊重、对他者基于深刻理解的同情使然。“任何事物都使我想到其他事物”，“作家就是一个对世界充满关注的人”。这是她后期把更多精力投入虚构文学写作的重要原因。

桑塔格属于米兰·昆德拉所说的那个“被认知的激情攫取”的欧洲传统。她形象是一个现代堂吉诃德的形象。“我把自己看作是一场非常古老的战役中一位披挂着一身簇新铠甲登场的武士：这是一场对抗平庸、对抗伦理上和美学上的浅薄和冷漠的战斗。”她的精力异常充沛，她对事物的热情有着孩子般的虔诚。这种热情甚至驱使她欣赏卡夫卡、本雅明乃至列维–斯特劳斯的那种忧郁风格，尽管她不属于此。但就风格选择所引起的注意的强度、可信度以及机智与否而言，两者是一致的。桑塔格之推崇“卡内蒂的宗教性和对残忍的憎恨；巴特特有的审美意识；本雅明的惆怅诗意”，莫不如此。如果按桑塔格本人的理解，“风格是艺术作品中的选择原则，是艺术家意志的标记”，那么选择无限内向和选择无限开放，就具有等同的精神意义，它们服从于一种作为激进意志的风格。

把桑塔格圈进任何一个定义都是愚蠢的，没必要的。她身上体现了知识者的最古老的形象，这个形象上溯到了精神和阳光一样充沛的古希腊。与此相对照，我们对我们的那个遥远的“百家争鸣”的思想时代却一直还缺乏真正的理解，如果我们还没有被我们的理解压垮的话。我们的科学中还充斥着赫尔岑所说的那种“华而不实的作风”。没有深刻的理解力和洞察力，又何谈什么知识分子的良知、勇气呢?

对于中文世界来说，桑塔格的晚到非常刺眼，但是否真的到达，却还是可怕的未知数。因为我们还没有做好准备迎接这种不为任何既定事物拘泥的风格。我们还不习惯永远处于认识的途中。我们的方脑袋思想家们还没有学会必须把感受摆到理念的前面。更确切地说，我们还不太理解吴宓所宣扬的那种“真幻互用、情智双修”的人生原理。

1973年“文革”末期，桑塔格曾造访中国，1997年接受中国学者采访时，她声称：“我当然希望再次去中国，但是，只是在我觉得中国之行对我自己，从精神上或人生上，或对其他的人有利的情况下，否则我是不会去的。我不想仅作为一个旅游者去中国，那对我来说是不道德的。”虽然她拒绝“理论旅行”，但这并不意味着她没有思考过中国的一些问题。在《论摄影》中，通过探讨安东尼奥尼的纪录片《中国》被批判一事，她“发现中国人很质朴，不理解破裂斑驳的门扇的美，无序中的别致之处，奇特角度和意味深长细节的力度，废弃物中的诗意。我们有一个关于修饰的现代观念——美不存在于任何事物之内；它有待通过另一种观看方式去发现——还有一个宽泛一些的关于意义的观念……一件事物的变化越多，其意义的可能性就越丰富”。这段文字写于1977年左右，但它的有效性并没有随着时间的推移而有丝毫磨灭。就感受力或趣味而言，我们远远还没有摆脱枯燥和简约。因此，要理解《反对阐释》这本文集中“感受力”这个核心词的含义，对我们而言，颇为费劲，尤其是《关于“坎普”的札记》一文。为什么感受力问题一直没有得到我们的足够重视呢？很明显，我们并没有什么趣味史，过去是，现在还是。王小波就抱怨过：“在一个宽松的社会里，人们可以收获到优雅，收获到精雕细琢的浪漫；在一个呆板的社会里，人们可以收获到幽默——起码是黑色的幽默。就是在我待的这个社会里，什么都收获不到。”

在一个反对有趣的社会里，是难以理解桑塔格的；在一个不知感受为何物的麻木时代里，同样是难以读懂桑塔格的。

内地中文读者初识苏珊·桑塔格，还是缘于1997年，湖南美术出版社出版《论摄影》。作为“实验艺术丛书”一种，这本白色封皮的谈摄影艺术的书，影响中国美术界不小。此后，译林出版社2002年又出版了桑塔格的小说《火山恋人》，2003年出版获全美图书奖的历史小说《在美国》。在这之后，上海译文出版社开始组织翻译出版“苏珊·桑塔格文集”，《反对阐释》《疾病的隐喻》《重点所在》等经典作品相继问世。自此，桑塔格其人其文俨然成为内地知识界的热门话题。不想，2004年，又是12月，桑塔格的噩耗就这样传来。斯人已去，空留余音。

如桑塔格者，想来是会相信“不知生，焉知死”这句话的。她半生与病魔抗争，不以为怀，反而留下一部《疾病的隐喻》昭示后人，其清明通达之处，内地知识分子中，恐怕唯有同样因病辞世的王小波可与之比肩——与桑塔格捍卫精神生活一样，王小波也标榜自己的“精神家园”；与桑塔格声称“智慧其实也是一种趣味”一样，王小波也推崇“思维的乐趣”。只有一种“死亡”，即艺术的“死亡”，恐怕是桑塔格愿意谈的。在《悲剧的消亡》中，桑塔格声称：“文学形式的死亡的问题——诸如长篇叙事诗还可能存在吗？或它已经消亡了？小说呢？诗剧呢？悲剧呢？——在当前最为紧要。……这类葬礼习惯性地伴以悲悼之感的流露；这是因为，当我们陈说着曾经体现于已死的形式中而现在业已失去的那种感受力和态度的潜能时，我们是在悲悼自身。”

四

“感受力”，或者说“趣味”，是理解桑塔格的关键。正如她一生把反对美学和道德上的浅薄和冷漠作为自己的使命一样。她的几篇代表性作品，莫不以此展开。在《反对阐释》里，她热烈呼吁，面对艺术，“现在重要的是恢复我们的感觉”，“我们必须学会去更多地看，更多地听，更多地感觉”。她甚至认为“为取代艺术阐释学，我们需要一门艺术色情学”。在《关于“坎普”的札记》里，她认为“感受力（不同于思想）是最难以谈论的东西之一”，感受力或趣味是多方面的，“既有对人的趣味，视觉趣味，情感方面的趣味，又有行为方面的趣味以及道德方面的趣味。智慧其实也是一种趣味：思想方面的趣味”，更重要的是，“没有哪种趣味更具有决定性”。谁都知道，我们经历过只允许一种趣味的年代。这种“趣味”，据“四五”一代人刘小枫描述，是曾经如此粗暴地反对“资产阶级蓝色水兵服和肥腿裤上的异己阶级情调”，也反对“蔚蓝色雾霭的贵族式气质”(《记恋冬妮娅》)；但同样真实的是，我们就是从这种“趣味”里走来的，它成了我们“苦难与风流”岁月的一部分。这种筋肉相连的滋味，谁也没有摇滚歌手崔健在《一块红布》里唱的那样真切，“那天是你用一块红布/蒙住我双眼也蒙住了天/你问我看见了什么/我说我看见了幸福”。

身处一个感受力贫瘠，或者说趣味这种东西被无情打压的时代——或者说身为这种时代的产物，是我们今天悼念桑塔格的现实语境。“五四”时代，传统的士大夫情调被扫进了历史的垃圾堆；“四五”时代，现代的资产阶级情调也被当作毒草连根拔掉了，剩下的，就像诗人柏桦说的，只有光秃秃的“意识形态平胸”了。桑塔格说过：“一个时代的感受力，不仅包括这种感受力的最有决定性的方面，也包括其最容易消亡的方面。人们可以完全不触及一个时代的感受力或趣味，而去把握这个时代的思想（思想史）和行为（社会史），尽管这种感受力或趣味渗透于这些思想或行为中。”近代以来，随着新旧文化的转换、政权的更迭，却是智识阶级的贪新逐利恶性膨胀。庸俗进化论和科学主义催生了无数德国历史学家梅尼克所说的那种“智人和强人”。而强人时代的第一个牺牲品，就是感受力和趣味。那种卡尔·曼海姆所说的“无性灵的专家，无情感的色鬼”大行其市，直至当代。只要想想当代文学艺术中那种普遍因专业化所呈现的“机械性”，那种技术主义，就能明白桑塔格言之所指了。

道德需要热情。美学上的贫困，随之而来的是伦理上的冷漠。这正是桑塔格在“60年代”就开始为之抗争的。她曾声称“我是一个好战的唯美主义者，还是一个几乎与世隔绝的道德家”。在许多场合，桑塔格指责过20世纪的许多知识分子的堕落现象。但形势远比简单的政治勇气要复杂。桑塔格曾说：“随

1989年的觉醒和前苏联帝国的自杀而至的是资本主义的胜利，一起胜利的还有消费主义的意识形态……只有个人生活才有意义。个人主义、对自我的培养和对个人幸福的营造成了知识分子最有可能赞同的价值。……在这个疯狂购买的年代里，要想让只不过是边缘、穷困的知识分子把自己和比他们更不走运的人视为一体，确实要比过去困难得多。"

但简单谴责知识分子的道德冷漠是不公平的，桑塔格也承认"知识分子的道德责任将总是复杂的……比如，懂得真理不一定有助于为正义而斗争。为了获得正义，似乎必须将真理放在一边。谁也不希望在二者中作出抉择。但是当不得已时，我认为知识分子似乎应当站在真理这一边。"

实际上，桑塔格更愿意把知识分子——当然是指"自由的"知识分子，理解为"超越自身职业的、技术的或艺术的专门技术，重视（因此绝对捍卫）精神生活的人"。坚决捍卫精神生活——不管是自己的还是他者的，是对桑塔格斗士形象的最好诠释。她曾经声称对严肃的精神生活的要求，是一个人尊严的表现。她赞同精神生活的多元——正如同她推许的"新感受力"一样，"新感受力是多元的；它既致力于一种令人苦恼的严肃性，又致力于乐趣、机智和怀旧"——但同时也不放弃应有的价值标准。

桑塔格曾经说："对我们这个时代进行极其严肃的思考，免不了要与那种无家可归感相抗争。历史变迁的非人性的加速所带来的人类体验的不可靠感，使每一个敏感的现代心灵都记录下了某种恶心、某种智力晕眩。”从本质意义上说，桑塔格是一个忧郁的人。或者说，所有致力于严肃的精神生活的人，都免不了是忧郁的。身处桑塔格辞世的这个特殊时刻，这种感觉尤为明显。这是无可奈何的。但正如桑塔格本人所相信的那样，“一位伟大的作家去世以后的日子，也是关于价值与永恒的神秘问题得以解决的时候”，桑塔格的思想和情感，必定会比她实际的生命走得更远。

知识分子的流亡
——论瓦尔特·本雅明

知识分子的流亡，在过去是一个政治学或社会学问题，而在今天，过多的是一个知识分子精神史和知识学问题。萨义德在《知识分子论》里就专门探讨了“知识分子的流亡”。有趣的是，萨义德心目中，代表流亡知识分子的是阿多诺，而不是同为法兰克福学派成员、命运更多舛的本雅明。但他毕竟客观地指出了，阿多诺在强调流亡所带来的强硬批判立场的同时，遗憾地忽略了流亡这种状态可能有的知识学上的“乐趣”——流亡可以提供不同的生活安排，更重要的是观看事物的奇异角度。

在萨义德看来，流亡所带来的观看事物的奇异角度体现在两方面：其一，惊奇感，任何事情都不视为理所当然，学习凑合着应付让大多数人迷惑或恐惧的不安稳状况。因为流亡者同时以抛在背后的事物以及此时此地的实况这两种方式来看事情，所以有着双重视角，从不以孤立的方式看事情。新国度的一情一景必然引他联想到旧国度的一情一景。就知识上而言，这意味着一种观念或经验对照着另一种观念或经验，因而使得二者有时以新颖、不可预测的方式出现：从这种并置中得到更好，甚至更普遍的有关如何思考的看法。

其二，流亡使流亡者比较能不只看到事物的形状，还能看出前因。视情境为偶发的机缘而生成的，而不是不可避免的；视情境为人们一连串的历史选择的结果，是人类造成的社会事实，而不是自然的或神赋的（因而是不能改变的、永恒的、不可逆转的）。

对此，本雅明会有何看法呢？他一生的观念或经验似乎完美地呼应着以上的流亡观。当然，我们不难发现这种对流亡的知识学认识，点出了流亡视角所具有辩证性：基于历史理性的批判性与基于认识论认同的建构性并行不悖。流亡意味着双向的过程，一边拆解单一的、既定的、永恒的历史统一体和序列或者说意义结构，一边建立起一种并置的、流动的、相互映射中的视角，而共识或者说“启迪”，会以一种印象主义的方式自动浮现出来。

这就是“流亡”的奥秘所在。

显然，本雅明为典范的知识分子的流亡，需要作出一个知识社会学意义上的说明。但首先的问题是，为什么是本雅明呢？

在西方知识界，本雅明的存在，不啻为绝妙的讽喻。一者，他生前的只言片语，死后俨然成为西方知识学上的珍贵“启迪”，授益于诸多领域；再者，在世时身为寂寂无名、四处碰壁的边缘人的他，死后却饱受虚荣，被各派追捧为知识分子偶像，“一个文化知识分子的模型”。英国左派伊格尔顿说他是“一个厄运缠身而又激烈抗辩的人物，他身上反映出我们自己的某种矛盾欲望，期望意外的解放，总是对偶然性兴高采烈”。自由派文人苏珊·桑塔格称他是“欧洲最后的知识分子”“现代文化中的土星英雄”，他“正当地而又不合情理地占据许多位置，并且至死捍卫精神生活”。本雅明的流亡同胞、犹太哲学家汉娜·阿伦特则更确切地将之概括为“文人”——在这些物质基础和精神基础双重独立的“文人”身上，文化因素以一种独特的方式与革命和反抗因素结合在一起。

这种独特的方式是什么？能把左翼革命的投机主义、现代主义的自由风格和资本主义社会的文人造反联系起来的，只能是一种去中心的流亡意识形态。流亡，既是真实的情境，也是隐喻的情境；既是个人或集体的历史经验，也是知识模式或精神观念，这在本雅明身上尤其集中地体现出来。我们会发现，流亡，在本雅明身上，一方面是以日常性的体验和“生活形式”的面貌，得到最宽泛的显现；另一方面，在本雅明的知识谱系中，又是被以最严格的理论方式——形而上形式所证明的。

对流亡作出知识社会学的说明，意味着，力求去探究形成流亡意识形态的“生存因素”——未必是政治社会学意义上的，性格、个人癖好等亦在我们的考察范围之内；流亡视角的构成，它的辩证性前面已略有提及；以及它作为一种集体性的历史经验与19世纪末至20世纪初的时代思潮——主要是现代主义——的内在关系。

一

本雅明1892年生于柏林一个犹太富商的家庭。但他终生钟情于缪斯女神，这与犹太人中广为流传的梦想通过经济成功来获取社会地位的“父辈心态”必然产生矛盾。问题在于，本雅明认为他那一代的犹太人的文化修正过程，即与他们生活的德国环境同化的过程，不仅仅要通过金钱来获得而且要求在更高的层次上超越。这就使得本雅明始终无法认同自己的家庭，他的带有自传色彩的作品《柏林的童年》和《柏林纪事》几乎是一个完全与家庭疏离的孩子的自画像。当然这种反叛在本雅明进入学校后，才逐渐获得一种思想观念上的明确性。

在中学时代，本雅明受到古斯塔夫·维内肯“反独裁”“回归自然”的教育思想的影响。本雅明曾经把他与维内肯的相遇说成是他对早年精神方面有决定性影响的事件。这似乎解释了他在进入大学后，为什么会狂热地参加以“新教育、新生活”为宗旨的青年运动。但后来，当维内肯怂恿他的追随者参加第一次世界大战时，本雅明便与他的这位精神导师分道扬镳了。同样对本雅明起过精神启迪作用的还有西美尔。在柏林进修哲学期间，本雅明听过他的讲座。作为学生，本雅明对西美尔在说话和写作中表现出来的绝对严谨、讲座中不断变换话题、对细节观察入微、对边缘文化和历史现象的解说，以及他的追究的怀疑主义都钦羡不已，一句话，他推崇独立思考和独立意识的形式而非诱导人们惊奇于哲学历史上的里程碑的能力都使他十分佩服。

独立地思考，不与时人同语成为本雅明孜孜以求的风格，这甚至表现在对犹太问题的态度上。1912年，本雅明第一次接触到犹太复国主义，但他对这种“宗教”或者说“民族情绪”持保留态度。本雅明一生也没有对他的犹太血统获得深刻的认可，在他早年更是一点没有，正像他写给施特劳斯的信中所说，他享受的是“自由的教化”。就本雅明那一代犹太人（包括卡夫卡）而言，可供选择的反叛方式是犹太复国主义和共产主义，当时这两种意识形态彼此是极其对立的。但本雅明在许多年里以一种引人注目的、可能也是很独特的方式，同时保持着对这两条道路的开放态度。他对这两种意识形态的“肯定”方面几乎不感兴趣，他看重这二者的是它们批判现存条件的“否定”因素，是其中提供的一种摆脱资产阶级幻想和虚伪的出路，一个在正统文学和学术机构之外的阵地，这种激进的批判态度，同时又是一种暧昧的骑墙态度，最终导致了本雅明的孤立。

1919年，本雅明完成论文《德国浪漫派的艺术批评概念》博士毕业，与家庭的关系也最终宣告破裂，开始了卖文为生的生涯。1925年他以《德国悲剧的起源》这一论文申请法兰克福大学美学研究方面的讲师职位，结果被驳回。事实上，从本雅明获得博士学位后到他申请法兰克福大学教职失败之间，本雅明四处碰壁。柏林、海德堡、基尔以及法兰克福，这四所大学无一例外地拒绝了他。这一事实和本雅明本人的学术水平及所作的努力关系不大，它背后是学术理念和方式的冲突。在《德国悲剧的起源》这一“非学术”作品中，本雅明力图“打破根据文学的内在性质把文学划分为单独的各个领域的教条，为艺术作品的诞生创造条件，通过对艺术作品的分析，取消对学术研究的学科划分，意识到文学作品的目的就是完整地表达某一时代的宗教、形而上学、政治和经济的倾向。而这些内容是决不会被局限在某一个领域之内的”。本雅明对文学研究提出的要求动摇了当时学术教学和研究的基础，所以他的观点得不到传统学术的卫道士们的理解是显而易见的。他触及了他们所谓客观科学的概念的最本质部分。

从1925年到1933年间，本雅明一直是个自由撰稿人的角色。1926年年底到1927年年初，本雅明造访了“红色之都”莫斯科，除了私人原因外，主要是考察自己加入苏共的可能性。结果他放弃了。实际上这可能归因于他的深刻洞察。他认为，如同犹太复国主义，共产主义的出路不仅在客观上是虚假的、不切实际的，而且可能使他个人获得一种虚假的拯救，不论这种拯救贴的标签是莫斯科还是耶路撒冷。他觉得，他会丧失从他自己的阵地——“正在破裂的桅杆顶端”——得到肯定认识的机会，相反即使他“在一生中是个死者，但却是（废墟中间）真正的幸存者”。他安心于符合实际的悲惨条件，也就选择了思想的废墟，而放弃了信仰——不管是犹太复国主义，还是共产主义——乌托邦的虚假庇护。1939年《苏德互不侵犯条约》的签订，事后当然更坚定了本雅明的这种判断，但这并不妨碍本雅明对马克思主义的“历史唯物主义”的接受。

本雅明成为一个现实意义上的“流亡者”是在1933年，纳粹在德国上台，本雅明流亡法国巴黎。从1933年到1940年这八年间，他在巴黎和西班牙、丹麦、意大利等国逃避残酷的政治迫害。其间开始了他著名的“19世纪的巴黎”的研究。本雅明试图以一种开放的方式来表现整个19世纪西方资本主义社会的虚幻性，但这个宏大的工程并未完成。1940年9月26日，在纳粹占领巴黎后，本雅明被迫逃亡西班牙，在法西边境被困，最终自杀身亡。

在一个社会分工越来越细密的时代（在知识阶层尤其如此），在一个充满了文化的分割和意识形态的壁垒的社会里，很难想象本雅明这样伟大的游离者。他对时代与人在这个时代的处境的洞察，以及他的思想方式和表达方式的独特远远超出了同时代人的理解力。更确切地说，超出了那个时代意识形态的承受力。这与其说是思想锐利的结果，不如说是“性格和命运”使然。的确，很容易把本雅明在20世纪初的遭际归结为一种厄运，一种悲剧性性格——本雅明自诩为“土星性格”，总是比别人慢半拍，总是不合时宜——的结果，或者说一种与时代背道而驰的奇特心理，比如说“怀旧”。但这是远远不够的。

流亡，如果是自觉选择的话，会成为智慧女神雅典娜最奇怪的馈赠，它是智慧之树上结出的一只最丰硕的苦果。在整个30年代，本雅明过着一种波希米亚人式的不安定的生活。且不提不能在大学里得到一个永久职位给本雅明造成了多少个人痛苦，更重要的是这件事把他放在了知识界的边缘。（在当时，任何大学都不太可能把他对摄影图像、巴黎的购物长廊、商店橱窗里的时装的兴趣太当真）本雅明写的任何东西都不是十分痛快和自在的：他的写作充满困难和紧迫感。当然了，他写作的年代比我们现在恐怖得多。但是，本雅明的写作非常有独创性，从各方面来说和前人完全不同，他不是一个小说家或者戏剧家。在非小说类或者散文的写作领域，他是一个试验者，同样重要的是他的政治热情，后来，他一直没有得到他特别需要的永久性教职，这使他的生活一直缺乏经济保障。同时，这使他开始进入自由作者的世界，而这意味着他必须对周围社会发生的种种变化做出迅速的反应。如果我们承认一个人的生活方式在很大程度上决定他的想象力的性质和范围，尤其对那些有意识地选择自己生活方式的作家而言，它往往还是某种“政治修辞学”。那么，本雅明的流亡境遇与他的思想套路是相辅相成的，它把他从专门化的思想分工中强迫性排斥出来，暴露在广阔而真实的现实面前。

阿伦特曾经说本雅明是那种“难以分类的人”：他是极其博学的，但他不是一个学者；他的研究对象包括文本及其解释，但他不是语言学家；他不是被宗教而是被神学以及把文本神圣化的神学式解释所吸引，但他不是神学家，他对《圣经》不那么感兴趣；他是一个天生的作家，但他的最大雄心是创作一部完全由引文构成的著作；他是第一个翻译普鲁斯特和圣琼·佩斯的作品的人，此前他还翻译了波德莱尔的《巴黎风情》，但他不是翻译家；他撰写书评，写了一系列关于活着和已故作家的论文，但他不是文学批评家；他写了一部论述德国巴洛克戏剧的著作，还留下了一个关于19世纪法国的“未完成的人”的宏大研究，但他不是历史学家，等等。复杂身份的背后，是思想因素的驳杂。本雅明一生的重要著述，涉及传统的哲学、美学、史学、语言学、翻译学、文学艺术批评理论，以及新近兴起的政治法学，种族问题、媒体研究、建筑理论、视觉艺术等文化研究，具有跨学科的性质。就思想立场而言，本雅明青年时代受到浪漫主义思潮的深刻影响，在第一次世界大战时期开始部分地转向马克思主义，但是不能接受苏联官方的马克思主义。以后，他与布莱希特的“朴素马克思主义”、法兰克福研究所的“辩证马克思主义”，以及肖勒姆的犹太教救世主义始终维持着一种若即若离的关系。正如有学者指出的，“本雅明被今天各种不同的人分别视为历史唯物主义，否定神学和文学解构主义的权威学者，但他本人从来没有找到一个政治、宗教或学术的家园”。

流亡者是丧失了家园的人，但从另一方向来看，他又是以四海为家的人，这与本雅明的思想策略是一致的。一方面，思想立场上的无极性产生了一种机动灵活的批判力量。在许多理论领域，本雅明都有意强调他作为思想上的流亡者、异乡人的边缘身份，以获得一种精神上的自由立场；另一方面，通过思想立场之间的相互对照映射而获得一种新的认识。桑塔格就说本雅明“以一种既充满激情又带有调侃的方式把自己放置在交叉路口。对于他来说，使自己总是有许多可能的‘位置’是很重要的：神学的，超现实主义美学的，共产主义的等等。这些位置可以相互矫正，因此他需要所有的位置。当然，做决定时会打破这些位置之间的平衡，而犹豫不决则可以继续保持它们”。

流亡是分化和综合的辩证的统一。“分化”意味着批判、否定和解构，它的思想传统既是德国传统的理性怀疑精神又是法国传统的自由解放精神，本雅明就是两个传统最好的继承人。在弗莱堡、柏林、慕尼黑的游学时代，本雅明就深受新康德主义哲学的训练和影响。理性思辨，在本雅明前期看来，是获得真知的必要途径，而本雅明很早就对法国文化感兴趣了，在早期学生时代本雅明就开始关注并翻译介绍波德莱尔的诗作了。巴黎城市提供了在威廉时代的柏林所不具有的自由氛围。这种流亡状态中的分析性的另一个精神源泉是犹太教救世主义和德国的巴洛克艺术的悲观主义，前者又称弥赛亚主义。按犹太传统，弥赛亚降临的时刻无法确定，它可能随时降临，因此，未来的任何时刻都至关重要。这也就意味着对现时的随时否定，这一点与法兰克福学派对资本主义社会的批判是一致的。而巴洛克悲剧与古希腊悲剧相比，目的在于唤起观众的伤感（悲痛）情绪，而不是卡塔西斯作用，这需要借助寓言这种破碎的形式来体现世界的废墟性质，从而在彻底的绝望中赢得救赎的希望。这显然是悲观主义的。它必然否定乐观主义的历史观。在本雅明思想后期，历史唯物主义的色彩浓厚起来，对资本主义社会实质的批判性也就自然而然了。这一切都造成了本雅明思想中的分析色彩，或者说对任何现状、任何意识形态的否定。

而综合呢？它首先是一种思维方式。詹姆逊将它概括为“居间”，即在不同层次间建立联系：“与阿多诺相反，本雅明的方法似乎具有更多共时性，至少是更多的横向性。这一方法从时代的社会生活中集中大量的、广泛的具体意象，特别注重从诗人的作品中搜集意象，注重诗人和他的语言、内容、职业感之间的关系。他把这些具体意象并置，要求一种类比的思维，一种历史的认同。……本雅明的实践为我们提供了一种辩证法传统称之为‘居间’的方法：即在不同的层次（经济的、政治的、文学的、语言的、心理学的、空间的、社会的等）之间建立联系。这些层次既不能相互认同，互相合并，也不能取消任何一方。……本雅明提醒我们注意在一个特定时代的社会与历史经验中建立不同层次之间的联系。”

综合又是一种学术规范，这一点在本雅明那部被经院学术否定掉的《德国悲剧的起源》中，体现得尤为明显。本雅明试图重新建立文学、哲学、语言、历史和政治的关系。他强调文学作品本身乃至文学艺术样式的自主性，主要是为了摆脱纯粹从文学艺术体裁样式超时空一致性的角度来考察文学艺术流变的形式主义的传统观点。他更强调各历史时代的特性和同一性。在《德国悲剧的起源》中，他努力揭示巴洛克时代艺术与政治神学、语言、伦理等之间的内在联系。这种“综合”甚至是种“人生”与学术的不分。本雅明的思想的确经历过变化，然而，他深藏于心的根本目的却都是一样的：建立起人生与文学艺术、伦理道德和历史法律等学术系科之间的关系，他所谓的“人生”，并不是从表面意义上理解的真正的生命，它指归属于“纯粹现实”的东西。因此，在我们日常行为中找不到它明显的行迹，但它存在于我们的精神领域中。

综合意味着并置，承认多种可能性，层次之间的相互阐释，以及不同世界观、意识形态之间的映射与矫正。这就决定了本雅明“既是一个马克思主义者，又是一个神秘主义者；既是辩证唯物主义的鼓吹者，又是迷恋神学的唯美主义者，同时又推崇流行文化”。“对于本雅明来说，大麻同犹太经典与罢工手册一样都是革命行李中的一部分。忠实于大地的果实不再与追求弥赛亚的永恒互不相容；他把这视为其辩证的前提而加以提倡。”这一点构成了本雅明思想中最令人注目的一部分。在他生命的最后一个年头里所写的《历史哲学论纲》中，本雅明用一个场景比喻道，如果说历史唯物主义在他思想中有如穿着土耳其盛装坐在桌前摆动棋子的木偶，那么犹太宗教则是牵动这只木偶的驼背棋手。

早在青年时代，本雅明就同著名的犹太教神学家肖勒姆有着密切的交往，这种友谊在本雅明接受了马克思主义以后也一直保持着。肖勒姆对于本雅明接受马克思主义是极不赞成的，他认为本雅明“是一位宗教的思想家，如果不是一位神秘主义的思想家的话”，但是“他一直被不合其感觉，感情本意的东西所诱惑，而把马克思主义谈论的术语加在其对上帝、语言和一个为体论上的拯救所需的社会的形而上审视上面”。同时布莱希特作为本雅明的马克思主义盟友，也不满意本雅明所受到的肖勒姆宗教神秘主义的影响，法兰克福学派第三代理论家哈贝马斯就说过本雅明的文艺批评中“意识形态批评”较少而“赎救论的批评”较多。这种两面性隐藏着卡夫卡的影子。1934年在谈卡夫卡的文章里，本雅明认为卡夫卡“同时把握着两个目标，即政治的和神秘的”。

把本雅明的流亡意识形态归结为分化与综合，是一种极其简便的说法，甚至有将本雅明的思想庸俗化的危险。但在本雅明的思想中的确又明显地体现着这样一种形式，本雅明将它运用到从生活形式到思想形式的方方面面，这就使它显得无比复杂。流亡的节奏显见于一种双重悟性。一方面，需要将其视作不完善和不完整的东西。这就如同流亡者以异乡人、边缘人的眼光自觉地对此时此地进行批判性的审视，他承认认知过程——如同流亡过程——必然是偶发性的、随机的、片断式的、印象似的，从而打破系统化的既定的认识体系，把事物从旧有的板结的意义框架中解放出来。另一方面，流亡者以一种见多识广的姿态，带着全景式的眼光，将栖息之地和流亡之地加以对比观照，新的世界图景——也许是末世论的——只有在这种流动的，新旧杂糅的破碎状态中才能缓缓浮现出来。在本雅明看来，也许这就是弥赛亚降临的时刻。流亡既意味着承认多种可能性——每一个流亡地都是认识的根据地，以及摆脱了统一体后的无数片断的合法性——流亡印象具有重要的启示作用；同时，又承担起让这些片断相互映射从而焕发出理念的光芒的重任。这显然是一种有限度的解构伴随着形而上的总体建构的辩证过程。

流亡在本雅明这里含义丰富。它可以是方法论、思辨准则、文风和表征、社会角色和生活方式，也可以大而化之，是一个时代形式和它的内在经验的基本准则，一种表达和感知的规范。它是本雅明的风格和形式所在。反对体系和标准、单一化以及长篇大论，追求思想的自由使本雅明隶属另一个伟大的传统：拉罗什富科、蒙田、帕斯卡、孟德斯鸠、尼采、克尔凯郭尔……这是一种意图，抵制把思想变成体系的意图。在各种层次之间建立联系，恰恰是反体系的，它青睐那些未知的领域，冲突的成分。阿伦特认为尼采的思想是一种实验性的思想，本雅明也如此——所有流亡中的思想莫不如此。它的第一推动力在于破坏固定不变的东西，从而自由地走向不同的，严格地说，可以互相对立的方向。本雅明的流亡还意味着另一种结果：一个巨大的主题开阔。阻碍人看到真实世界全部广阔性的各种哲学学科之间的隔板倒掉了，从此所有人类的事物都可以成为一个哲学家思想的对象。正如有的论者指出的："本雅明旨在创造一种涵盖经验整体的哲学，他力求使经验哲学化，使之成为真理的经验。由于这种广阔的抱负，他与当时占支配地位的新康德主义哲学分道扬镳，而使自己的研究与文学结盟。正是在体系化哲学放弃其对传统体系形式，而对文化经验的对象进行'直接'的哲学化。"这无疑是一种流亡哲学。

本雅明一生最令人扼腕处在于，经历了20世纪两次世界大战，面对种种冲突矛盾的现代文化状态，而宁愿处在没有立即解决困境的悬宕之中，并且持续思考和书写。他面对的是无限扩散的资本主义社会、急速的现代化过程、逐渐消失中的传统、反犹太主义、法西斯主义与犹太复国主义，等等，但是所有这些时代的冲击并没有让他转而选择任何轻易的解决方案或政治立场。

这是令人深思的。

二

作为一个流亡的理论家，本雅明把行动放在与写作同等重要的位置上。在《单向街》中他写道："真正的文学活动不可能渴望在一个文学框架之内发生；相反，这是它的贫乏内容的习惯表达。意义重大的文学效果只产生在行动与写作的严格交替中；它必须培养不显眼的形式，而这些不显眼的形式，比起书籍中矫揉造作、普遍的姿态来，更适合它在积极的社群中的影响。""行动"对本雅明而言，意味着两点：

其一，经验理论是本雅明思想的一个核心部分，与他的学术研究有着密切关联。在《未来哲学纲要》中，本雅明曾经攻击过康德空洞的经验论，认为它是主观先验论，以人来推知世界，而世界是不可渗透的，因此必然产生物恋和神话。在这个基础上他提出自己的经验概念——"经验总体"。一方面，本雅明否定片面的机械经验；另一方面，他也贬低直接的个人经验，而强调"真理经验"。但是在批判技术工具理性的同时，他的经验理论偏向了唯美主义和信仰主义。除了宗教外，本雅明在艺术作品中也看到所谓的经验总体或真理经验，他后来又把历史看作是人们体验真理的一种总体形式。

其二，行动或实践本身。这就牵涉到本雅明的政治因素。尽管大学时代热衷于青年运动，但是在结识布洛赫和女共产党人拉齐丝，以及阅读卢卡奇的《历史与阶级意识》之前，本雅明基本过着一种非政治生活。当时欧洲形势风起云涌，他却无动于衷。他把匈牙利的苏维埃共和国贬斥为“幼稚的错误”，而只关注卢卡奇的安危问题；对巴伐利亚苏维埃共和国，他同样漠不关心，我们似乎也未见他提过十月革命；至于对德国社会民主党从1914年到1918年短命的苏维埃政府，他更不可能采取什么立场。因为作为犹太人，他的边缘性使他没有说话的权利，他的精神能量只能寻求非政治的出口，对历史做哲学思考的救赎批评。本雅明对政治的冷漠不仅缘于战争留下的创伤性的记忆，还由于他本人当时的处境尚可，作为一个犹太自由文人，他还能发表文章，有一些收入；他父亲也还能给予他经济资助。但是20年代以后，经济萧条使他父亲破产，无力再承担对他的供养，他自己在大学的谋职也被拒绝，他越来越感到自己是“无产阶级的知识分子”。时代的危机也使他越来越多地思考在世俗的世界如何实现救赎的问题，这也使本雅明在一个历史危机时刻出现了哲学向哲学实现的必然转折，德国形而上学和语言哲学向马克思主义的历史唯物主义的转折。

从宽泛的意义来看，写作当然也属于行动。如果我们把政治理解为一种世俗性的功利行为或行为意图的话，那么在《超现实主义》中，本雅明指出：政治的领域应该是形象的领域，对形象的追求在本雅明的体系中就是对哲学实践的追求，即把思辨内容转换为外在形式。在早期，这个形象是语言性质的，必须要借助思辨才能理解。在超现实主义中，形象经历了一个唯物主义的转换，获得了一种可以观照和交流的外形。只有从这个角度，我们才能理解城市相面、迷路与游荡、收藏、引文、讲故事、翻译以及记忆这些“辩证行为”对本雅明的特殊意义。与写作或表达相比，这些过程更像是物质实践意义上的行动，一种革命的行动，并具有马克思主义实践概念的功能。但它们也是思想的隐喻，思想感情在这些行为中显身。

流亡的思想是如何在本雅明的日常性行为中体现出来的呢？流亡是一个拆解和重建的过程，这就决定它既是异质性的同时又是同质性的。它涉及面对经验现实的客观破碎性时如何获取救赎的主题。本雅明的这个想法来源于他的出生地柏林。在本雅明出生前后十几年间的柏林处在现代化的急速发展和旧城改造过程中，昔日普鲁士王国高贵典雅的传统正在丧失，工业技术文明无情吞噬着人们的历史感。这种现代性工业引发的城市变迁，促使本雅明对如何在一个变动不居的空间环境里，获得自我和他者的认识和思索。现代文明的急速抛离，几乎使本雅明沦为一个传统的流亡者。异乡人或流亡者的眼光和身份似乎起到了作用，距离和无根性成为领悟城市“叙事”的关键。

在《莫斯科日记》开头，本雅明写道：“人们通过莫斯科了解柏林，比了解莫斯科自己快多了。”在《柏林纪事》中，本雅明又谈道：“与巴黎不同，这些街道形成了一个多么熟悉，甚至破碎的内涵。”这似乎显示了本雅明观察城市的一种特别方式：

从一个城市来观察另一个城市，如同从一个思想立场来认识另一个思想立场，这是一种反射式的对城市景观的阅读艺术。在《单向街》中，本雅明敏锐地注意到“批评意味着疏离”，在物质时代，清晰的、传真的、正面的表达模式已经成为纯粹的无能，只有广告能将“事实性”释放出来，“究竟是什么东西使广告如此优于批评？不是闪烁的霓虹灯广告牌上面的内容——而是沥青路面上反射的池火”。

开放性也是流亡视角的焦点所在。在1925年的那不勒斯的旅行中，本雅明由城市结构领悟到一种对现实进行开放性的哲学思考和审视的完整体系。本雅明注意到那不勒斯的建筑物具有“多孔性”和“相互渗透”的特点。这些建筑空间：阳台、走廊或者咖啡馆什么的，是开放式的，同时是社交活动的舞台和看台，它们的空间功能和意义不是唯一的、固定的，人们在一种相互模仿并接受对方的联系中达到相互影响。这种开放性也体现在巴黎城市风格上，在大街上，“（好像）那些房子盖起来不是为了住，而是要为漫步者提供一个石砌的舞台”。

本雅明把自己关于19世纪及其巴黎首都的形容计划简单称作“拱廊街”。这些通道的确是巴黎的象征，因为它们同时既是外表又是内部，因此以一种浓缩的形式体现了它的真正性质。在这里，重外在而轻内容的文学的界限通过发展为政治的文学，通过个人经历与公共事物的结合，而得到突破。开放性的方式与结构和作为不断更新的现实社会的发展变迁规律的多孔性，被视为同一秩序。在对城市的读解中，形象的展示越来越成为一种“语言”，一种宽泛的“叙事”，意图在片断式的城市印象的组合中，自然地浮现出来。

1926年底到1927年底，本雅明受人委托写莫斯科及其居民状况，简言之就是给莫斯科“相个面”，在“红色之都”逗留了两个月。随后写出的《莫斯科日记》既是“个人回忆录”，又是对莫斯科的“百科全书式的观察”。这部日记，据本雅明声称，体现了一种“非常新的没有倾向的语言”，它“能响亮地回应完全转变了的语境的假象”。简单说，在这种描述中，“所有的事实已然是理论”，从而免于演绎抽象、预测或判断。

这种对城市的形象化，在“19世纪的巴黎”的研究中发展为“辩证意象”。它既是一个时代的真实写照，又是这一时代的幻象。比如拱廊街，新的生产方式、新交易中心和新建筑材料（钢铁、玻璃等）的出现造就了拱廊街。这座实质上的“微型城市”不仅蕴涵着对抗商品社会的不道德的种种乌托邦因素，而且也成了高度组织化、复杂化、对人的情感形成控制的象征。通过这种“文学蒙太奇”，本雅明完成了对19世纪资本主义社会商品拜物教实质的隐喻或剖析，也最终实现了对柏林时代的城市命题的回答。

迷路和闲逛也是任何一个流亡者可能遭遇的实境，对本雅明而言，却是从童年经验开始的。在他儿时的回忆录《柏林纪事》中，他提到，“在一个城市里找不着道很令人乏味无趣……

不过，在一个城市迷路——就像在森林中迷路——那就需要交点别的学费了……巴黎教会了我这种迷路的艺术”。“迷路”与“找不着道”不同，它是反目的地的，总是保持若干个可能的方向。在这种状态下，“标牌和街名、路人、房顶、亭子或酒吧一定会同游逛者说话”。这当然是一种城市特有的语言或叙事。对城市的认知在一种无目的的开放状态下——如同流亡中的漂泊不定——自动浮现。

迷失首先是对空间特性的一种承认，空间是本雅明作品中经常出现的隐喻，如地图、梦境、迷宫、拱廊、狭长街景和立体全景等。与时间相比，空间宽广辽阔，充满了各种可能性，变换不定的位置、交叉路口、通道、弯路、U 形转角、死路、单向街等，空间为迷失提供了可能。对流亡者而言，或者对一个常年在不同城市流浪的人而言，迷失不无乐趣，它能瓦解当地空间形象的既定意义和功能（而这些当地土著是无法回避的），从而重建游荡者眼中新的世界图景。它甚至是旧地记忆与新地印象的一种叠加和并置，一种现实和虚拟空间的混合物。这就对迷失者提出了心理学上的要求。在《柏林纪事》中，本雅明写道，“在城市里漫步顽固地拒绝形成统一战线”，他把“初次跨越阶级界限（同时也是知识界限）的感觉”比喻成是“公开与妓女搭讪”，“在嫖娼之举的推动下整个街道网络（或者说一种认知的结构）都洞开了”。紧接着本雅明认为，这与其说是“跨越”的结果，不如说是“在边缘上作顽强的意念上的盘旋”

使然，是“一种有着最强烈动机的犹豫（那界限的彼岸惟有虚无）”的使然。这种对空间的统一性的拒绝，不是以非此即彼而是亦此亦彼的方式实现的；认识的突破是居间，“犹豫”和同时保持各种可能性的结晶。

在《波德莱尔笔下的第二帝国的巴黎》中，“游手好闲者”的闲逛或者游荡，赋予迷路人以更大的主动性，这种空间艺术与资本主义社会批判结合起来。本雅明认为大城市并不是在那些由它造就的人群中的人（也就是受到机器主义摆布的人）身上得到表现，相反，却是在那些穿过城市，迷失在自己的思绪中的人那里被揭示出来。就像机械复制破坏掉艺术的“灵韵”一样，“机器主义”（人作为工业零件而存在）的“每点进展都排除掉某种行为和‘情感的方式’”，包括无目的性的游荡。本雅明把革命意识的觉醒赋予游荡这种行为艺术当中，因为后者是对大众的非人化的划一的机械操纵的必然反叛。这就如同流亡者对自己出生地的反叛。但是“游荡者”与“大众”不是批判者与被批判者的关系，同样也不是解放者与被解放者的关系。这是一种陌生化的“认同”，“认识他人，就是在一片陌生的土地上、在一个既无对比点又无参照点的精神场所里冒险，而这种场所只能通过精神上对一种初看起来完全相异的思想的逐步同化来认识”。就像本雅明所说，闲逛者卷入大众，只是为了忘却他们。这显然是一种流亡者的复杂心态。

流亡者是那种充满回忆的人，携有难以忘怀的历史。记忆在本雅明那里是空间问题。他把用来进行回忆的有关过去生活的材料当作未来的启示。因为在他看来，回忆的工作瓦解了时间。他的回忆不是按照编年顺序，也不使用自传的名称，因为对他来说时间是不重要的。他在《柏林纪事》中写道："自传与时间有关，有前后顺序，是生活连续流动的过程。我在这里所谈的是空间、瞬间和非连续性。"作为普鲁斯特的德文译者，本雅明作品的断章残简可以被视作"追忆流逝的空间"，是无数记忆意象的空间拼贴，是记忆的印象画。它唯一需要的是"克制"，本雅明认为他翻译的普鲁斯特的《追忆逝水年华》有力地体现这一点。"克制自己不去逗弄相关的可能性……记忆可以展开，而真实只存在于折叠的记忆中。"

本雅明的记忆是要理解过去：把过去压缩成空间形式，能够预兆未来的形态。他在《德国悲剧的起源》中写到，对于巴洛克戏剧家，只有在空间意象中才能把握和分析以时间顺序发生的事件。这部著作不仅是本雅明第一部关于把时间转换成空间的含义的论述，而且他还在这部著作中极其清楚地解释了这种方式背后包含的情感。由于忧郁地意识到"令人不快的世界历史过程"是一个持续走向衰败的过程，巴洛克戏剧家们渴望逃避历史，求助于天堂的"无时间性"。记忆的空间化，意味着历史与现在的并置，这成为一种政治行为。政治在此是一种"经验的时间模式，一种导致行动而不是思辨性的对过去的态度"。用本雅明在《历史哲学论纲》中的术语来说，就是"当下"，这个“当下”产生于过去的某一特定时刻与现在的某一特定时刻的碰撞，是对历史整体性的瞬间感悟。在《历史哲学论纲》中，本雅明举例说明：“因此，对罗伯斯庇尔来说，古罗马是一个他从连续统一的历史过程中爆破出来的一个填注着当下时间的过去。法国大革命的领袖们把法国大革命看做古罗马再世……”因此对历史（记忆）的政治态度是一种福柯意义的“知识考古学”，它打断资产阶级史学的虚假连续性，从当下重新读解历史，为的是寻找革命的依据和契机。

对记忆材料的唯一适合的保存方式是收藏。收藏是本雅明相当奇特的一个私人癖好，从书籍到只言片语，都在他搜罗之列。这些形形色色的藏品与其说具有升值价值，不如说是回忆价值，它们大多都带有个人印记。本雅明把它们布置到内在世界中，以对抗整一化和机械复制对感觉、记忆的侵蚀，也是对商品拜物教所崇尚的有用性的反击。因此，本雅明把收藏者的爱好看作是与革命者的激情相近的一种态度。因为收藏“意味着把物品从实用性的单调乏味的苦役中解放出来。收藏是对物的拯救，同时也是对人的拯救的补充。由于占有了物，由于所有权是人对物品所能具有的最深刻的关系”，收藏者把自己安置在过去之中，记忆之中，从而不受现在干扰，达到了“旧世界的复兴”。

私人收藏还意味着对传统价值观的蔑视。因为传统不仅是按照编年方式，而且首先是以一种体系的方式整理过去。这种体系把正面与反面、正统与异端分开，把符合需要的观点和资料从大量不相关的或纯粹趣味性的观点和资料中区分开来。而收藏者的癖好则相反，它强调藏品的真实性、独特性——这是拒绝任何系统分类的东西。收藏者以真实标准来对抗传统，以原生标志来对抗权威性。如果从理论上来表述这种思考方式，也就说，他用纯粹原创性和本真性取代内容。因此，正像阿伦特所分析的那样，继承者和保存者就出乎意外地转变为破坏者，收藏转变为政治行为。“收藏者的真正的、被极大地误解了的热情总是无政府主义的、破坏性的。因为这就是它的辩证法：与他对被自己精心保护的对象、物件和物品的忠诚同时并存的，是一种对模式性和可分类性的不懈地颠覆性反抗。”收藏者的物品曾经是更大的有机的整体的一部分。他破坏这种整体的前后联系。因为只有独一无二的纯真才能满足他，所以他必须清除掉被选中的物体身上的所有模式特征。收藏者的形象与游手好闲者一样，是作为反传统的现代者的身份出现的。

使事物从一个实用计划中摆脱出来，恢复其原有的初始性、独特性，并把这种新鲜直接带入思想的行文中是本雅明在作品里处心积虑要达到的效果。在这个过程中，事物、现象和语言的片断被一个活跃的思维中心从它们原先的着落中吸引出来聚合在一起，因而产生了极大的揭示性力量。这似乎解释了本雅明热衷收集引文（这是他独有的癖好）的缘由。

在30年代本雅明总是随身携带一个小小的黑皮笔记本，随时记录日常生活和读书中采集到的引文，这些引文都是脱离了语境后，文本的片断意义。本雅明以一种“断章取义”的方式重新安排它们，使它们互相说明，从而能够证明它们在一种自由流动状态中的存在理由。这显然是一种超现实主义的蒙太奇。引文的策略是一种语言的拆解和重建的策略，它一身是对因果联系或系统联系的解释的拒绝，让引文——处于流亡中的语义片断——重新获得整体性，也就是对引文的救赎。这种新的语义整体是在引文的相互阐释、暗示下出现的。引文在宣布了旧的真理体系和文化的统一性解体的同时，也昭示了新生的意义的可能。从这个角度讲，本雅明的创作一部完全由引文构成的著作的理想，就不应被简单理解为异想天开了，而只能视作对反体系性反模式化的表征的一种乌托邦冲动。

本雅明一生最大的遗憾也许是没能像普鲁斯特那样把握住自己的经验，他写了一些散文作品，文笔优美，但从未在更有力的叙事文体中将它们表现出来，但这并不妨碍他对“讲故事”这一古老口头艺术的沉思。在《讲故事的人——尼古拉·列斯科夫作品随想录》中，他写道：“没有任何东西比不掺杂心理分析的简洁细密的叙述风格能更有效地使故事长留人们的记忆中。讲故事的人借以排除心理分析的阴暗色彩的处理手段越是自然，故事在听众的记忆中占据一席之地的可能性越大，故事能越加彻底地融入听众自己的经验，听众就越想有朝一日把它转述给别人。”在本雅明看来，故事就像收藏者的藏品一样具有流动性。它能在昔日的听/讲故事者和现在的听/讲故事者之间，创造一种主体间的纽带。前提是故事能触动听者的体验。所以，一旦故事被复述，就会带有复述者个人经验的积淀。当这种积淀与听者或收藏者的经验结合在一起时，讲述者讲故事“不像新闻报道，不以传达事情的纯粹的精神实质为目的，而是先把事情浸润到讲故事的人的生活中，然后再从他那里取出来”。故事如同引文，一旦听过，就会成为听故事的人言谈的一部分，而且最终可能会被引用，也就是说，从它着落的言谈语境中抽离出来，而投入下一个讲述的循环中。这个过程源源不断，但引述或者说故事总是会使听故事的人——他们同时又会是讲故事人——亲密无间。

在翻译者身上，这种情形更明确了。他的目的是“以陌生语言的一部分作品作为起点，朝向一种整体的语言”。这是本雅明的策略所在，总体性来自个别性，整体必须从碎片中获得。当翻译者翻译另外一门语言时，他自己的母语也在发生变化：“虽然诗人的词语将在他自己的语言中持存，但甚至最伟大的译文也注定要成为其自身语言发展的组成部分，最终随着语言的更新而灭亡。翻译……负有监督原文语言的成熟过程与其自身语言的分娩阵痛的特殊使命。”如同收藏和讲故事，译者的任务是选定一个具体的对象（陌生的文本），然后通过与其建立联系（这里是翻译），使其质变从而融入自己的体验、自我之中。对翻译者而言，这意味着以自己的语言再造对象。虽然对象与以前不再同一，但它仍持有“源初的回声”。与此同时，翻译者自己的语言同样也发生变化，包括他的经验、他自己。这是一个辩证过程，正题（陌生文本）和反题（译本）相互作用，形成合题——“纯粹语言”的诞生，它既不会分解为囚禁过它的陌生语言文本，也不会分解为解放了它的翻译者的语言。

城市相面学、迷路和闲逛的艺术、回忆、收藏、引文、讲故事和翻译，在本雅明那里，是一个总的战略意图的显现：从异质性中挖掘同质性。一方面他以一种差异的区分把对象——城市、建筑物、记忆中的事物、收藏品、语言片断、故事和文本等，从原有的一致性中剥离出来，把它们从一种自我中心的状态移植到语境的边缘，从旧的真理体系和文化的统一性解体出来，恢复它们的“本真性”。另一方面，历史整体从这些“语言”断片的组合中获得一种启示。

三

“意识形态”这一术语的流行含义几乎等同于“政治”。它经常指的是符号、意义和价值观用以表现一种支配性社会权力的方式。但是，它也能够表示话语和政治利益之间任何意味深长的连接。在这方面意识形态更严厉的定义是从统治阶级的直接利益中发展虚假观念。与这种作为媒介的更加政治或社会学意义上的意识形态不同，认识论上的意识形态这一传统已经没落了。卡尔·曼海姆的知识社会学正处在这一传统中。这是一门用以说明“生存对知识的决定”的理论。把意识形态理解为思想由社会决定会受到左翼理论家的攻击：这种社会决定性没有面对社会内部的政治冲突等棘手问题，从而流于空泛。但在这里，我们的论述仍然想保持在一种相对而言较形而上的知识学层面上，流亡问题必须在这个意义才能得到更具冲击力的理解。

“意识形态的终结”不是这种论述的必然背景，虽然很难说本雅明对左翼政治的犹豫、不确定感，这种推诿的风格不具有某种反意识形态的意愿。他那种充满意象的文化史写作作为“资本论风格”的反面，必然拒绝了共产主义的宏伟叙事结构。从另一面来说，第一次世界大战后西欧的历史，正如本雅明所说，“从一个方面看是左翼知识分子的历史”；政治上，特别是在30年代后，对本雅明而言，是作为一种绝对必要的伦理立场、一种必须遵从的行为模式而出现的。但是，这并不是要说，我们必须把本雅明的论述统统还原到政治上面来。

流亡作为一种现实或隐喻的行为，代表着某种政治利益吗？自由主义者或许会这么认为，解构主义者也要列上，但本雅明这样的个人流亡者呢？流亡，与其说出于政治动机，不如说是透着一种思想上的天性，一种最隐秘的个人癖好（可上溯到童年经验），尽管对这些癖性大可加以政治社会的图解。二者并不矛盾，简单说，流亡在本雅明这里是以“形式”存在的。

本雅明把形式寓意化，从而从中分离出语言学意义上的形式、生产方式意义上的形式和“生活形式”（维特根斯坦语）意义上的形式，而这种分离不是绝对的分隔，而是一种边界模糊的分层。本雅明在通过寓意把它分层之后，又以隐喻把各层次联系起来。这样，他便在一种语言风格里融合了现代主义和马克思主义的问题。可以说，这个“形式”的寓意或者说寓意化了的“形式”是本雅明诸多意象的原型。

流亡的意识形态或思想形式是什么？它是“损毁”和“救赎”的辩证法。损毁“物质内容”，挖掘“真理内容”，惯常的物质世界被拉出原有的语境，重新组织它们的秩序，在陶醉中体验在物质世界中被忘却了的意义，重新给予物以历史性，这就意味着本雅明反对形而上学，但并不反对整体论；反对简单的决定论，但不否认有一种决定性的支配因素。本雅明的思想是一种多元的思想，他的整体毋宁说是个体的纷呈叠现，是同一性与异质性的并存。但这种意识形态并非一蹴而就，它经历了从早期的语言哲学（“总体的语言”和“翻译”），形而上学（“寓言”和“星座化”），到中期的超现实主义（“世俗的启迪”）的过渡，再到晚期“19世纪巴黎”研究（“辩证意象”）、历史哲学（“历史唯物主义”），从语言、社会、历史三个层面予以构形。

《论总体的语言和人的语言》写于1916年，正是在这一时期，语言问题开始成为西方思想界关注的焦点。就是在这一年，索绪尔的《普通语言学教程》面世。以语言为对象的分析哲学也全面萌动。在罗素的帮助下，维特根斯坦于1921年发表《逻辑哲学论》，该书的中心问题是“语言是怎样发生的？”。但是，本雅明采取的是与分析哲学（逻辑实证主义哲学）相反的神秘主义态度。本雅明对语言有一种基本的“合”与“分”辩证态度。

就“合”而言，本雅明的语言哲学是建立在“神启”的观念基础上的。他认为，世界创立于神（上帝）的“道”（Word），“神的命名”是创造性的，是一种“纯粹语言”。自从亚当偷吃了善恶之果而被逐出乐园后，判断善恶的语言、具体认识功能的语言便舍弃了“纯粹语言”，它外在于创造性的语言本身，变成传达他物的媒介，这是语言灵魂的堕落。根据犹太教经典所说，世界原是由“生命之树”统治的，然而，当人类的原罪打破了宁静的原始圣洁之后，“知识之树”便统治了世界；世界分裂成善与恶、神圣与世俗、纯粹与不纯粹，等等。于是，“纯粹语言”既是起源又是目标，由于它同神圣的创造之“道”的关系，成为与救赎的启示最接近的形式。这种救赎，体现在语言的三个不同层次的关系上。本雅明认为万物都有其精神表达，都有其语言，即“总体的语言”。它分为三个层次：物的语言（存在）、人的语言（命名）和神（上帝）的语言（创造）。物的语言向人表达自己的精神存在，而人的语言则向上帝表达自己的存在。“所有比较高级的语言都是对低级语言的翻译，上帝的词语极其清晰地展示最终的意义，正是这一运动的统一性组成了语言。”上帝的语言是作为最终的启示而存在的，在犹太教救世主义中，它是以弥赛亚的形象出现的，它是本雅明救赎历史整体性的寄望所在，具有弥合破碎的现实经验的功能。

在另一方面，本雅明也指出了语言中“分”的一面。语言的堕落与符号和语言被工业文明社会的实利、认识、功能的方面所侵蚀相关，本雅明寄望于恢复语言传达的直接性，即无中介性，以实现“纯粹语言”的诗性。用他自己的话来说就是客体“寓于语言而不是通过语言传达自己”。就如同他所认为的，“记忆（即历史）一定不能以叙述的方式进行，更不能以报道的方式进行；而应以最严格意义上的史诗和狂想曲的方式进行”；就如同他在观看莫斯科、巴黎城市时所发明的“相面学”，“所有的事实都是理论”；在“拱廊计划”的笔记中他写道：“这篇作品的方法：文学蒙太奇。我不说什么，只是展示。”

“片断”“无意图”和“非交流”作为一种语言形式和表达方式，处在一种真正的流亡状态中，它寄寓了本雅明将语言形象化的意图。但这种语言的流亡——摆脱正规话语的手段目的的实用主义观——和解构主义是有微妙差别的。如果说流亡总是朝着家的方向，那么这个处于期待中的末世学的精神家园只能是天国，上帝的词语之家。在本雅明的语言流亡中，是始终存在着一个终极目的，尽管它的出现只能靠领悟。

物的语言、人的语言如何实现向神的语言的传递？本雅明认为必须靠翻译。“语言之间相互关联就像语言与有各种各样信息密度的媒介的关系一样，建立了各种语言之间的相互转译性。翻译就是通过持续的转换由一种语言向另一种语言移位。”这种观念在《翻译者的任务》中被表现得更为明确。这篇文章是他翻译波德莱尔的《巴黎风景》的前言。一开始，本雅明就否定翻译这种形式是为了传达原文，更重要的问题是“可译性”，它决定原文和译文之间的关系是否成立。他认为原文语言和译文语言之间是关联的，具有一种内在的亲缘性：“语言间一切超历史的亲缘性都包括这一点：在作为整体的每一种语言中，所指的事物都是语言间相互补充的总体意念：纯语言。”任何单一语言都不是孤立的，总是处于与其他语言的互补中，当所有语言不同的意指方式在总体上形成了互补与和谐，那就是纯粹的语言了。当然这种纯语言只有在种种语言通过互补不断生长直到其救赎的历史终点才能出现，而翻译则会在努力转换语言间亲缘性的过程中从作品永恒的生命和语言不断更新的生命中获得活力，翻译成了检验语言神圣的生长过程的尺度。在本雅明看来，直接和最终解决不同语言的陌生和外来性显然是人类力所不及的，翻译是权宜之计。然而，翻译始终是指向一切语言创造的那个最终时刻的，即语言形成纯粹、圆满、和谐的历史终点，这显然是一种语言乌托邦。在这里，我们发现，本雅明早期的语言形而上学同布洛赫哲学中关于符号性的乌托邦形象的理论十分相近，二者都建立了对语言中的乌托邦潜能的确信。这个确信即是：纯语言能够在各种相互陌生但具有内在亲缘性的语言的救赎中最终显身。“语言的堕落”在本雅明看来是事实，语言的原罪，正如他引用马拉美的话：“语言的不完满表现在它的多元性中；那种至高无上的语言并不存在；思维是一种写作，没有附加的东西，甚至没有耳语，不朽的言语依然是沉默的，世界上习语的多样性阻止人们说出，那原本会一下子具体化为真理的语言。”语言的分化与碎裂是既定性的，但它们的特殊的趋同性也是既定的、先验的，这正是本雅明的吊诡之处，分化的语言通过翻译走向纯语言，真理语言在本雅明看来犹如等待弥赛亚的降临，它只能处在期待之中。

本雅明在语言哲学里提出的观点注定要在他的文化史研究中得到具体化，尽管是有限，这个过程必须在进入“超现实主义”阶段才能告一段落。1925年本雅明完成他的大学教师资格申请论文《德国悲剧的起源》。这篇论文的基本意图通过《认识论批判序言》开头摘自歌德《颜色的理论》的一段话而得以展现：“无论在知识中还是在思维中，都不能让事物完整起来，因为前者缺少了内在的东西，而后者缺少了外在的东西，因此我们有必要把科学当作一门艺术，如果我们还想由科学获得某种全面性的话，我们也不应从普遍的或过渡的东西中去寻找这种全面，既然艺术总是在每个独特的艺术作品中得到全面呈现，那么科学应该在每一个单个的研究对象中彻底地展现出自己完整的面目。”这段话也可以作为本雅明流亡意识形态的一个总体说明。

本雅明把这段话理解为“打破根据文学的内在性质把文学划分为单独的各个领域的教条，为艺术作品的诞生创造条件”。科学内部的互相结合的过程越来越使学科之间的清楚的领域划分下降到次要的地位。而这种领域划分，曾经是上一世纪科学概念的特征，它通过对艺术作品的分析，确认文学作品作为一个时代的宗教、形而上学、政治和经济倾向的整体表现的性质。而这些是无法局限于任何一个研究领域的。因此本雅明关注的是通过科学的分门别类，重获19世纪人们逐渐失落的一种整体的艺术眼光。本雅明明确将之归为认识论问题，在这篇《认识论批判序言》中，他强调了《德国悲剧的起源》一书的“表征”问题，似乎是完美地说明处于流亡状态中的思维与研究所呈现的面貌：“偏题——这篇论文的方法论的本质就是如此。它最主要的特点就是缺少一个连贯的、目的明确的结构体系。思维过程不断地开始，间接地又回到原来的目标上来。不时地稍作停顿，是人们进行思考活动时最合适的方式。因为对单个研究对象的研究，分不同的意义层次进行，既获得了再次进行的动力，它的不规律的思维节奏又有了存在的理由。”偏题如同放逐，主题的放逐。整体意图的出现依赖于不断的往复式的“挖掘”，如同回忆的方式，“试图走近自己被埋葬了的过去的人必须扮演挖掘人的角色。……必须不惮于一遍又一遍地回到同一件事情上”。

在《认识论批判序言》中，本雅明想阐明的却是理念（真理）的表征问题，即理念与现象的关系问题。在本雅明看来，现象并不是整体地，而是在其粗糙的经验状态、掺杂着诸种表象，而且仅仅是携带着被拯救出来的基本因素而进入理念的领域。它们被剥去了虚假的整一，这样就能在这种分化的状态下参与真理的真正统一。在这种分化状态下，现象附属于概念，因为正是后者把客体分解成各个构成因素。概念的区别只有以拯救理念中的现象为目的时才能高于破坏性的诡辩论的怀疑。通过沉思的作用，概念使得现象参与理念的存在。正是这同一种沉思的作用使现象适于哲学的另一项同样的基本任务，即理念的表征。当借助理念拯救现象的情况发生时，理念的表征也通过经验现实的媒介实现了。理念本身不能被表征，而只能通过对概念中具体因素的安排，即作为这些因素的构型。这就如同，理念之于客体正如星座之于群星。而且本雅明认为，理念最好应解释为语境的表征，在这种语境中，独特的和极端的东西与其对等物携手并肩。现象的分化是必要的，它能起到现象的拯救和理念的表征的双重作用。关于理念的把握，本雅明认为，真理是由理念构成的无意图的存在状态。因此，接近真理的正确方式不是通过意图和知识，而是完全沉浸融汇其中。这是因为真理的结构是一种名称的状态，理念具有语言的性质，因而哲学家的任务是通过命名恢复词语重要的象征性。理念是在命名的行为中无意展示出来的，并在哲学思想中更新。

这种认识论上的观念具体到历史领域，就是“星座化”和“寓言”。把现象星座化，就是把历史共时化，使之统一到历史的整体解释上来。星座化的认识论必然与笛卡儿或者康德式的主体性要素相遭遇，较之于把现象解放到它的感性存在的理论而言，它较少关注于对现象占有，而是用现象不可约简的异质性来保持它的分离性因素。正如伊格尔顿所认为，“星座化拒绝把自己钉牢在某种形而上的本质之上，放弃它的组成部，以悲剧或者史诗剧的方式松散地结合起来；但它决不预先形成和谐的状态，对于直接的表现来说，将成为亵渎性和政治上反生产的。在它的感性和概念性内容的统一体中，在它将思想转化为形象的过程中，它具有某种伊甸园状态的特质，这种特质将词语与对象自然地合而为一，也就是自然和我们还没有跌入到认识理性之前的那样一种人性的前历史的和谐”。

本雅明的星座化概念本身就是自足的，可以溯源于希伯来神秘哲学、莱布尼茨式的单子以及胡塞尔对现象的回归，它也掠过现实主义对异化的日常生活的重新塑造，勋伯格的音乐体系，以及整个微观社会学。星座化的要领改变了整体和部分之间的关系；在传统美学中，细节的具体性是无法与总体性的有机力量进行真正抗衡的。星座化维护特殊性，但是它分裂同一性，把客体推入到冲突性的状态中，以客体自我同一性为代价解放它的物质性。

在这方面，寓言也同样担负这样的功能。作为流亡意识形态的形式之一，它甚至在本雅明思想中占据一种中心位置。自然，其重点随时间发生着转移。原先的意图把它作为一个艺术批评的术语，现在它越来越具有哲学史方面的意义了，最终，本雅明在与他的“拱廊计划”有关的作品中试图给它建立一个唯物主义的基础。而且，本雅明自己的不少作品就是寓言式的。

在《德国悲剧的起源》一书中，寓言不仅仅是一种艺术形式，而且还是一种哲学内容借以出现的形式，或者更宽泛地说，一个时代的形式和它的内在经验的基本准则，一种表达和感知的规范，它与象征相对。在传统的象征观念中，“一切异质的、暂时的、此刻的东西被纳入一个整体，一切历史的片断被纳入一个连续的统一体，成为一种精神或知识的逐步显现。也就是从这种连续统一体中，人们引申出了历史理性，引申出了希望的世界图景。在象征世界中部分的意义只有在整体中方能确立，此时的意义唯有在它被扬弃的时候方能显露……而人类全部的认识和理想也只能附着于历史统一体的运动之中”。与此相反，作为世界的表现方式，寓言意味着物与意义、精神和人类的真实存在相割裂。作为一种表征机制，“寓言精神具有极度的断续性，充满了分裂和异质性，带有梦幻一样的多种解释，而不是对符号的单一的表述。它的形式超过了老牌现代主义的象征主义，甚至超过现实主义本身”。关于本雅明的寓言策略，他的马克思主义盟友布洛赫认为，象征起源于虔诚的宗教氛围，是从宗教的想象中提取了象征意象，而寓言则是天然的美学范畴，“寓言的就用场所……首先是随时能表现的、在世界范围内通用的透明艺术之中，而象征应用的场所则主要是宗教和那种服务于求助于宗教的深层象征的艺术”。

对寓言的评价还涉及本雅明和卢卡奇的理论争辩：如何看待总体化历史观？在《德国悲剧的起源》中，本雅明认为，寓言通过使主题涉及某种外在于艺术作品的东西而产生含意。现代的寓言文学尤其被死亡与衰败的主题所占据。卢卡奇与本雅明都提出，现代主义文学中的寓言提供了关于人类历史的湮灭幻象。寓言作品对特殊与整体的关系采取了一种非总体化的观点。在寓言艺术中，特殊细节显得完全是可变换的。本雅明认为，在当代文学中，寓言的运用表明了对人类历史之非进步的、重复的性质的认识是在现代意识掌握之中的。借助于这一角度，历史看来并非永恒者之逐渐的实现，而是一种必然衰败的过程。卢卡奇之所以反对寓言文学正由于这个原因。他论辩说，寓言否认超越的可能性，寓言作品对特殊与一般所采取的非总体化的观点使它不能揭示产生诸种现象的历史条件，寓言文学只是加强了对一种第二自然的拜物教观念。因为没能对本质与现象采取总体化的观点，寓言作品因而不能展示拜物教表面现象的诸范畴的虚假性，如果说本雅明在后来的30年代的工作是努力在日常生活的动机中发现革命意识的基础，那么，在他看来，日常生活本身的辩证法——特殊事件与一般过程的分裂——为革命的态度提供了基础，而不是依靠：拜物教的现象的本质作为中介。寓言正是这种形式，对统一性的背叛，使其成为一种革命，这一点尤其受到后现代的推崇。詹姆逊指出过，本雅明把寓言作为“我们自己现实生活的特殊模式。是对从一瞬间到另一瞬间的意义的拙劣破译，是为重新恢复异质的、分离的、瞬间的连续性而进行的痛苦尝试”。寓言就是对语言中心的流亡，正如后结构主义者德曼所指出的，“象征假定了一种同一性或认同的可能性，而寓言则基本表明它与自身起源的一种距离，在抛弃怀旧和共有欲望的同时在时间差异的空白中确立语言的地位”。对德曼来说，寓言是特殊的认识论比喻，它拒斥世界与此时体验、符号与所指、思想与形式之间的乌托邦统一。

寓言不仅意味着拆解，而且作为隐喻是一种可以诗意地表现世界统一性的手段，隐喻的使用建立了物理距离极其遥远的事物之间的相应性。本雅明之所以轻易地把上层建筑理论理解为隐喻思维的最后理论，恰恰因为他避开了一切中介就把上层建筑直接与所谓的物质基础联系起来。这在他就意味着感性经验资料的总和。在这一点上，本雅明和自己的法兰克福盟友阿多诺的辩证唯物主义是不同的，阿多诺认为这种方式——寓言唯物主义——缺乏体系而严密的理论基础，故而“有充分理由将它归于‘直觉’逼真的或非逼真的再现”，这种“观看方式”改变了辩证法的“完整透视”，成了一种将僵硬东西扩展到感情之中，将动态展开在静止中的技巧。对此，本雅明的自辩是，寓言方式“就像光突然射入一间人为地弄黑的屋子一样，虽然这束光破碎成五光十色，但它是以产生本质的概念”，这无疑是对阿多诺“无中介”指责的有力回答。

还在1923年翻译波德莱尔的《巴黎风景》时，本雅明就深信“有一座桥通往辩证唯物主义，小到对（个人）具体姿态的看法，大到语言哲学看待事物的方式，不管这座桥如何超越极限、充满问题”。超现实主义便是这座桥的一环。本雅明的《超现实主义》写于1928年，这正是他从早期形而上学向后期唯物主义转折的关键时刻。也正是在这一时期，本雅明的政治色彩浓厚起来，而超现实主义的创作实践在很大程度上同本雅明的“激进共产主义”思想相契合。在本雅明看来，超现实主义所发展起来的，正是那种无节制的批判和否定的能量，即他所谓的“革命虚无主义”的力量。“自巴枯宁以来，欧洲一直缺乏一种激进的自由观，超现实主义现在有了，他们是第一个消除已硬化了的民主—道德—人道主义的自由理想的。”超现实主义运用语言的神奇力量打破西方传统的形而上学和人道主义的核心，从而破除资本主义的虚假意识。这种激进的策略，即“世俗启迪”，大大启发了本雅明如何在马克思主义暴力革命之外采取一种政治和伦理的立场。所谓“世俗的启迪”是与“宗教的启迪”相对的概念：“如同宗教启迪，世俗的启迪也利用精神陶醉所产生的能量以便制造‘显灵’，即一种超越经验现实的平淡无奇状态的远见或洞见。然而这种远见却是以内在的方式产生的，即还是在可能的经验之内，无须诉诸来世性质的教条。”“世俗的启迪”的主旨是从“非同一性”的角度重新审视现实——资本主义社会现实。“我们对神秘的探索程度应止于在日常的世界中发现神秘，借助一种辩证的眼光，把日常的世界看作不可渗透的，把不可渗透的看作日常的。”这也是本雅明所理解的“世俗的启迪”的实践方法，即从形而上学的思辨和玄妙体验中走出来，进入对生活的哲学批判，目的是损毁其“物质内容”，揭示“真理内容”。这实际上就是阿多诺对本雅明的批评方法的概括，即“否定的神学”：在对现实的“非同一性”读解中揭示历史的弥赛亚主义趋势。这意味着商品化社会中撇开物质永远他指交换价值，而读解其实用价值，即事物本真的意义——精神的历史积淀。

在本雅明看来，超现实主义获得世俗启迪最富启示性的方法是：在过时物体中体验到革命能量。在机械复制时代，批量生产消除了物品的历史性，而超现实主义通过蒙太奇和并置，惯常的物质世界被拉出原有困境，重新组织它们的秩序，重新给予物以历史性。这种历史性，对本雅明而言，则是对人类原初总体性的回归，这是辩证过程：事物借助与陌生物的类比却恢复了与人的亲近感，而没有了冷漠和异化，反过来，又通过把时间性或历史性还给事物而重新赋予世界意义，达到对物的救赎，这就回应了本雅明在《德国悲剧的起源》里提出的命题：“物的拯救和理念（原初总体性）的表征”。“将日常的看作不可渗透的，把不可渗透的看作日常的”，也就是以弥赛亚主义来定位生活，将生活从客观的破碎经验中拯救出来。

关于历史整体的表征问题，本雅明在“拱廊计划”里围绕“辩证意象”予以充分展开。在这部以法国首都巴黎为缩影分析19世纪资本主义世界的著作中，辩证意象是主要的分析范畴。在本雅明看来，“辩证意象”可以从两方面理解。

一方面，它是一个历史范畴。历史的演进是对斗争的过程，任何一个历史时刻都是某种辩证的“实现”（这一点在论述记忆的政治学时已涉及），因此，那种简单的线形历史观是不可取的。必须看到历史的“进步”下掩盖着倒退的因素，历史上的任何倒退绝不是偶发的事件。这正是本雅明反对卢卡奇总体论历史观的原因，他坚决反对渐进主义的人类历史观，而把“当下”——历史时刻与现在并置——作为革命意识觉醒的唯一契机，“当下”的外在形象就是“辩证意象”。在《历史哲学论纲》中，本雅明把“历史”定位为一种“历史编纂”：历史唯物主义不是去创造未来，而是去拯救以往。历史唯物主义是一种方法，这种方法不侧重于历史过程的总体，而是侧重于历史以往的具体时刻，侧重于使历史的片断重新整合。历史的片断化是“辩证意象”出场的原因。辩证意象如同历史理念的单子，历史星座中的星星必须在一种极端的对比中，获得一种相关性，相互阐释，最终被历史的整体所解释，进而被拯救。“辩证意象”是历史唯物主义所要求的打破历史连续性的现在意识的场所，“历史唯物主义将历史性理解看作被理解的事物的延存，直至现在仍能感觉到这些被理解的事物跳动的脉搏”。因而它又是在日常生活中唤醒革命意识的力量，如同超现实主义者在过时物中发现革命的能量一样。

另一方面，“辩证意象”又是一个文化范畴，是一个时代的文化符号体系，或经济体系的文化表达方式。本雅明通过把几个描述某种文化现象的短句和词组凝缩在一起，以传达出一种复杂的图景意义。应该说，本雅明对商品拜物教的态度是复杂的。一方面，新的生产力所带来的商品社会充满了幻想和奇境，在他看来，这是对人类乌托邦形象的接近，是积淀在无意识中的对远古时代无产阶级社会的暗示，辩证意象寄寓着人们被压抑的愿望，也包含着他们的乌托邦理想。从这样一种理解出发，“每个时代不仅梦想着下一个时代，而且还在梦想时推动商品拜物教又是用交换价值孕育了它的结果”。另一方面，商品拜物教又是用交换价值使物的内在价值暴跌，一切被商品形式所束缚，机械复制和批量生产正在消耗掉人类的历史经验和艺术精神。这种矛盾态度具体体现在辩证意象的分析上。比如“拱廊街”，这座实际上的“微型城市”不仅蕴涵着对抗商品社会的不道德的种种乌托邦因素，而且也成了高度组织化、复杂化，对人的情感形成控制的象征。

双面性或者说辩证性（即使不是马克思主义的）一直是本雅明视角的显著特点：他能同时看到两个相背的方向。流亡，是这种视角的一个隐喻寓言。流亡既赋予本雅明以知识分子的否定精神，同时又赠予他拯救的希望。就前者而言，不管是作为一种思想立场，还是一种无政府主义和激进共产主义混杂的政治伦理立场，也不管是一种个人癖性、土星性格、童年经验、怀旧心理，还是一种犹太流亡知识分子、资本主义社会文人、左翼思想者的持守，在本雅明那里是以理论的谨慎、严谨的探索进行的。如果说把这种否定性理解为渐渐强化的历史唯物主义态度，那么，本雅明思想中肯定性的一面则始终是对人类原初总体性近乎宗教式的信仰。

四

马尔科姆·布雷德伯里在《现代主义的城市》一文里，一开始就谈到，“19世纪末兴起，并发展到今天的实验性现代主义文学，从许多方面看都是城市的艺术，尤其是多语种城市的艺术”。这些城市：从世纪初到第一次世界大战早期的柏林、维也纳、莫斯科和圣彼得堡，战前的伦敦，到大战期间的苏黎世、纽约、芝加哥，以及各个时期的巴黎，它们大多具有确定的人本主义作用，是传统的文化艺术中心，同时又是现代意识和现代创作的温床。它们既引起变化，又保持连续性，这就与知识分子的“苏格拉底张力”暗暗呼应了。知识分子既是文化生活的创新者，又是文化的保存者和终极价值的关怀者。作为前者，知识分子可能是现代性的风头人物，但作为后者，知识分子又被商品社会边缘化了。创造时尚和终极关怀发生严重的背离。

这是本雅明在内的现代知识分子的共同语境。本雅明流亡中的批判与救赎只能放在这个背景下来理解。

在这个时代里——现代艺术与现代化进程保持同步——知识者发现自己处于一种自相矛盾的状况，一方面，他们获得了独立。19世纪不仅是西方城市化的伟大世纪，而且也是作家和艺术家不再依赖庇护人、不再依赖整个读者和观众中特殊文化阶层的世纪。知识分子阶层不断扩大，获得更强烈的自我意识，感到与占统治地位的社会秩序日渐离异，并日益表明对未来的态度和对变革的信念。另一方面，他们又很难确定自己在社会中的地位，这就是我们今天常说的异化现象。现代城市有着日益增多的社会问题，它既把各阶级、各种族融合在一起，又造成明显的社会差别，既有期望，又有幻灭，它像触须般地、神秘地发展着，城市既创造了又毁灭了文化和文明。这一过程在现代主义艺术的形成和解体方面，在其发展和毁灭方面都得到清晰的反映，这是一种机械论和直觉论并存的现代风格产生的重要原因。这种风格后面我们还要谈到。

19至20世纪，同样名副其实地是一个流亡的世纪。两次世界大战促成了大批知识分子的流亡命运和不安定感。这和现代艺术的感觉是不谋而合的。“大部分现代主义艺术所采取的态度和获得的观点都出自于一种疏远感，一种流亡者的心境——疏远了本乡本土，疏远了阶级的忠诚，疏远了那些在具有内聚力的文化中起确定作用的人们的特殊义务和责任。”如果说现代主义文学的一个主题是失落和离异，那么另一个主题就是艺术的解放、思想的解放。现代知识分子阶层已成为一个没有阶级的集团，他们倾向于新奇事物，试图促进意识，力求提出独立的和总体看法与之相关的一种世界精神，即国际主义的产生。他们往往都从远远移居国外者的立场上看到国际性美学的发展前景。他们可能变成乔治·斯坦纳在《治外法权》一书中视为那个时代独有的那种现代主义作家：即“无家可归”的作家。作家、知识分子由于流放，或出于本人的计划和意愿，而加入漫游的文化探索者的行列，创造艺术的地方可能是一个理想的遥远的城市。在那里，创造者是非常重要的，混乱是有利的，到处充满了世界精神，正像格特鲁德·斯泰因说的“作家必须有两个国家，一是他所属的国家，另一个是他实际生活的国家”。她补充说：“美国是我的祖国，巴黎是我的故乡。”巴黎也是所有流亡者的故乡，是现代主义占明显支配地位的中心，是逃亡者的、宽容忍让的、波希米亚式豪放不羁的生活方式的源泉。在混乱和连续两个方面，为19世纪的知识分子提供了一个精神母体。

都市化以及流亡，这些19世纪晚期的产物能促成大多数知识分子一种复杂的态度，一边是分析、反思和批判，一边是逃避、奇想和梦幻意象。胡格·冯·霍夫斯塔尔就认为在那个时代，“有两种东西都很时髦：分析生活和逃避生活……人们对他们的内心世界或他们的梦大加解剖。或是反思、或是奇想、或是映像、或是梦幻意象。……据此而言，‘现代性’是对于一种精神状态、一声叹息、一种顾虑的剖析。现代性是本能地，即几乎像梦游者那样地沉醉于美的每一种表现、沉醉于协调的色彩、闪光的隐喻、奇妙寓言”。

在整个19世纪晚期，社会哲学领域里的实证主义和功利主义，文学领域里的自然主义虽然日渐式微，但作为那种哲学体系基础的思维理论和思想方法，仍然维持着正确性，实证主义的、分析的、客观的、一般性、逻辑、绝对论、非个人的、决定论的、理性的、机械论的等等这些思想传统不是被消灭，而是在不断地变形和延递，受到培育的甚至包括马克思主义。这是事实。

另一方面，19世纪90年代以来，时空观念开始改变，都市化，国际主义的传播，精神振动的频率也大大加快了。尼采思想风行一时，在最初阶段，人们侧重的是分解，是打破并瓦解19世纪前期传下来的那些苦心构筑的“体系”“类型”和“绝对观念”等；侧重于摧毁据说是一切生命和行为都必须服从的总规则的信仰。到了第二阶段，出现了一个重新构筑各部分，重新把破碎的概念联系起来，重新安排语言实体成分的过程，以适应人们感受到的现实的新秩序。过去被看作是势不两立的事物开始溶解，混杂并结合起来。事物变化无常之感，关于连续性的见解和往往以违背简单常识的方式纠合在一起的事物成为理解现状的法宝，在这新的潮流中，科学和科学方法的运用——细致入微的观察，精确无误的记载和对于细节的密切关注等仍受尊重。虽说机制不再是狭隘的实证主义的了，但是，人们依然保持着对因果论，甚至决定论等传统观念的忠诚。真正敌视的是抽象化和一般化。挑选出的现象的特殊性，人的个性和独特本质，个人与整体之间变化着的关系，成了人们关心的问题。流浪者、孤独者、流亡者、无家可归、漂泊不定、不得安宁的个人，不再是一个自信的社会的弃儿，而是局外人。他们占有特殊的地位，因为在这样一个时代里，能道出卓见有权威的真理的是一个人的主观感受。

本雅明的确是从一己体验出发的，他的风格用理查德·卡尼的话说，是一种“物质风格和精神风格的结合”。把犹太教神秘主义与马克思的历史唯物主义结合起来，的确是一种神话，正如同他运用的“世俗的启迪”，在资本主义社会的废墟上来实现救世主义遥远的救赎，和用神圣来解读世俗，用世俗来表征神圣。这只能是一种神话。“也许正是神话能够在一方面过分形式化，另一方面是缺乏远见的具体性之间提供相互联系的媒介……危机中的历史就能够再次获得稳定和意义，作为阶段性与一致性的一种凝结而得到重建。”本雅明运用“神话”，是因为它可以被用来赋予混乱的日常事件一种象征性的，甚至诗意的秩序。这在整个19世纪晚期是普遍的现象。一种与将实证主义世界联系起来的紧凑的因果链迥然不同的、对事物的总体相关性的感受，促成了对神秘的“关系世界”的研究。在这面，隐喻成了最理想的方式，本雅明关注的是可以直接和实际展现的具体事实，这使他的表达方式是一种“隐喻陈述”，这种陈述放在19世纪晚期的融洽背景下，成了一种普遍的表达方式。

这种方式还表现在对梦境的体验上，本雅明的确揭示了资本主义社会的梦幻性，他与超现实主义的关系隐秘持久，这需要从更广宽的范围来理解。在20世纪头二十年，自然主义中对细节的一丝不苟，超现实主义从梦境学来的、对细节间关系的任意组合，不仅表达生存于两个不同的层次、两个不同世界的感觉，而且也表明了这两个领域的全面的相互渗透，从这个意义上看，现代主义方法的独特处和困难就在于它似乎要求两个不同的调和矛盾的方法协调一致，而这两个方法本身又是对立的。一方面，它承认一种大体上是理性主义的、机械论的、黑格尔式的合题。但是另一方面，现代主义思潮似乎也想承认克尔凯郭尔式的合题。最终这种调和成为既是黑格尔式的“既这样/又那样”，又是克尔凯郭尔式的“或者这样/或者那样”。

本雅明的思想只有放在这样一个大的知识背景下才能得到理解。他的流亡意识形态是19世纪末到20世纪初混杂的思想形式的体现。流亡意味着居无定所，同时又意味着居间并置，在事物之间摇摆，它坚信内心和外部的事物之间存在着密切的相互渗透作用，精神和物质之间，内在和外在之间，并无不可逾越的鸿沟。它既能包含简单的矛盾修辞法，又能包含亚里士多德的“最高的和谐来源于对立”的思想，它的存在，是现代性、现代主义思潮最富特色的一部分。

相关书目

汉娜·阿伦特:《人的境况》,王寅丽译,上海人民出版社,2009年

保罗·奥斯特:《月宫》,彭桂玲译,上海人民出版社,2008年

保罗·奥斯特:《红色笔记本:真实的故事》,小汉译,译林出版社,2009年

让·鲍德里亚,《消费社会》,刘成富、全志钢译,南京大学出版社,2014年

北岛:《时间的玫瑰》,生活·读书·新知三联书店,2015年

瓦尔特·本雅明:《本雅明文选》,陈永国、马海良编,中国社会科学出版社,1999年

瓦尔特·本雅明:《德国悲剧的起源》,陈永国译,文化艺术出版社,2001年

瓦尔特·本雅明:《发达资本主义时代的抒情诗人》,张旭东、魏文生译,生活·读书·新知三联书店,1989年

瓦尔特·本雅明:《经验与贫乏》,王炳钧、杨劲译,百花文艺出版社,1999年

瓦尔特·本雅明:《莫斯科日记·柏林纪事》,潘小松译,东方出版社,2001年

瓦尔特·本雅明:《驼背小人:一九〇〇年前后柏林的童年》,徐小青译,上海文艺出版社,2003年

豪尔赫·路易斯·博尔赫斯:《博尔赫斯诗选》,陈东飚译,河北教育出版社,2003年

以赛亚·柏林:《俄国思想家》,彭淮栋译,译林出版社,2011年

乔治·布莱:《批评意识》,郭宏安译,百花洲文艺出版社,1993年

马尔科姆·布雷德伯里、詹姆斯·麦克法兰编:《现代主义》，胡家峦等译，上海外语教育出版社，1992年

毛姆·布罗德森:《本雅明传》，国容、唐盈、宋泽宁译，敦煌文艺出版社，2000年

玛格丽特·杜拉斯:《物质生活》，王道乾译，上海译文出版社，2007年

费滢:《东课楼经变》，上海文艺出版社，2020年

费滢:《天珠传奇》，北京日报出版社，2023年

库尔特·冯内古特:《冯内古特：最后的访谈》，李爽译，中信出版集团，2019年

米歇尔·福柯:《词与物》，莫伟民译，上海三联书店，2001年

顾随:《顾随全集·卷五》，河北教育出版社，2014年

华秋:《杀李哥》，上海人民出版社，2008年

金原瞳:《裂舌》，秦岚译，上海译文出版社，2009年

井上靖:《天平之甍》，楼适夷译，作家出版社，1963年

井上靖:《天平之甍》，谢鲜声译，南海出版公司，2013年

伊塔洛·卡尔维诺:《未来千年文学备忘录》，杨德友译，辽宁教育出版社，1997年

伊塔洛·卡尔维诺:《为什么读经典》，黄灿然、李桂蜜译，译林出版社，2012年

弗兰茨·卡夫卡:《卡夫卡全集·第4卷》，叶廷芳主编，黎奇、赵登荣译，中央编译出版社，2015年

约翰·康诺利:《失物之书》，安之译，人民文学出版社，2009年

雅歌塔·克里斯多夫:《恶童日记》，简伊玲译，上海人民出版社，2009年

刘北成:《本雅明思想肖像》，上海人民出版社，1998年

卡森·麦卡勒斯:《伤心咖啡馆之歌》，李文俊译，上海三联书店，2007年

安吉拉·默克罗比:《后现代主义与大众文化》，田晓菲译，中央编译出版社，2006年

玛莎·努斯鲍姆:《诗性正义：文学想象与公共生活》，丁晓东译，北

京大学出版社，2010年

奥尔罕·帕慕克:《别样的色彩》，宗笑飞、林边水译，上海人民出版社，2018年

奥尔罕·帕慕克:《纯真博物馆》，陈竹冰译，上海人民出版社，2010年

奥尔罕·帕慕克:《纯真物件》，邓金明译，上海人民出版社，2021年

奥尔罕·帕慕克:《天真的和感伤的小说家》，彭发胜译，上海人民出版社，2012年

奥尔罕·帕慕克:《雪》，沈志兴、张磊、彭军、丁慧君译，上海人民出版社，2007年

奥尔罕·帕慕克:《伊斯坦布尔：一座城市的记忆》，何佩桦译，上海人民出版社，2018年

詹姆斯·乔伊斯:《都柏林人》，孙梁、宗博等译，浙江文艺出版社，2016年

爱德华·萨义德:《知识分子论》，单德兴译，生活·读书·新知三联书店，2002年

苏珊·桑塔格:《反对阐释》，程巍译，上海译文出版社，2018年

苏珊·桑塔格:《论摄影》，黄灿然译，上海译文出版社，2018年

苏珊·桑塔格:《同时：随笔与演说》，黄灿然译，上海译文出版社，2018年

苏珊·桑塔格:《重点所在》，陶洁、黄灿然等译，上海译文出版社，2011年

克洛德·列维-斯特劳斯:《野性的思维》，李幼蒸译，商务印书馆，1997年

克洛德·列维-斯特劳斯:《忧郁的热带》，王志明译，中国人民大学出版社，2009年

克洛德·列维-斯特劳斯:《种族与历史·种族与文化》，于秀英译，中国人民大学出版社，2006年

深圳大学比较文学研究所编:《比较文学讲演录》，陕西师范大学出版社，1987年

约亨·施密特:《皮娜·鲍什：为对抗恐惧而舞蹈》，林倩苇译，上

海人民出版社，2007年

托马斯·特朗斯特罗姆：《巨大的谜语·记忆看见我》，马悦然译，上海人民出版社，2012年

汪曾祺：《汪曾祺全集》，人民文学出版社，2019年

王安忆：《空间在时间里流淌》，新星出版社，2012年

王安忆：《漂泊的语言》，作家出版社，1996年

王世襄：《自珍集：俪松居长物志》，生活·读书·新知三联书店，2007年

林赛·沃特斯：《美学权威主义批判》，昂智慧译，北京大学出版社，2000年

谢少波：《抵抗的文化政治学》，陈永国、汪民安译，中国社会科学出版社，1999年

杨小滨：《否定的美学：法兰克福学派的文艺理论和文化批评》，上海三联书店，1999年

袁可嘉等编选：《现代主义文学研究》，中国社会科学出版社，1989年

特里·伊格尔顿：《历史中的政治、哲学、爱欲》，马海良译，中国社会科学出版社，1999年

特里·伊格尔顿：《美学意识形态》，王杰、付德根、麦永雄译，广西师范大学出版社，1997年

弗雷德里克·詹姆逊：《语言的牢笼·马克思主义与形式》，钱佼汝、李自修译，百花洲文艺出版社，1995年

张爱玲：《惘然记》，花城出版社，1997年

张北海：《侠隐》，上海人民出版社，2018年

张大春：《聆听父亲》，上海人民出版社，2008年

张京媛主编：《新历史主义与文学批评》，北京大学出版社，1993年

钟鸣：《畜界，人界》，上海人民出版社，2010年

钟鸣：《旁观者》，海南出版社，1998年

朱天心：《猎人们》，新星出版社，2012年

朱湘：《孤高的真情：朱湘书信集》，陈子善编，上海人民出版社，2007年

文
景

Horizon

社科新知　文艺新潮

非批评
金　戈　著

出 品 人：姚映然
责任编辑：高晓明
营销编辑：杨　朗
装帧设计：安克晨

出　　品：北京世纪文景文化传播有限责任公司
（北京朝阳区东土城路8号林达大厦A座4A　100013）
出版发行：上海世纪出版股份有限公司
印　　刷：山东临沂新华印刷物流集团有限责任公司
制　　版：南京展望文化发展有限公司

开 本：890mm×1240mm　1/32
印 张：8.75　　字 数：170,000　插 页：2
2025年1月第1版　　2025年1月第1次印刷
定 价：69.00元
ISBN：978-7-208-19199-0 / I · 2180

图书在版编目（CIP）数据
非批评 / 金戈著. -- 上海：上海人民出版社，2024. -- ISBN 978-7-208-19199-0
Ⅰ. I106-53
中国国家版本馆CIP数据核字第202487J5F6号

社科新知 文艺新潮 | 与文景相遇